Diogenes Taschenbuch 22404

de
te
be

Georges Simenon

Das Schicksal der Malous

Roman

Deutsch von Günter Seib

Diogenes

Titel der Originalausgabe:
›Le destin des Malou‹

Eine erste, gekürzte deutsche Übersetzung erschien 1970
unter demselben Titel
Umschlagfoto: Hervé Gloaguen

Neuübersetzung

100/91/43/1
ISBN 3 257 22404 4

1

Der Kellner Gabriel hatte nichts zu tun. Mit seinem Wischtuch in der Hand stand er da und sah auf die Straße hinaus, von der das leicht beschlagene Fenster einen kleinen Ausschnitt einrahmte.

Es war drei Uhr nachmittags und drinnen wie draußen gleichermaßen düster. Drinnen herrschte vornehmes Halbdunkel, schimmerte matt die Patina der Holztäfelung an Wänden und Decke, der blutrote Samt der Polsterbänke und aus den tiefen Teichen der Kristallspiegel der Widerschein einiger bereits brennender Glühlampen.

Draußen war die Rue des Moulins, die schmale, enge Hauptgeschäftsstraße mit den vielen Autos, dem Straßenbahngeklingel, den Ladengeschäften und dem Prisunic mit seiner schäbigen Fassade; es war drei Uhr an einem Winternachmittag ohne Regen, ohne Schnee, an dem die Feuchtigkeit im Abenddämmer frostig wie Reif in der Luft hing.

Gabriel sah die lange Limousine geräuschlos am Bordstein vorfahren, erkannte Arsène, der sich vom Fahrersitz bemühte, um den Schlag aufzureißen, Eugène Malou, der auf das Trottoir sprang, wie üblich hochrot im Gesicht, und dem Fahrer seine Anweisungen gab.

Unwillkürlich fuhr Gabriel mit seinem Tuch über die

polierte Holzplatte eines Tisches, Malous Stammplatz, mit Abstand der beste Tisch im Lokal, links in der Ecke, von dem aus man Café und Straße zugleich beherrschend im Blick hatte.

Der Wagen fuhr wieder an. Malou trat herein. Er war wie immer. Trotz allem, was die Zeitung heute morgen über ihn geschrieben hatte, verhielt er sich genau wie sonst.

»Armagnac, Gabriel ...« Er legte seine Papiere auf den Tisch, ein dickes Bündel. Immer hatte er einen Stapel Akten dabei. Er setzte sich nicht, schob nur seinen grauen Filzhut ein wenig zurück.

»Gib mir eine Telefonmünze ...«

»Soll ich das Gespräch vermitteln, Monsieur Malou?«

Das war das einzig ungewohnte Detail: Wenn er telefonieren wollte, ließ er sonst den Kellner die Verbindung herstellen und rührte sich erst vom Fleck, wenn der Gesprächspartner am Apparat war.

In diesem Moment sah Gabriel zufällig auf die Uhr. Drei Uhr und zwei Minuten. Die Kassiererin strickte. Der einzige Gast, ein Handelsvertreter, schrieb schon seit einer halben Stunde, ohne aufzublicken.

Im Halbdunkel der Telefonzelle war Malou undeutlich zu erkennen. Er telefonierte nicht lange. Man hörte das Klicken, als er den Hörer auflegte, dann kam er heraus, ging an seinen Tisch, trank im Stehen einen Schluck Armagnac und warf, ohne nach der Zeche zu fragen, zwanzig Francs auf den Tisch.

Danach entstand ein Loch in Eugène Malous Tagesablauf. Gabriel sah noch, wie er sich nach links entfernte. Ein paar Schaufenster waren bereits erleuchtet. Es war die ruhigste Stunde in dieser Provinzstadt, und Gabriel stützte sich mit den Ellenbogen auf den Tresen, um mit der Kassiererin einen Schwatz zu halten.

Um vier war Eugène Malou wieder in der Rue des Moulins und bog nach rechts in eine abschüssige, weniger belebte Straße ein, deren wenige Läden gleichsam zwischen zwei großen Patrizierhäusern eingekeilt waren. Er ging etwa fünfzig Meter, hob dann den Messingklopfer am Portal eines der alten Stadthäuser mit reichverzierter Fassade und stieg die fünf Stufen der Freitreppe hinauf.

Es war das Palais des Grafen d'Estier. Jeder in der Stadt kannte es. Die Fassade war im Faltprospekt des Verkehrsvereins abgebildet.

Ein Diener in weißer Weste öffnete, dann ging die Tür wieder zu. Von draußen sah man einen warmen Lichtschimmer hinter zwei Fenstern, im Erdgeschoß und im ersten Stock. Doch die Passanten achteten nicht darauf, denn mit Einbruch der Nacht wurde die Kälte beißender; die Nasen röteten sich, und die Männer vergruben die Hände in den Manteltaschen.

Es war November. In der Hauptstraße weiter oben, wo die Straßenbahnen vorüberquietschten, dudelte aus den Pendeltüren des Prisunic aufdringliche Konservenmusik.

Genau gegenüber dem Palais d'Estier lag eine kleine, altmodische Apotheke mit schwarzer Ladenfront und zwei trüben Schaufenstern, in denen links ein grünes und rechts ein gelbes Apothekergefäß prangte. Hin und wieder betrat jemand die Apotheke, fast nur einfache

Frauen. Sie waren schwarz gekleidet, manche zerrten ein Kind hinter sich her, und man sah sie mit dem Apotheker verhandeln, der ein Käppchen auf dem Kopf und einen graumelierten Bart hatte.

Es mochte Viertel nach vier, vielleicht vier Uhr zwanzig sein, als sich der Türknauf am Palais d'Estier wieder bewegte. Doch die Tür ging nicht auf. Es war, als warte jemand mit der Klinke in der Hand hinter der Tür ungeduldig, daß der Besucher endlich ginge.

Die beiden Männer standen wohl in der großen Eingangshalle, in der eine Laterne aus Muranoglas Licht spendete. Die Tür klaffte einen Spalt auf, ging wieder zu, wieder auf, und ein Vorbeieilender hörte laute Stimmen, drehte sich aber nur kurz danach um.

Dann schwang die Tür plötzlich ganz auf, und auf das dunkle Pflaster fiel ein gelbliches Rechteck. Ein hochgewachsener Herr mittleren Alters hielt die Tür auf, und ein anderer, dickerer, der im Rückwärtsgehen weiterredete, verfehlte um ein Haar die Stufe und wäre fast rücklings die Freitreppe hinuntergestürzt.

Der Größere war Graf Adrien d'Estier, der andere Eugène Malou. Versuchte der Graf tatsächlich, die Tür zu schließen, während Malou noch dagegendrückte?

Da peitschte ein Knall, bei dem die Kundinnen der Apotheke herumfuhren. Die Kurzwarenhändlerin von nebenan, die auch Zeitungen verkaufte, eilte unter die Ladentür, beugte sich spähend heraus und raffte dabei ihren Schal vor die Brust.

Niemand hätte genau sagen können, was geschehen war. Auch nicht Graf d'Estier, der, als der Schuß krachte, die Tür schon mehr als halb geschlossen hatte.

Eine der Frauen aus der Apotheke behauptete allerdings später:

»Er ist nicht gleich zusammengebrochen. Er ging weiter rückwärts die Treppe hinunter, ganz zusammengekrümmt. Erst, als er unten war, ist er auf dem Trottoir zusammengesackt...«

An der Straßenecke waren Leute stehengeblieben und warteten, ob es etwas zu gaffen geben würde.

Bevor er wieder vor die Tür trat, wandte sich Graf d'Estier ins Haus zurück und rief nach jemandem, vermutlich nach seinem Hausdiener, denn man sah als ersten einen Mann in weißer Weste ängstlich auf die Freitreppe treten und sich über Malou beugen, während der Graf auf der obersten Stufe stehenblieb.

Der Apotheker lief über die Straße und beugte sich ebenfalls über Malou. Als er sich wieder aufrichtete, hatte sich bereits ein Kreis von Neugierigen um ihn geschlossen.

»Einen Arzt«, rief er laut, »...holt Doktor Moreau, der wohnt zehn Häuser weiter... Schnell...«

Die Männer drängten sich vor, wandten sich ab und rieten den vordrängelnden Frauen:

»Sehen Sie lieber nicht hin...«

»Was ist denn los?«

»Ein Mann, der sich eine Kugel in den Kopf gejagt hat...«

Der Revolver war aufs Pflaster gefallen. Niemand faßte ihn an. Er wurde nur schweigend beäugt. Dann kam ein Polizist in Uniform.

»Man müßte ihn zu mir hinüber tragen...« schlug der Apotheker vor.

Und es fanden sich ein paar Freiwillige, die ihm halfen. Jemand hob auch Eugène Malous perlgrauen Hut vom Trottoir auf.

Malou stöhnte. Es waren monotone, unheimliche Töne, wie sie die Leute noch nie vernommen hatten, ein gleichförmiges Winseln, das nichts Menschliches mehr hatte und an nächtliche Tierlaute gemahnte, oder an das Ächzen eines Räderwerks.

»Hat er danebengetroffen?«

Der Eingang zur Apotheke war eng.

»Platz da!« schrie der Polizist. »Alles raus hier, aber dalli! ... Platz da, verdammt nochmal! Wir sind doch hier nicht im Theater ...«

Trotzdem drängten sich in den Ecken die Leute. Man legte den Mann auf den Boden, mit dem Kopf neben den emaillierten Fuß der Personenwaage. Eine Frau, die ihn sich genau hatte ansehen wollen, fiel in Ohnmacht.

Er sah übel aus. War Malou zu aufgeregt gewesen, um richtig zu zielen? Hatte ihm die Hand gezittert? Hatte er vielleicht vorbeischießen wollen? So aber hatte die Kugel, die am Kinn im Mundwinkel eingedrungen war, einen Teil seines Kiefers regelrecht weggerissen.

Malou hatte die Augen immer noch offen. Das war esonders grauenvoll. Er starrte immer noch auf die Leute, die an ihm vorbeidefilierten. Er blickte von unten zu ihnen hinauf, und dabei war ein Auge fast ganz herausgequollen.

»Wo bleibt der Doktor? ...«

»Ich war dort, Monsieur ... Er ist nicht zu Hause ...«

»Dann ruft einen anderen an. Und das Krankenhaus ... Aber um Gottes willen, macht doch Platz!«

Der Apotheker hatte Packungen mit blutstillender Watte aufgerissen, um den Blutstrom einzudämmen, der auf dem staubigen Fußboden bereits eine klebrige Lache bildete.

Und Eugène Malou starb und starb nicht. Unglaublich, daß er in diesem Zustand weiterlebte; jeder wünschte bei sich, es möge schnell gehen, um seinen Blick nicht mehr ertragen, sein anhaltendes Winseln nicht mehr hören zu müssen.

Der Polizist hatte einen großen Teil der Gaffer abgedrängt und vor der Tür Posten bezogen, gegenüber einer immer dichteren Menschenmenge, deren Gesichter im Dunkel glommen, vom Streulicht der Schaufenstergefäße der Apotheke grünlich und gelblich verfärbt.

Irgend jemand telefonierte rechts neben dem Ladentisch alle Ärzte der Umgebung an, doch es war gerade die Zeit, in der die meisten ihre Hausbesuche machten.

»Es ist Malou ...« wurde in der Menge geraunt.

»Wie ist das passiert?«

»Er ist scheint's vom Grafen herausgekommen ...« Graf d'Estier stand immer noch ganz allein am Fuße seiner Freitreppe.

Und dann breitete sich da auf der Straße und überall im Viertel, wo das Gerücht umsprang, plötzlich ein Gefühl der Verlegenheit aus.

Alle hatten die Artikel gelesen, die seit einigen Tagen im *Phare du Centre* erschienen. Alle kannten den noch drohenderen, fast triumphierenden Artikel vom selben Morgen mit der Schlagzeile

Malou am Ende.

Alle hatten beifällig dazu genickt, denn alle nahmen lebhaften Anteil an dieser Schlacht, die nun schon seit einiger Zeit tobte.

»Sie machen ihn fertig ...«

Jetzt hatten sie ihn fertiggemacht. Eugène Malou lag auf dem Fußboden der kleinen Apotheke, die eine Gesichtshälfte weggerissen. Die Schulter seines Mantels blutgetränkt. Langsam wichen die Leute zurück. Sie wollten zwar wissen, was passiert war, aber so genau doch lieber nicht.

Was hier auf der Straße entstand und allmählich die ganze Stadt erfassen sollte, war so etwas wie ein Gefühl der Scham, und schon jetzt drehten sich manche Leute mißbilligend nach der Gestalt des Grafen d'Estier um, der immer noch allein dastand und eine Zigarette rauchte.

Es war wie manchmal, wenn ein paar Lausbuben mit Steinen nach einer räudigen Katze schmeißen. Und wenn sie sie dann voll getroffen haben und sie tödlich verletzt ist, aber noch lebt, verdrücken sie sich schnell, schämen sich ihrer Tat, gebannt von dem stoßweise hervorschießenden Blut, vom Todeskampf des Tieres, das sich keiner von ihnen ganz hinzumachen traut.

Wenn Malou doch endlich sterben würde! Der kleine spitzbärtige Apotheker rannte in seinem weißen Kittel hin und her, beugte sich über den Verletzten, richtete sich wieder auf. Man sah ihn Arzneifläschchen entkorken, in die Offizin huschen, mit einer Spritze zurückkommen. Und obwohl die Tür zu war, konnte man – wirklich oder in der Einbildung – weiter das an-

und abschwellende Winseln vernehmen, das an den Nerven zerrte.

»Geht woanders spielen, Kinder!«

Endlich ein Auto: ein Arzt, der in die Apotheke stürzte und sich schon in der Tür den Mantel herunterriß.

Würde er Malou retten können? Das wäre noch schlimmer. Man müßte ihm mit seinem verstümmelten Gesicht begegnen. Er wäre, wie man ihn kannte, imstande, so auf der Straße herumzulaufen, sich wieder auf seinen Platz im ›Café de Paris‹ zu setzen – ein lebender Vorwurf für die ganze Stadt.

Schon deshalb wünschte man seinen Tod herbei. Man wartete auf ein Zeichen aus der Apotheke, das Aufatmen verhieß, ein Zeichen, daß alles vorüber war.

Drei Jugendliche, junge Leute zwischen sechzehn und siebzehn Jahren, bogen in diesem Moment um die Ecke der Rue des Moulins. Sie kamen aus der Oberschule, alle trugen Bücher und Hefte unterm Arm. Der in der Mitte war der größte, der schlankeste, und sein dunkler, glatt fallender Mantel ließ seine Gestalt noch länger erscheinen.

Sie waren ins Gespräch vertieft und gingen mit großen, bedächtigen Schritten. Sie benutzten das linke Trottoir am Stadthaus d'Estier vorbei. Man hörte eine Stimme:

»Ich hab' dem Englischlehrer gesagt, wenn er mir weiter so kommt...«

Man erkannte sie. Jetzt wurden sie angestarrt, vor allem der Junge in der Mitte, der seinerseits verunsichert auf die Menschenmenge vor der Apotheke blickte.

Würden die drei wohl die Straße überqueren, um ebenfalls zu erfahren, was los war, um nachzusehen? Die Leute rotteten sich unbewußt zusammen, wie um ihnen den Weg zu versperren.

»Monsieur Malou ...«

Ein dunkles Stückchen Trottoir, eine halboffene Tür über den fünf Stufen der Freitreppe, Graf d'Estier, der noch die Zigarette zwischen den Fingern hielt und nun auf die Jugendlichen zuging.

»Darf ich Sie einen Moment hereinbitten?«

Der junge Mann blickte erstaunt zwischen dem Grafen und der Apotheke hin und her:

»Ich bin gleich zurück ...« sagte er zu seinen Freunden.

Man sah den Grafen und den jungen Mann die Treppe hinaufgehen. Die Tür ging auch diesmal nicht gleich zu, und der Türknauf drehte sich auch jetzt. Lange konnte das nicht dauern. Die Leute ertappten sich, wie sie die Sekunden zählten. Wurde das Röcheln nicht schon schwächer? Man sah Doktor Fauchon sich aufrichten und um den Ladentisch herumgehen, um sich die Hände zu waschen.

Ein Rettungswagen tauchte an der Straßenecke auf. Unschwer zu erraten, wo er hinwollte.

Was trieben die beiden im Haus gegenüber? Die Menge wich auf das Trottoir zurück, um dem Wagen mit dem Roten Kreuz Platz zu machen.

Schließlich ging die Tür auf. Der junge Mann kam die Freitreppe herunter, und die Leute fanden, daß er sich nicht genug beeilte. Er winkte seinen Freunden unbestimmt zu und bahnte sich unter gemurmelten Entschuldigungen nach allen Seiten zwischen den Neugierigen einen Weg zur Apotheke.

Als er die Tür zur Apotheke aufdrückte, deren Glöckchen man bimmeln hörte, trat ihm der Doktor in den Weg. Von draußen konnte man alles sehen, auch wie der Doktor seine Hand nahm und heftig auf ihn einredete. Man verstand nicht, was er sagte, man sah nur, wie sich die Lippen bewegten. Der junge Mann machte sich los und wollte zu dem Hingestreckten treten, während der Doktor Zeit zu gewinnen versuchte.

Hinauszögern war wohl angebracht, wohl deshalb, weil der Anblick zu grauenvoll war. Dann war es also noch nicht zu Ende, wenn auch vielleicht nur noch eine Frage von Minuten. Darum ließ man auch die beiden Sanitäter mit ihrer Bahre draußen warten.

Endlich ließ Doktor Fauchon die Hand des jungen Mannes los, der linkisch einen Schritt tat, dann merkwürdig verhalten noch einen und dabei zu Boden blickte. Man sah, wie er sich hinunterbeugte, den Arm ausstreckte, sich gleich wieder aufrichtete und unbeweglich stehenblieb, lang und mager, die beiden Hände über Malous Hut gefaltet, den er vor sich hielt.

»Er ist tot...« sagte draußen jemand.

Die Leute glaubten das sofort.

Männer, die bis eben noch gezögert hatten, zündeten jetzt ihre Zigarette oder Pfeife an, und Frauen zerrten ihr Kind mit sich fort.

Graf Adrien d'Estier ging immer noch ganz allein auf seinem Stück Trottoir auf und ab. Hinter den Vorhängen des erleuchteten Fensters im ersten Stock tauchte kurz ein Gesicht auf.

»Er ist tot...« verkündete ein Gast dem Kellner Gabriel im ›Café de Paris‹.

Die es hörten, blickten unwillkürlich zu Eugène Malous Stammplatz hinüber.

»Er hat lange zum Sterben gebraucht... Ein schwerer Tod...«

In der Apotheke zog der Arzt seinen dicken Mantel wieder an und nahm den jungen Mann beim Arm. Dieser ließ sich nach kurzem Widerstreben mitziehen. Fauchon führte ihn aus der Apotheke und schob ihn vor sich her durch die Menschenmenge. Die beiden Klassenkameraden waren noch da. Der junge Malou nahm sie im Vorbeigehen wahr, denn sie hielten sich abseits unter einer Gaslaterne, und er winkte ihnen mit der Hand ab.

»Wir müssen unbedingt Ihre Mutter benachrichtigen, bevor sie die Leiche nach Hause bringen...«

Der Doktor machte Anstalten, ihn zu stützen, doch der junge Mann brauchte das nicht, er schritt rasch aus, wie gefangen in einem Traum. So rasch, daß der Doktor seinen Wagen stehenließ. Es war auch wirklich nicht weit. Die Straße fiel ab und wurde immer dunkler, denn die Läden wurden seltener. Am Ende war nur noch ein Möbelgeschäft, wo man sich nicht die Mühe machte, die Auslage zu beleuchten.

Dann wandten sie sich nach links, in eine ähnliche Straße, nur enger. Um diese Zeit wurde die Leiche Eugène Malous gerade in den Krankenwagen gehoben und keuchte ganz außer Atem der Polizeikommissar heran, der bei dem Anruf nicht in seinem Büro gewesen war.

»Sie müssen vor Ihrer Frau Mutter sehr gefaßt sein...«

Alain Malou gab keine Antwort, hörte vielleicht gar nicht hin. Er hatte nicht geweint. Er hatte noch kein Wort gesagt.

Und dann erreichten sie den kleinen, stillen Platz mit dem Kopfsteinpflaster und dem zierlichen Renaissancebrunnen in der Mitte. Eben zu der Zeit, als es richtig Nacht wurde und ein leichter Nebel aufkam, der dem alten Gemäuer der Bürgerhäuser weichere Konturen verlieh.

Die vier oder fünf Häuser hier, die den Platz umschlossen, hatten alle große Portale mit Prellsteinen aus der Pferdekutschenzeit. Das Licht hinter den wenigen erhellten Fenstern war so sanft, daß man es noch für den Kerzenschimmer von damals hätte halten können. Die Schritte hallten auf dem Pflaster, und das Echo warf den Hall vielfach zurück.

Die beiden Männer verhielten vor dem Tor, an dem der Doktor klingelte, und der junge Mann wartete, als sei dies gar nicht die Tür seines Elternhauses und er selbst nur ein Besucher.

»Vielleicht ist niemand da...« murmelte er, als nicht sofort geöffnet wurde.

Der Doktor klingelte noch einmal, und endlich wurden Schritte im Haus laut, eine Tür schlug, jemand trat unter das Torgewölbe, eine Kette klirrte, und der schwere Torflügel knarrte ein Stück weit auf.

»Ach Sie sind es, Monsieur Alain...«

Der Mann trug die dunkle Hose und weiße Weste eines Hausdieners.

»Pardon... Sie sind ja nicht allein...«

Der Doktor fragte:

»Ist Madame Malou zu Hause?«

»Sie ist vor etwa zwei Stunden ausgegangen...«

Der Junge trat unschlüssig von einem Bein aufs andere.

»Ich denke, sie kommt bald heim. Sie ist zum Friseur...«

Der Doktor kümmerte sich um die sachlichen Einzelheiten.

»Es wäre besser, beide Torflügel aufzumachen, damit der Rettungswagen hereinfahren kann.«

»Ist etwas passiert?«

»Monsieur Malou ist tot.«

Inzwischen hatte der Rettungswagen den Platz erreicht, und wieder entstand Verwirrung. Der Doktor fragte den Hausdiener halblaut:

»Wo sollen wir ihn aufbahren?« Im Erdgeschoß mußten große Salons sein. Eine zweifach gewendelte Treppe mit gedrechseltem Geländer führte nach oben.

»Hier unten können wir ihn nicht hinlegen«, flüsterte der Hausdiener.

Er hatte nur wenige Lampen angeschaltet. Trotzdem sah der Doktor die roten Pfandsiegel, die an den Türen klebten.

»Dann da oben?«

»Der Gerichtsvollzieher hat nur drei Zimmer unversiegelt gelassen...«

Die Sanitäter stiegen mit der Bahre hinauf, die sie mit einem Leintuch bedeckt hatten. Das Haus wirkte kahl, unbewohnt. Der Hausdiener ging voraus und drehte dabei an den Lichtschaltern.

Hinter ihm schritten Alain und der Doktor. Er war

nicht der Hausarzt. Nur zwei- oder dreimal war er in Vertretung hier gewesen, in dringenden Fällen.

»Am besten legen wir ihn in sein Zimmer.«

Aber war das noch das Zimmer des Verstorbenen? Auch hier klebten auf den antiken Schränken überall Pfandsiegel. Bilder, Kunstgegenstände stapelten sich in einer Ecke. Kaum vorstellbar, daß hier noch vor Stunden eine Familie gewohnt hatte; man sah sich vergebens um, wo sie sich aufgehalten haben mochte.

»Und Ihre Schwester?« fragte der Arzt.

»Sie kommt heute aus Paris zurück ...«

»Und Ihr Bruder Edgar?«

»Ach richtig, er ist in seinem Büro in der Präfektur zu erreichen ...«

»Wenn Sie bitte mitkommen wollen ...« ließ sich der Hausdiener vernehmen.

Die Leiche Eugène Malous lag jetzt auf seinem Bett, immer noch mit einem Laken bedeckt. Die Sanitäter traten von einem Bein aufs andere. Fast hätte der Arzt den jungen Mann angestoßen: ›Sie warten aufs Trinkgeld ...‹

Doch zog er schließlich selber einen Geldschein aus der Tasche und drückte ihn ihnen in die Hand.

Noch andere Zimmer waren in Unordnung, wie vor einem Umzug, Körbe, in denen Wäsche oder Besteck sein mußte, Koffer, Kisten. Das Eßzimmer war beinahe aufgeräumt, und der Hausdiener schaltete dort den Kronleuchter an.

»Ihre Mutter muß jeden Augenblick nach Hause kommen ... Wissen Sie, bei welchem Friseur sie ist?«

»Bei Francis ...«

»Vielleicht sollte man besser dort anrufen, damit sie darauf gefaßt ist?«

»Meinen Sie?«

»Soll ich versuchen, sie an den Apparat zu bekommen?«

Der Doktor telefonierte. Offenbar erreichte er sie, während sie wohl noch mit dem Kopf unter der Glocke der Trockenhaube saß.

»Madame Malou? ... Ich gebe Ihnen Ihren Sohn Alain ...«

»Mama?«

Seine Stimme klang hart, verriet keinerlei Wärme.

»Ja, ich bin's, Alain ... Ich bin zu Hause ... Papa ist tot ...«

Er verharrte kurz und lauschte, dann legte er auf und starrte ins Leere, als sei er in diesem Haus, in dieser Familie fremd.

Der Doktor, der alles gewissenhaft regeln wollte, rief in der Präfektur an und ließ sich mit Edgar verbinden, Malous ältestem Sohn.

»Sprechen Sie mit Ihrem Bruder.«

»Bist du's, Edgar? ... Hier ist Alain, ja ... Papa ist tot ... Was sagst du? Du weißt es schon? ... Er ist hier, ja. Man hat ihn gerade gebracht ... Ich hab' mit Mama telefoniert, sie ist beim Friseur. Wenn du meinst ... Ich weiß es nicht. Er hat mir nichts mehr gesagt ...«

Autogeräusch auf dem Platz. Noch bevor er den Türklopfer hörte, ging der Hausdiener hinunter. Man vernahm längeres Flüstern im Treppenhaus. Die Schritte und Stimmen kamen herauf.

»Wo ist Alain?«

»Im kleinen Eßzimmer, Madame ...«

Man roch ihr Parfüm, noch bevor man sie sah. Ein Pelz über den Schultern; dauergewelltes Haar.

»Oh! Verzeihung, Doktor ...«

»Ich bitte um Entschuldigung, Madame ... Ich wurde in die Apotheke gerufen und hielt es für richtig, mit hierher zu kommen.«

»Wieso warst du dort, Alain?«

»Ich bin auf dem Rückweg von der Schule vorbeigekommen ...«

»Hast du ihn vorher noch gesehen? ... Hat er dir etwas gesagt? ... Wo haben sie ihn hingelegt?«

»Er ist in seinem Zimmer, Madame ... Es wäre vielleicht besser, wenn Sie ihn jetzt nicht unbedingt sehen wollten ...«

Sie wirkte sehr zart, ihr Gesicht war das einer Fünfundvierzigjährigen, die sich pflegt. Noch hatte sie keinen Augenblick die Fassung verloren. Nach einem besorgten Blick in die Runde fragte sie:

»Und was nun?«

»Ich weiß nicht, Madame. Ich denke, der Polizeikommissar wird wegen ein paar Formalitäten gleich vorbeikommen.«

»Wo hat er es getan?«

»Auf der Straße ... Genauer auf der Schwelle zum Palais d'Estier.«

»Verstehst du das, Alain?«

Dann, fahriger:

»War er gleich tot?«

»Fast sofort.«

»Hat er gelitten?«

Alain schlug wortlos die Augen nieder.

»Setzen Sie sich doch, Doktor... Hat Ihnen Joseph nichts angeboten?«

»Aber ich bitte Sie, ich möchte nichts...«

»Joseph...«

Joseph hatte verstanden und stellte eine kleine Karaffe und Gläser auf den Tisch.

»Sieht er sehr schlimm aus?«

Sie hatte sich eine Zigarette zwischen die Lippen geklemmt und kramte in der Handtasche nach ihrem Feuerzeug.

»Sie sollten Feuer machen, Joseph...«

Dann versagten ihr die Nerven.

»Und dabei ist Corine in Paris... Weiß dein Bruder es schon?«

Unten wurde geklingelt. Es war Edgar, der Älteste, der einen Umweg gemacht und seine Frau im Taxi zu Hause abgeholt hatte. Offenbar hatten sie sich auch die Zeit genommen, Trauer anzulegen, denn sie waren von Kopf bis Fuß in Schwarz. Auch sie redeten im Treppenhaus und fragten den Diener aus. Die gleiche Frage:

»Wo hat man ihn hingebracht?«

Dann ging Edgar, der siebenundzwanzig war, ernst auf Madame Malou zu, nahm sie in die Arme und drückte sie geraume Zeit schweigend an sich.

»Arme Mama...«

»Armer Edgar...«

Madame Malous Augen wurden feucht, und sie schluchzte ein paarmal auf, und dann war es an ihrer Schwiegertochter, sie zu umarmen.

»Seien Sie gefaßt, Mama...« sagte sie.

»Wie ist das bloß passiert?«

Edgar wandte sich zu seinem Bruder Alain.

»Du warst doch dabei?«

»Als ich kam, war alles schon vorbei ... Graf d'Estier hat mir alles erzählt ...«

»Würden Sie mich bitte entschuldigen ...?« murmelte Doktor Fauchon, der sich überflüssig vorkam.

Man dankte ihm.

»Noch ein Schnäpschen, Doktor?«

Doch der hatte es eilig, nach draußen an die frische Luft zu kommen.

»Erzähl!« forderte Edgar seinen Bruder auf.

»Kannst du es dir nicht denken?«

»Darauf kommt's nicht an ... Erzähl ... Es wird genug Dummschwätzer geben, die uns erzählen wollen, wie's wirklich gewesen ist ...«

»Erlauben Sie, Mama ...?« fragte seine Frau und zog den Mantel aus.

Alain wirkte immer noch abwesend.

»Was hat dir d'Estier gesagt?«

»Vater hatte ihn aufgesucht ...«

»Das kann ich mir denken. Und dann?«

»Er hat einen Nachschuß verlangt ...«

Die Oberlippe des Ältesten, der Amtsvorsteher in der Präfektur war, zuckte verächtlich.

»Kann ich mir denken. Und dann?«

»Er hat gesagt, daß er am Ende ist, daß das alles zu dumm ist und ein Elend, Leute aufzusuchen, die nichts kapieren, und daß er sich lieber eine Kugel in den Kopf jagt, weil sie ihn zum Äußersten treiben.«

»Und das glaubst du?« fragte der Ältere spöttisch.

Der Jüngere verstummte. Er stand immer noch neben dem Tisch und hatte als einziger noch seinen Mantel an.

»Na, red schon ... Du weißt genausogut wie ich, was ich sagen will ... Das war nicht das erste Mal ...«

»Er ist tot.«

»Das weiß ich auch ... Aber wie?«

»Er hatte offenbar den Revolver aus der Tasche gezogen ...«

Alain sprach wie widerwillig, mit unstetem Blick.

»Der Graf hat ihn hinausgeschoben und versucht, die Tür zuzumachen ... Papa hatte seinen Fuß dazwischengestellt ... Estier hat nicht gesehen, wie er geschossen hat ...«

»Und wie stehen wir jetzt da ...?«

»Papa ist tot ...«

»Und ihr sitzt alle ganz schön in der Tinte ... Ich frage mich sogar, ob bei mir in der Präfektur ...«

Ein Blick seiner rosigen und rundlichen Frau brachte ihn zum Schweigen. Doch fing er fast sofort wieder an:

»Was gedenken Sie zu tun, Mama?«

»Wenn ich das wüßte!«

»Haben Sie noch Geld?«

»Ihr wißt doch alle genau, daß ich keins habe ...«

»Ihre Juwelen ...«

»Längst verpfändet ...«

»Woher nehmen wir bloß das Geld für die Beerdigung«, jammerte Edgar. »Das wird teuer, elend teuer ... Wo wir heuer so große Umzugskosten hatten, Marthe und ich, und nichts auf die Seite legen konnten ... Wo ist Corine?«

»Sie ist auf zwei Tage nach Paris zu einer Freundin

gefahren ... Wenn sie es nicht wie letztes Mal macht, müßte sie heute zurückkommen ...«

»Wie wird die denn bloß klarkommen?«

»Und ich? ...« fauchte die Mutter.

Kurz vorher hatte es geläutet. Der Hausdiener Joseph meldete:

»Der Polizeikommissar. Er will Madame sprechen.«

Wo sollte man ihn hinbitten? Überall klebten Pfandsiegel. Das Haus war kein Heim mehr.

»Hierher ...« sagte sie.

Sie trank hastig einen Schluck Klaren und warf ihre Zigarette in den Kamin, wo jetzt ein paar Scheite brannten.

»Ich bitte um Verzeihung, Madame.«

»Aber ich bitte Sie, Kommissar ... Es ist so unerwartet, so schrecklich ...«

»Mein aufrichtigstes Beileid ... Für Sie und Ihre leidgeprüfte Familie ... Aber meine Pflicht ...«

»Ich weiß ... Ich war bei meinem Friseur, Francis, als Alain mich angerufen hat ... Ich glaube nicht, daß er das so richtig begreift ... Er ist noch zu jung ...«

Alain wurde rot und drehte sich weg zum Kamin.

»Sie wissen sicher von der Kampagne, die diese Leute gegen meinen Mann angezettelt haben ... Er war das Kämpfen gewöhnt ... Ich war sicher, daß er sich auch diesmal aus der Affäre ziehen würde.«

»Wußten Sie, daß er einen Revolver dabei hatte?«

»Das war ich von ihm so gewöhnt ... Nachts legte er ihn immer in Reichweite hin ... Ich hab' vergebens versucht, ihm diese Manie auszutreiben ... Ich hab' ihn gefragt, wovor er denn Angst habe ...«

»Diese Waffe war es doch, nicht wahr?«

»Ich glaube ... Ja ... Ich muß sagen, daß ich nie genau darauf geachtet habe, ich finde alle Mordwaffen scheußlich ...«

»Halten Sie einen Selbstmord für möglich oder gar wahrscheinlich?«

»Er muß sehr verzweifelt gewesen sein ... Seit ein paar Tagen wirkte er düster und bedrückt ...«

»Wegen dieser Kampagne im *Phare du Centre*?«

»Ich weiß nicht ... Ich denke schon ...«

»Und als die Siegel hier angebracht wurden?«

»Das war heute morgen ... Ich erinnere mich, daß er zu dem Gerichtsvollzieher sehr zuvorkommend war und sich selber in den Keller bemüht hat, um eine gute Flasche für ihn heraufzuholen ... ›Das ist nicht das erste Mal und sicher auch nicht das letzte ...‹ hat er zu ihm gesagt. Ich weiß, daß er noch was zu ihm gesagt hat: ›Geben Sie doch zu, ohne Leute wie mich wärt ihr Gerichtsvollzieher arbeitslos ... Im Grunde sind wir Eure besten Freunde ...‹ Er hat geflachst, meine ich ... Er hat immer geflachst ... Deswegen war ich überhaupt nicht gefaßt auf das, was passiert ist ...«

Sie weinte leise, ohne Überzeugung.

»Und jetzt darf ich ihn nicht mal sehen, weil es heißt, der Anblick sei zu schrecklich. Was geschieht nun weiter, Herr Kommissar? Ich stehe mit meinen Kindern ganz alleine da ... Ich habe nichts mehr ... Alles ist versiegelt ... Ich habe keinen Centime für seine Beerdigung ...«

Der Kommissar wandte sich an Edgar und sagte halblaut zu ihm: »Ich komme bei Ihnen vorbei ... Das besprechen wir noch ...«

Waren sie nicht beide Beamte? Saßen sie nicht sogar im gleichen Gebäude?

»Ich weiß noch nicht, wie alles weitergehen wird, Madame. Im Augenblick muß ich lediglich einen Bericht schreiben. Glauben Sie mir, ich bin so betroffen, daß ich ... daß ich ...«

Abgang. Für ihn war die Sache erledigt. Er machte sich rückwärts davon, mit einem Augenzwinkern zu Edgar hin.

Jetzt waren sie unter sich; Schwiegertochter Marthe erklärte: »Mama muß unbedingt ein Häppchen essen ... Ich werde mich mit Joseph drum kümmern ... Kann die Köchin ...«

»Julie ist gestern gegangen ...«

»Ich werde sehen, ob ich mit Joseph ...«

Eugène Malou lag ganz allein in dem Zimmer mit den versiegelten Schränken, unter seinem Leintuch, das sein entstelltes Gesicht verhüllte.

»Ich frage mich, Mama ...«

»Setz dich hin ... Du weißt genau, daß ich nicht gerne mit jemandem rede, der hin- und herläuft ...«

»Ich frage mich, ob die Lebensversicherung ...«

»Dein Vater hat sie sich letzten Monat auszahlen lassen, also können wir mit nichts rechnen.«

Alain entfernte sich stumm. Niemand wollte etwas von ihm. Die beiden anderen, Madame Malou und Edgar, saßen in Sesseln vor dem Kamin, und Madame Malou hatte sich eine neue Zigarette angesteckt.

Alain ging durch den Flur in das Zimmer, in dem es eiskalt war, denn mangels Kohlen lief die Zentralheizung schon seit drei Tagen nicht mehr.

Er wollte das Gesicht seines Vaters nicht aufdecken. Er zog einen niederen Stuhl ans Bett, verschränkte die Hände vor den Knien und blieb blicklos sitzen, ohne auch nur das Leintuch anzusehen, unter dem sich die Gestalt des Toten abzeichnete.

Es verging geraume Zeit. Dann hörte er es klingeln und gleich darauf Schritte. Doch beides kam aus einer anderen Welt, und er achtete nicht darauf. Eine neue Frauenstimme. Seine Schwester. Gleichgültig nahm er es hin. Er kam nicht einmal darauf, daß sie mit dem Zug um sieben Uhr zwanzig zurückgekommen sein mußte und man sie jetzt ins Bild setzte.

In der leeren Wohnung riefen sie nach ihm:

»Alain! ... Alain! ...«

Die Tür seines früheren Zimmers wurde auf- und zugemacht, und seine Schwägerin verkündete:

»Hier ist er auch nicht ...«

Dann, um zu vermeiden, daß man ihn von hier wegholte, stand er auf, streckte seinen mageren Körper, blieb zu Füßen des Bettes einen Augenblick reglos stehen und bewegte die Lippen wie im Selbstgespräch, riß dann die Tür auf und schrie zur Antwort:

»Ich komme ...«

Das Abendessen war im Eßzimmer aufgetragen, und als einen Augenblick Stille eintrat, konnte man auf dem kleinen Platz den Springbrunnen plätschern hören.

2

»Alain… Alain…«

Er hatte das Gefühl, gerade erst eingeschlafen zu sein, und dennoch spürte er, ohne die Augen zu öffnen, daß es bereits heller Tag war. Außerdem wußte er, daß es in Strömen goß, denn dicht unter seinem Fenster trommelte der Regen auf ein zinkblechernes Wetterdach.

»Warum hast du dich mit den Kleidern ins Bett gelegt?«

Widerstrebend fand er aus seiner Traumwelt zurück in die Wirklichkeit. Es war seine Schwester, sie hatte ihn so geweckt und sich wieder mal unten auf sein Bett gesetzt, und als er die Augen aufschlug, sah er mißmutig – er hätte übrigens darauf wetten können –, daß sie die Beine übereinandergeschlagen hatte und ihr Morgenmantel offenstand. Würde sie denn nie kapieren, daß es ihn störte, sie immer halbnackt zu sehen? Bei ihr war das wie eine Sucht. Sie hatte keinerlei Schamgefühl. Morgens konnte es passieren, daß sie splitternackt aus dem Bad kam, vor ihm den Schlüpfer anzog, wobei sie erst ein Bein, dann das andere hochhob, und er nicht wußte, wohin er blicken sollte.

Corine war schön. Alle Leute sagten das, die Männer liefen ihr nach. Sie hatte eine geschmeidige, feinporige Haut und eine gute Figur. Ihr ganzes Wesen war rund. Sie bestand ganz aus üppigen Formen. Sie war ein Weibchen, während Alain lieber eine Schwester wie manche seiner Klassenkameraden gehabt hätte, ein richtiges junges Mädchen, das man sich nackt nicht vorstellen konnte.

Und sie roch nach Frau. Noch jetzt konnte er ihren Geruch wahrnehmen, denn sie war gerade erst aus dem Bett gestiegen; sie hatte in einem sehr kurzen rüschenbesetzten Seidenhemdchen geschlafen, das jetzt weit über den blonden Flaum unten an ihrem Bauch hochgerutscht war, und dachte gar nicht daran, den Morgenmantel zuzumachen.

»Joseph ist weg...« verkündete sie.

»Ich weiß...«

Er begriff sofort, daß er sich verplappert hatte und besser still gewesen wäre.

»Woher weißt du? Hat er dir was gesagt?«

Er wußte es, weil er die Nacht so gut wie nicht geschlafen hatte.

Vollständig angezogen hatte er sich hingelegt, ohne auch nur die Krawatte zu lösen, weil er sich fürchtete. Wovor, hätte er nicht genau sagen können, aber Angst hatte er gehabt. Ganz allein in seinem Zimmer hatte er sich nicht ausziehen mögen, und vielleicht spielte auch etwas Scham in seine Empfindungen hinein. Lag nicht die Leiche seines Vaters zwei Zimmer weiter im Dunkeln, ganz allein?

Er hatte sich in seinem Himmelbett schlafen gelegt. Und sich nicht mehr getraut, nicht einmal in Gedanken, dieses wie sonst seinen Katafalk zu nennen.

Es war das reinste Monument, schwarzlackiert und vergoldet, mit Schnitzwerk und Wappen überladen. Das

Haus war voller solcher Möbel, die bei Versteigerungen zusammengekauft worden waren, vor allem in Schlössern. Auch der Kamin war wappenverziert, und sogar sein Schrank, in den sechs Personen gepaßt hätten und dessen Türen vom Gerichtsvollzieher versiegelt waren.

»Woher weißt du, daß er weg ist?«

»Ich hab' ihn gehört.«

Das war mitten in der Nacht gewesen. Er hatte mit offenen Augen dagelegen. Das Zimmer Josephs, des Hausdieners, war genau über seinem. Er hatte den Diener lange Zeit in Schuhen hin- und herschlurren hören, dann waren die Schritte auf der Treppe gewesen. Joseph ging fort, das stand fest. Alle Hausangestellten hatten sich nacheinander abgesetzt, obwohl ihnen noch Lohn zustand.

Alain hatte noch mehr belauscht: Joseph, der sich tagsüber wie ein amtsenthobener Priester gebärdet hatte, war in das Zimmer eingedrungen, wo die Leiche lag, und hatte dort eine ganze Weile gestöbert.

Geträumt hatte Alain das nicht, da war er ganz sicher. Der Hals war ihm eng geworden und der kalte Schweiß ausgebrochen, doch er hatte sich nicht zu rühren gewagt und war recht erleichtert gewesen, als er endlich unten die Haustür klappen und dann Schritte auf dem Trottoir gehört hatte.

»Es ist nichts zu essen im Haus ... Du mußt los und irgendwas einkaufen ...«

Immer er! Immer wurde im Haus nach Alain gerufen, wenn ein unangenehmer Gang fällig war.

Mit mürrischem Blick stand er auf.

»Hast du Geld?« wollte er von ihr wissen.

»Ich werd' Mama um welches bitten... Sie fühlt sich sehr müde und bleibt noch etwas liegen ...«

So war das doch immer. Morgens war sie unweigerlich müde und blieb bis Mittag im Bett. In den Zeiten, wo noch Dienstboten im Haus gewesen waren, hatte sie sich ein Vergnügen daraus gemacht, das ganze Haus an ihrem Bett vorbeidefilieren zu lassen.

Er ging ins Zimmer seiner Mutter, nachdem er sich kurz gekämmt und Wasser ins Gesicht geschüttet hatte. Sein Anzug war faltig und seine Krawatte zerknittert.

»Joseph ist weg ...« verkündete er ihr.

»Ich weiß, Corine hat's mir gesagt.«

»Es ist nichts zu Essen im Haus. Bloß ein Kanten altbackenes Brot.«

»Hast du Geld?«

In dieser Familie eine sattsam bekannte Frage, schließlich war sie oft genug gestellt worden! Sogar von seinem Vater, der Alain bisweilen bat, ihm ein paar Stunden mit seinen Spargroschen auszuhelfen.

»In seiner Brieftasche muß noch welches sein.«

Er begriff, was sie damit meinte, denn sie bewegte den Kopf zu dem Zimmer hin, wo der Tote lag. Er verstand auch, daß seine Mutter und seine Schwester selber dort nicht hineinwollten.

Es kostete ihn Überwindung. Es war nicht mehr dasselbe wie gestern abend, jetzt im Frühlicht, mit dem Regen, der die Scheiben herunterlief. Fast hätte er Corine gebeten mitzukommen, doch seine Selbstachtung hinderte ihn.

Der Besuch kam ihm in den Sinn, den Joseph in der

Nacht diesem Zimmer abgestattet hatte, und er war erleichtert, als er die Leiche noch an Ort und Stelle unter dem Leintuch liegen sah. Der Sakko hing über einem Stuhl, und er durchsuchte die Taschen, fand aber die Brieftasche nicht. Einen Augenblick später entdeckte er sie aufgeschlagen auf dem Teppich.

Er hob sie auf und ging schnell hinaus, warf sie seiner Mutter auf's Bett.

»Ich glaub', die ist leer...«

»Warum?«

»Sie hat auf dem Boden gelegen. Ich wette, das ist Joseph gewesen.«

Das paßte zusammen. Hatte Joseph Geld in der Brieftasche gefunden? Wenn ja, hatte er es jedenfalls mitgehen lassen.

»Ich hab' ein bißchen Kleingeld in der Handtasche... Reich sie mal rüber... Hol Brot, Butter, Milch... Wenn Edgar nachher kommt, bitte ich ihn um ein bißchen Geld... Freilich müssen wir sehen, daß wir vorher schon welches auftreiben... Weißt du vielleicht, wer geklingelt hat?«

»Es hat geklingelt?«

»Früh um acht, dann nochmal eine halbe Stunde später...«

Um die Zeit war er endlich eingeschlafen, und er hatte nichts gehört.

»Sieh mal nach, ob jemand etwas in den Briefkasten getan hat. Ich frage mich, was wir ohne Personal machen sollen...«

Aber sie stand nicht auf.

»Und man wird sich darum kümmern müssen...«

Ein Blick in Richtung des Totenzimmers. Um die Beerdigung würde sich jemand kümmern müssen, sollte das wohl heißen.

Er zog seinen Mantel an, ging hinunter, trat durch das Pförtchen im großen Tor hinaus. Fast wäre er ohne Schlüssel gegangen, weil er vergessen hatte, daß keine Dienerschaft mehr da war, um ihm aufzumachen. Er fand ihn an einem Haken.

Draußen schlug er den Kragen seines langen Mantels hoch. Einen Hut hatte er nicht. Er trug nie einen. Über sein blondes Haar perlte der Regen, Wassertropfen hingen ihm an der Nasenspitze. Der kleine Platz war menschenleer. Es gab einen Milchladen in einem Sträßchen keine hundert Meter weiter, doch die Milchfrau hatte ihn einmal vor allen Leuten abgekanzelt, weil sie schon monatelang hatten anschreiben lassen, und so nahm er jetzt lieber einen längeren Weg in Kauf. Beinahe hätte er sich eine Zeitung geholt, weil sicher etwas über seinen Vater darin stand. Er trat in einen Laden und merkte sofort, wie ihn die Leute mit einer Mischung aus Verlegenheit und Neugier anstarrten.

Brot, ein halbes Pfund Butter und eine Flasche Milch – wie arme Leute. Als er wieder nach Hause kam, zankten sich die beiden Frauen. Corine hatte immer noch nicht mehr auf dem Leib als vorhin, als sie ihren Bruder geweckt hatte. Sie schritt vor dem Bett ihrer Mutter auf und ab.

»Das kann ich doch von ihm nicht verlangen … Was denkst du dir eigentlich, für was hältst du mich?«

»Vielleicht für das, was du bist …«

»Was soll das heißen?«

»Stell dich nicht dumm! ... Bloß geht es jetzt mal um uns und nicht um einen Pelzmantel.«

»Ich verbitte mir diesen Ton!«

»Schrei gefälligst nicht so herum!«

»Vielleicht wegen der Dienerschaft nicht?«

»Du redest schließlich mit deiner Mutter...«

»Mit meiner Mutter, die mich zu einem Mann um Geld schicken will...«

»Seid ihr bald fertig, ihr zwei?« murrte Alain, der die Eßwaren einfach seiner Mutter auf die Frisierkommode gestellt hatte.

»Dein Bruder hat eben angerufen ...«

»Was hat er gesagt?«

»Er hat sich wegen der Beerdigung erkundigt, das kostet mindestens zwanzigtausend Francs, und er hat kein Geld ... Er kommt gleich her, wenn er im Amt war, weil er nämlich behauptet, er muß unbedingt im Amt vorbei ... Im Klartext: Seht zu, wie ihr fertig werdet ... Ich habe deine Schwester gebeten, Fabien anzurufen ...«

Hätten sie es an so einem Tag nicht lassen können, davon anzufangen? Hatten die Weiber denn gar keinen Anstand?

Fabien war Chirurg, der bedeutendste Chirurg der Stadt, und besaß eine prächtige Privatklinik. Mit seinen vierzig Jahren war er noch jung, ein Schönling und Lebemann. Er war verheiratet und hatte drei Kinder, aber mit seiner Frau sah man ihn nie.

Ins Theater, ins Konzert wurde er von Corine begleitet, und wenn er, wie fast jede Woche, in Paris operierte, konnte man fast sicher sein, sie mit ihm in den Zug steigen zu sehen. Dort, in Paris, war sie erst gestern noch gewesen. Angeblich bei ihrer Freundin Manselle. Ihre reiche Freundin Manselle war es auch, die ihr fast geschenkt den Nerzmantel überlassen hatte, auf den sie so stolz war.

»Wenn Fabien wirklich ein Freund ist, und das möchte ich gerne glauben dürfen ...«

»Hör schon auf, Mama ...« schnitt ihr Corine das Wort ab.

Und Alain bekräftigte mißbilligend:

»Hör schon auf ...«

»Ob mir vielleicht jemand eine Tasse Kaffee kocht?«

Bruder und Schwester sahen einander an. Corine öffnete den Mund, doch sah sie an der verstockten Haltung Alains, daß sie ihn diesmal wohl nicht drankriegen würde.

»Ich weiß nicht mal, wie man den Gasherd anmacht ...« murrte sie im Weggehen.

»Gib mir das Telefon, Alain ...«

»Was willst du damit?«

»Muß dein Vater unter die Erde, ja oder nein?«

Wieder einmal wandte er sich zum Fenster, schob die Tüllgardinen auseinander und starrte geistesabwesend auf den kleinen Platz hinunter.

»Hallo! Spreche ich mit Graf d'Estier? Hallo! Hier ist Madame Malou ... Ja, Malou ...«

Sie wurde ungeduldig und wiederholte mißgelaunt:

»Seien Sie bitte so nett und sagen Sie Graf d'Estier, daß Madame Malou am Apparat ist und ihn sprechen will ...«

Corine lehnte mit der Kaffeekanne in der Hand am Türrahmen und hörte zu.

»Hallo! ... Graf d'Estier? ... Ja, hier Madame Malou ... Ich verstehe vollkommen ...«

Alain sog jetzt verlegen an einer Zigarette, die gar nicht brannte.

»Ich meine, daß auch Sie sich über die Lage klar sein müssen ... Sie ist dramatischer, als Sie glauben, da ich noch nicht weiß, wie ich es schaffen soll, meinen Mann anständig unter die Erde zu bringen ... Und zu allem Unglück hat sich unser Hausdiener heute nacht davongemacht und mitgenommen, was in der Brieftasche war ... Ich höre ... Ja ... Ich verstehe vollkommen ...«

Und er sprach längere Zeit, während Madame Malou stillsaß, den Hörer in der Hand, den Apparat vor sich auf dem Bett.

»Ich gehe völlig mit Ihnen einig, und es ist klar, daß ich dann keine weiteren Forderungen mehr an Sie stelle ... Wie bitte? ... Ich weiß noch nicht ... Ich weiß absolut nichts ... Versetzen Sie sich in meine Lage ... Und da sind auch noch die Kinder ... Ja ... Ich danke Ihnen ... Auch in seinem Namen ...«

Sie legte auf und schob den Apparat weg.

»Das wäre erledigt«, seufzte sie.

»Wieviel schickt er?« wollte Corine wissen.

»Er hat es mir nicht gesagt. Er läßt mir heute morgen einen Scheck bringen unter der Bedingung, daß damit ein für allemal Schluß ist ... Als ob er an deinem Vater nicht genug verdient hätte! ... Es hat geklingelt, Alain ...«

»Ich hab's gehört.«

Sie vergaßen immer wieder, daß sie jetzt selber die Tür aufmachen mußten.

»Wo bleibt der Kaffee, Corine?«

»Ich habe das Wasser aufgestellt.«

Alain stieg hinunter, öffnete die Tür. Vor ihm stand eine verhutzelte Alte mit einem tropfnassen Regenschirm in der Hand. Es war einer dieser riesigen Schirme, wie ihn die Bauern haben, wenn sie auf ihrem Karren zum Markt fahren. Sie war auch bäurisch gekleidet, mit Röcken, die bis auf ihre klobigen Schuhe reichten. Sie trug eine komische schwarzseidene Haube, die mit Bändern unterm Kinn verknotet war.

»Ich möchte zu Madame Malou ...«

»Meine Mutter liegt noch im Bett ...«

»Weil es doch so dringend ist und ich von so weither komme.«

»Ich fürchte, wegen der Umstände ...«

»Genau deswegen ... Sagen Sie Ihrer Mutter, Madame Tatin ist da ... Es würde mich wundern, wenn sie von mir noch nicht gehört hätte .. Gesehen hat sie mich jedenfalls sicher schon, denn manchmal ist sie doch wohl in Trauerhäusern gewesen ... Sehen Sie, bei Oberst Chaput, da hab' ich auch Totenwache gehalten. Auch bei der Baronin Beaujean ... Ich hab' Erfahrung, wissen Sie? ... In den Familien, da können sie das meistens nicht mehr ... Mit Totenwachen weiß ich Bescheid, weil ich seit vierzig Jahren nichts anderes mache ...«

Gab es denn so was? Alain schien es, als schleppe sie in den Rockfalten einen muffigen Geruch nach Weihwasser, Buchsbaum und Chrysanthemen mit sich herum.

»Kommen Sie doch einen Moment herein ...«

Er ließ sie nicht im Torgewölbe, wo es bitterkalt war

und zog. Sie blieb auf dem Fußabstreifer der Eingangshalle stehen, während er, mehrere Stufen auf einmal nehmend, die Treppe hinaufstürmte.

»Da ist eine alte Frau, die bei den Toten wacht ...«

Madame Malou verstand nicht gleich.

»Sie ist scheint's daran gewöhnt, sie hat das schon in allen großen Häusern der Stadt gemacht ... Sie hat mir Namen genannt ...«

»Vielleicht nehmen wir sie besser ... Laß sie heraufkommen ... Ich werd' mit ihr reden ...«

Und das alte Weiblein wartete auf dem Treppenflur, während Madame Malou sich anzog. Dann verhandelten die beiden lange gedämpft miteinander. Die Alte wurde in das Zimmer des Toten geführt, das sie sofort mit Beschlag belegte.

»Ich werde eine Menge Zeug brauchen ...«

»Wenden Sie sich an meine Tochter.«

Es regnete immer noch. Der Platz mit dem Springbrunnen in der Mitte war leer, die Fenster in allen Häusern waren wie schwarze Löcher.

»Hilf mir, Alain ... Such mir die Nummer des Bestatters heraus. Die Alte sagt, es ist merkwürdig, daß sie nicht von allein gekommen sind, gewöhnlich melden sie sich nämlich ...«

Sie telefonierte, verkündete dann, die Herren kämen bald.

»Mit dem Notar und mit dem Anwalt muß ich auch noch reden ... Und da ist noch was, was ich nicht so recht weiß ... Müssen wir eigentlich Marie verständigen? Ich weiß nicht mal, wo sie wohnt.«

Von Marie, der ersten Frau Eugène Malous, Edgars

Mutter, wurde im Hause nie gesprochen. Sie gehörte einer fernen Vergangenheit an, über die niemand Genaueres wußte und an die man lieber nicht rührte.

Eine Frau aus der Unterschicht noch dazu, die Gott weiß wie und wovon gelebt und mehrfach auf miserablem Holzpapier geschrieben hatte, in einer Dienstmädchenhandschrift, mit Rechtschreibfehlern sogar in der Adresse.

Sie mußte in Marseille oder sonst irgendwo im Midi leben.

»Vielleicht weiß es Edgar...«

»Edgar wird nicht darauf erpicht sein, sie hier antanzen zu sehen...«

Edgar, dieser Name wurde im Haus mit besonderer Betonung ausgesprochen. Sicher, er war ein Malou, der älteste Sohn Eugène Malous sogar.

Doch sogar Eugène Malou hatte ihn zu Lebzeiten nicht wie die andern Familienmitglieder behandelt.

Vor allem war er ein Weichling, ein großer, schlaffer und ewig ernster Junge. Nach durchschnittlichen Schulleistungen hatte er seinen Ehrgeiz sofort darauf gerichtet, einen möglichst ruhigen Posten zu ergattern.

Die finanziellen Jonglierkünste seines Vaters flößten ihm Entsetzen ein. Er hatte die Beamtenlaufbahn eingeschlagen, die Tochter seines Amtsvorstehers geheiratet und war seinerseits Amtsvorsteher geworden.

Sie wohnten in einem ruhigen Viertel am Stadtrand mit ringsum nichts als Häusern von kleinen Angestellten, Offizieren und Rentnern. Sein Haus stotterte er ab und legte wohl auch Geld beiseite; er besaß Sparkassenbücher auf die Namen seiner drei Kinder.

Sicher war ihm das alles jetzt peinlich, sicher fürchtete er um seine Stellung, um sein Ansehen, an dem ihm sehr gelegen war. Er schämte sich auch vor seinen Schwiegereltern, Leute mit besonders strengen Anschauungen.

Im Totenzimmer ging die alte Tatin auf und ab, als wäre sie hier zu Hause, und führte halblaut Selbstgespräche. Von Zeit zu Zeit machte sie die Tür auf und verlangte nach Leintüchern, Kerzenständern oder Streichhölzern.

Als nächstes klingelte der Vertreter des Bestattungsunternehmens, den Madame Malou im Eßzimmer empfing, wo noch die Kaffeetassen und Brot auf dem Tisch standen.

»Mama ...« rief Corine vom Treppenabsatz.

Corine, die immer noch halbnackt war und unbekümmert ihre prallen weißen Schenkel zeigte. Hinter der Tür flüsterte sie:

»Vielleicht warten wir lieber den Scheck ab, bevor wir was entscheiden ... Du weißt doch noch nicht, wie hoch er ausfällt ...«

Erneutes Klingeln, und jedesmal mußte Alain aufmachen. Jedesmal wieder der Regen, der leere Platz, eine dunkle Gestalt, die sich in den Torbogen drückte. Der Mann zog seine durchnäßte Mütze, denn er hatte keinen Schirm.

»Entschuldigen Sie bitte die Störung, Monsieur Alain.«

»Ach Sie sind's, Monsieur Foucret ...«

»Ich wäre früher gekommen, wenn meine Frau nicht gesagt hätte, das gehört sich nicht ...«

»Kommen Sie doch bitte rein ...«

Der Mann mochte zwischen fünfundfünfzig und sechzig sein: Er war groß, knochig und fühlte sich auf einer Baustelle sicher wohler als hier.

»Wollen Sie meine Mutter sprechen?«

»Ich rede genauso gerne mit Ihnen, Monsieur Alain, wo ich Sie schon von klein auf kenne ...«

Ins Eßzimmer konnten sie nicht, das war besetzt. Die meisten Räume waren versiegelt.

»Kommen Sie mit in mein Zimmer ...«

Der Mann mit den großen Schuhen war bemüht, keinen Schmutz zu machen. Respektvoll ging er an einer Tür vorbei, hinter der er den Toten vermutete.

»Ist er da drin?« flüsterte er. »Wissen Sie, ich kann es immer noch nicht glauben. Ich lass' mir nichts vormachen; da ist so manches passiert, wovon wir noch keine Ahnung haben. Sehen Sie, Monsieur Alain, vor mir hatte Ihr Vater keine Geheimnisse. Sie wissen ja, wie er war. Die Leute glaubten ihn zu kennen und tippten doch immer total daneben. Vor allem war er der anständigste Mann auf der Welt, und wer das Gegenteil behauptet, kriegt es mit mir zu tun.«

»Danke, Monsieur Foucret.«

»Man hat ihm allerhand angehängt ... Daß ich für ihn nur ein Blödmann war, ein Trottel, und daß er mich veräppelt hat ... Doch der gleiche Mann hat mir ein Haus bezahlt, ja, Monsieur Alain, er hat es mir einfach geschenkt und zu mir gesagt:

›Mein lieber Foucret, deine Idee ist Gold wert. Gold habe ich im Moment nicht, aber ich werd's kriegen, wenn ich die nötigen Patente anmelde, mit den Amerikanern ins Geschäft komme und wir dann reiche Leute werden ... Es dauert halt noch ein Weilchen ...

Fürs erste hast du hier ein Haus, für deine Frau und dich, deine Kinder sind ja schon verheiratet ... Ich bring' dich ganz nah bei den Baustellen unter, aber nicht, damit du arbeitest ... Tu, was du willst, mach den Polier, wenn du Spaß daran hast, geh angeln, wenn dir danach ist, und jeden Ersten gehst du trotzdem zur Kasse ...‹

So hat er mit mir geredet, Monsieur Alain, Sie wissen das vielleicht nicht. Und er hat Wort gehalten. Auch wenn er kein Geld für die Lohnzahlung hatte, für mich hat er immer was zusammengekratzt, einmal mehr, ein andermal weniger.

Mir war schon klar, daß er Erfolg haben und mich nicht vergessen würde, wie manche Leute mir einreden wollten, wenn das Patent endlich etwas abwerfen würde ...

Deswegen bin ich gekommen ... und jetzt sage ich Ihnen: Ich habe Ihren Herrn Vater gekannt ... Sie sind vielleicht gerade in einer Klemme ... Viel Geld habe ich nicht, aber ich kann jederzeit eine Hypothek auf das Haus aufnehmen ...«

Er sah sich im Zimmer um, musterte das Himmelbett, die Siegel auf den Möbeln.

»Es muß doch alles anständig geregelt werden, nicht wahr? Manche Leute sind hochzufrieden, daß sie ihn los sind. Ich frage mich, ob sie sich nicht langsam ein bißchen schämen. Sogar das Schmierblatt, das jeden Morgen gegen ihn gehetzt hat, ihn gestern noch alles mögliche geheißen hat, weiß heute nicht mehr, was es schreiben soll ... Hier bitte ...«

Er zog eine völlig durchweichte Zeitung aus der Tasche. »*Das schreckliche Unglück, das* ... Na ja! Monsieur Alain, ich hab' noch etwas auf dem Herzen, und das muß raus. Wie ich dieses Wort Unglück gelesen habe, hab' ich gestutzt. Weil, unter uns, ich glaube nicht, daß Ihr Vater sich das Leben nehmen wollte. Nehmen Sie mir das nicht krumm. Ich hab' ihn viel zu gut gekannt. Er hat das Leben so geliebt, wissen Sie! 'ne Menge Ärger hat er gehabt, schon richtig. Aber den hatte er doch schon öfter, oder nicht? Sie wissen so gut wie ich, daß er über diese Geldgeschichten bloß gelacht hat. Ich hab' das Gerede gehört. Ich hab' die Zeitung gelesen. Bestimmt hat er vom Grafen Geld verlangt. Der hätte es ihm geben sollen. Denn schließlich, ohne Ihren Vater, was hätte der denn für sein Schloß und seine Wälder gekriegt? Nicht mal 'ne Million, vielleicht bloß 'ne halbe! Aber so, mit der Siedlung Malouville, hat er doch trotz der jetzigen Schwierigkeiten mindestens schon drei Millionen eingesackt. Stimmt doch, oder etwa nicht?

Also, ich meine, Ihr Vater hat ihm vielleicht angst machen wollen ... Er hat sich mal verraten, als ich mitgekriegt hab', wie jemand Geld von ihm wollte. Er hat eine Leichenbittermiene aufgesetzt, aber wenn keiner hinsah, hat er mir blitzschnell zugezwinkert, und als der Typ wieder fort war, hat er schallend losgelacht ...

Womöglich hat er geglaubt, der Revolver ist nicht geladen. Oder er hat vielleicht gar nicht abdrücken wollen. Oder aber, und daran glaube ich im Grunde, er hat sich bloß eine Wunde beibringen wollen. Aber da halte ich Sie auf, und Sie haben so viel zu tun. Da hab' ich Ihnen noch was mitgebracht, für alle Fälle ...«

Er streckte Alain einen Umschlag hin. Er enthielt ein paar Tausendfrancscheine.

»Nein danke, Monsieur Foucret... Das vergesse ich Ihnen nie, aber im Augenblick brauchen wir's nicht.«

»Ist das auch wahr? Kein falscher Stolz?«

»Ich versichere Ihnen!...«

Foucret öffnete den Mund zu einer Frage, traute sich aber nicht, doch Alain erriet, was er wissen wollte: ›Wer hilft Ihnen aus?‹

Als er ihn die Treppe hinuntergeleitete, erblickte Alain seine Schwester, wie sie ihm heftige Zeichen machte, die er erst gar nicht zu deuten versuchte. Gerade als er die Tür aufmachen wollte, klingelte es. Draußen stand ein Kammerdiener, der ihm einen Brief hinhielt und dazu sagte:

»Für Madame Malou... Dringend...«

Hatte Foucret den Kammerdiener des Grafen d'Estier erkannt? Unangenehm berührt blickte er beiseite.

»Also, dann geh' ich jetzt... Auf Wiedersehen, Monsieur Alain. Sollten Sie irgendwas von mir brauchen, genieren Sie sich nicht...«

Corine oben belauerte ihn und erspähte den Umschlag. »Wieviel?«

»Ich habe ihn noch nicht aufgemacht.«

»Gib her...«

Sie wog das Kuvert in der Hand und giftete:

»Du hast vor dem alten Foucret vielleicht vornehm getan! Was ist in dich gefahren, sein Angebot abzulehnen... Glaubst du, wir kommen so ohne weiteres klar? Na fein. Fünfzigtausend. Das muß ich Mama zeigen...«

Sie huschte ins Eßzimmer und schob ihrer Mutter, die gerade Beerdigungskataloge durchblätterte, den Scheck unter die Augen. Der Bestatter sah den Scheck auch, versuchte vergebens, die Zahlen verkehrtherum zu lesen, war aber jedenfalls beruhigt.

An diesem Tag gab es noch mehr Kommen und Gehen. Madame Malou ging um elf aus dem Haus, um den Scheck einzulösen, nachdem sie telefonisch ein Taxi bestellt hatte. Corine führte ein langes Telefongespräch, bei dem Alain lieber nicht hinhörte, und ließ ab und zu ein Glucksen vernehmen, das ganz nach Lachen klang.

Der Notar Carel, klein und rund, rosig glänzend und wie aus dem Ei gepellt, mußte im Eßzimmer auf Madame Malous Rückkehr warten.

»Was essen wir bloß, Alain? Essen muß man doch schließlich was ...«

»Heute morgen bin ich einkaufen gewesen, jetzt bist du dran.«

»Sehr galant von dir... Da fällt mir was ein... Ich werd' die Alte drum bitten ...«

Also war es an Mutter Tatin, nach Madame Malous Rückkehr an den Häusern entlangzuschleichen, um Einkäufe zu machen. Sie führte immer noch Selbstgespräche und erzählte sich Gott weiß was von dieser Familie, die so ganz anders war!

»Kannst du uns einen Augenblick allein lassen, Alain, mein Schatz? ...«

Seit sie wieder Geld in ihrer Handtasche hatte, hatte Madame Malou auf einen Schlag ihre Selbstsicherheit und Lebhaftigkeit wieder. Das war immer so gewesen. Es hatte Zeiten gegeben, wo alle in Untergangsstimmung gewesen waren, vor allem die Frauen und das Personal, weil kein Tausendfrancschein mehr im Haus war und keiner mehr wußte, wo man das Nötige auf Pump holen konnte. In solchen Zeiten verbrachte Madame Malou den größten Teil ihrer Zeit mit Klagen über ihre Gesundheit im Bett, während Corine nach Möglichkeit das Weite suchte.

Sobald wieder Geld da war, pulste das Leben wieder, hatte das Gekeife, das Genörgel und Gejammer ein Ende.

»Notar Carel und ich müssen uns ernsthaft unterhalten. Wenn Maître Desbois kommt, bitte ihn zu uns herein, wir warten schon auf ihn.«

Das alles immer noch im Eßzimmer, vor den schmutzigen Tassen und unter dem Licht des Kronleuchters, den man seit gestern abend auszumachen vergessen hatte.

Alain mußte noch mal hinunter, um den Dekorateuren des Bestatters zu öffnen. Da keiner der immer noch versiegelten Räume im Erdgeschoß zugänglich war, mußte der Tote oben in seinem Zimmer aufgebahrt werden, wo alsbald das Hämmern losging.

Im Briefkasten lagen bereits ein paar Beileidskarten. Das Auto des Anwalts parkte am Bordstein und brachte etwas Leben in das Fassadenbild.

Leute mit Regenschirmen kamen vorbei, nicht viele, sicher machten sie einen Umweg – denn der Platz führte nirgendwohin –, um das Haus anstarren zu können. Man sah auch, wie die Vorhänge an den Fenstern gegenüber zuckten, und Gesichter, die rasch wieder verschwanden.

Im Eßzimmer wurde verhandelt. Man vernahm den kollernden Baß des Notars, die etwas piepsige Stimme von Maître Desbois und schließlich von Zeit zu Zeit mit einer präzisen Frage Madame Malou, die kurz herausgekommen war, um Papier und Bleistift zu holen.

Als sie kurz nach Mittag gingen, hatte Madame Malou rote Augen und inspizierte kritisch Wohnung.

»Worauf wartest du noch mit unserem Mittagessen, na?« fragte sie ihre Tochter, die ein Buch aufgeschlagen und sich tief in einen Sessel gekuschelt hatte.

»Daß die alte Tatin mit den Lebensmitteln zurückkommt.«

»Selber hättest du nicht gehen können?«

»Und mir ein Taxi bestellen, wie du zur Bank, für die zwei Schritte?«

»Du wirst dich dran gewöhnen müssen, ohne Auto auszukommen ... Ich sage dir lieber gleich, daß uns nach der Beerdigung rein gar nichts mehr bleibt ...«

»Und was soll ich deiner Meinung nach machen?«

»Du hast dir sicher schon gesagt, daß du dich irgendwie durchschlagen wirst, oder nicht? Und nicht mit Arbeit, da bin ich ganz sicher ...«

»Und du selber?«

»Mehr hast du mir nicht zu sagen?«

Sie weinte wieder, schloß sich zum Weinen in ihr Zimmer ein, während Alain ziellos im Haus herumlief und nirgends Ruhe fand.

Er bekam Besuch von dem kleinen rothaarigen Peters, einem der beiden Klassenkameraden, mit denen er gestern abend auf dem Heimweg von der Schule in den Menschenauflauf vor der Apotheke geraten war.

Beinahe hätte er ihn nicht gesehen, denn Peters traute sich nicht zu klingeln. Er stand im Regen vor dem Haus, die Bücher unterm Arm, und schaute zu den Fenstern hinauf, in der Hoffnung, von seinem Kameraden gesehen zu werden.

Alain ging hinunter, machte ihm die Tür auf. Peters wollte nicht hereinkommen. Vielleicht hatte er Angst vor der Leiche.

»Hör mal, Alain, die andern haben mich hergeschickt ... Sie wollten dich heute nicht stören, ich soll dir aber trotzdem ausrichten, daß wir ...«

»Ich danke dir ...«

»Wir haben uns gefragt, ob du wieder in die Schule kommst ... Wo es das letzte Schuljahr ist, und ...«

»Ich glaube nicht ... Nein ...«

»Wir sehen uns doch noch, oder nicht? ... Man erzählt, ihr haut ab aus der Stadt ...«

»Ach!«

»Ist das wahr?«

»Ich glaube nicht, daß ich weggehe ...«

»Verstehe! ... Du bist schwer in Ordnung ...«

Und die beiden schienen einander tatsächlich verstanden zu haben. Sie blieben in der Zugluft vor der Tür stehen; sie mußten sich beiseite drücken, um die päckchenbeladene Madame Tatin vorbeizulassen.

»Die da, die kenne ich. Sie ist bei einer meiner Tanten gekommen, als die letztes Jahr gestorben ist ... Macht sie dir keine Angst?«

Nun huschte doch ein Lächeln über Alains Gesicht. Hatte er noch Angst? Gestern nacht bestimmt, auch heute früh noch. Jetzt war das vorbei. Er fühlte sich plötzlich viel älter als Peters, obschon sie doch gleichaltrig waren.

»Die macht mir keine angst...« sagte er, nicht ohne einen Anflug von Stolz und Herablassung.

Wenn es bloß Mutter Tatin wäre!

»Wir kommen alle, weißt du? ... Wir lassen uns freigeben...«

»Ach so, für die Beerdigung.«

»Bis dann, Malou...«

»Bis dann, Peters.«

Wieso überlief es ihn mit einemmal kalt, als er den schweren Torflügel schloß? Das war nicht mehr ein Tor aus massiver Eiche, sondern eine Mauer, die er selber langsam bei vollem Bewußtsein zwischen sich und die andern schob.

Peters ging nach Hause, befreit, richtig befreit, wie man es in seinem Alter eben ist, wenn man einen unangenehmen Gang hinter sich hat. Aber wahrscheinlich streckte er dabei die Zunge heraus, wie er es immer machte, um Regentropfen aufzufangen! Und dachte an das Mittagessen, das auf ihn wartete, seinen gewohnten Schrei schon von der Schwelle her: ›Ich hab' Kohldampf!‹

Der Windfang. Die Halle und ihre zweifach gewendelte Treppe, diese plötzlich so steile Treppe. Im Haus wurde immer noch gehämmert. Irgend etwas brutzelte in der Küche, und Zwiebeldunst zog durchs Haus.

»Wer war das?« ließ sich Corine vernehmen, die sich endlich angezogen hatte.

»Ein Schulkamerad, Peters...«

»Na so was, mich hat noch niemand besucht... Vielleicht ist es zu früh ... Die werden schon noch kommen ...«

Und es ging tatsächlich ungefähr in dem Moment los, als der Regen gegen drei Uhr aufhörte. Da war dann schon alles bereit, um Besucher zu empfangen, es gab ein Aufbahrungszimmer und brennende Kerzen zu beiden Seiten des inzwischen hergerichteten Toten, ein Buchsbaumzweiglein in einer Schale Weihwasser, und schließlich die Mutter Tatin, die im Halbdunkel kniete und mit den Lippen einen Rosenkranz herbetete.

Jetzt war der Tote erst richtig tot.

3

Am Morgen der Beerdigung stellten sich die Männer im Aufbahrungszimmer gewissermaßen hierarchisch auf. Zuerst kam Edgar Malou, in seiner Eigenschaft als ältester Sohn. Er hatte sich die letzten drei Tage kaum blicken lassen, war aber an diesem Morgen erschienen, als alle noch schliefen, weil er ganz sicher sein wollte, daß keine Pannen passierten. Zu seiner Hochzeit vor fünf Jahren hatte er sich einen schwarzen Anzug machen lassen und diesen sehr geschont, wie er alles, was er besaß, mit großer Sorgfalt behandelte. Aber weil er ein bißchen dicker – noch schwammiger – geworden war, paßte ihm der Anzug nicht mehr und wirkte wie aus einem billigen Konfektionsgeschäft.

Seltsam, Edgar hatte an diesem Morgen rote Augen und bewahrte sie sich auch während der ganzen Feier; er war der einzige, der ständig das Taschentuch an die Augen führte. Er war richtig bleich, und wenn er zu Leuten aufsah, die ihm kondolierten, schien er sie kaum zu erkennen und dankte ihnen so innig wie ein zutiefst Unglücklicher, auf den schon die kleinste Tröstung wie Balsam wirkt.

Neben ihm wirkte Alain in seinem schwarzen Cheviotanzug länger und schmaler denn je. Dann kam der Mann ihrer Tante, Jules Dorimont.

Die Dorimonts waren gestern abend eingetroffen,

und man hatte im Haus für sie Betten aufschlagen müssen. Jeanne, Madame Malous Schwester, hatte einen guten Teil des Abends geweint, über das Unglück ihrer Schwester und über ihr eigenes zugleich.

Aus der Nähe betrachtet, ähnelten die beiden Frauen einander fast in allem. Mit dem Unterschied, daß bei Jeanne alles etwas gröber, vulgärer war, wodurch sie wie eine Karikatur ihrer Schwester wirkte.

So hatte Madame Malou eher mahagonifarbene Haare, während sie bei Jeanne ordinär kupferrot waren, mit grauen Strähnen darin. Beide hatten große Augen, doch traten sie bei Jeanne eher basedowartig vor. Was bei der einen nur ein neckisches Grübchen war, war bei der andern ein ausgeprägtes Doppelkinn, und dann war es allen von jeher ein Rätsel gewesen, wie Jeanne – Tante Jeanne nannten sie die Kinder – sich so fürchterlich schminken konnte, sich einen grellroten Mund nachziehen, der an den Rändern zerfloß, und sich zwei kitschrosa Apfelbäckchen auf die Wangen malen.

Tante Jeanne war eine Jammerliese und bedauerte alle und jeden. Neben ihr nahm sich ihr Mann, klein und zart, wie er war, mit seinem schmalen und rosigen Weibergesichtchen unter seiner silbergrauen seidigen Mähne wie eine Nippfigur aus. Er war ehemals Operettentenor gewesen. Zusammen waren sie durch die Provinz getingelt, bis Dorimont seine Stimme verloren hatte. Danach hatte Eugène Malou ihm in seiner Firma eine Stellung verschafft.

Eine Zeitlang, als Alain noch klein war und die Familie in Bordeaux lebte, hatten sie mit den Dorimonts Haus und Tisch geteilt. Eugène Malou war schließlich die Klagen seiner Schwägerin leid geworden. Er behauptete sogar, sie habe den bösen Blick. Und da er damals in Geld schwamm – zu der Zeit bewohnten sie noch das Schloß in der Dordogne –, hatte er seinem Schwager das Geld für eine kleine Leihbücherei mit Lesekabinett in Paris spendiert.

Die Dorimonts hatten einen Sohn, Bertrand, der neun Monate jünger war als Alain und sich als vierter in der Reihe vor dem kerzenbeleuchteten Sarg aufstellte. Bertrand ähnelte seiner Mutter. Er hatte ein großes Pferdegesicht, und jeder Anzug stand ihm schlecht. Man hatte ihn für diesen Anlaß nicht neu ausstaffiert, und er trug einen grauen Anzug mit einem auf dem Ärmel aufgenähten schwarzen Trauerflor.

Wenn die Dorimonts anwesend waren, wirkten die Malous schon fast wie Aristokraten. Der gleiche Eindruck im Eßzimmer, wo sich die Damen aufhielten.

Als der Maurerpolier François Foucret zu seinem offiziellen Beileidsbesuch erschien, beugte sich Alain zu ihm und forderte ihn leise zum Nähertreten auf. Foucret wehrte ab, reihte sich aber dann doch auf dem letzten Platz neben dem Sarg ein.

Nur die Frauen wußten, was vor dem Haus vorging, da sie durch die Lüftungsschlitze der Läden gelegentlich hinausblicken konnten. Es nieselte. Kleine Gruppen hatten sich auf dem Platz gebildet, pfeifen- oder zigarettenrauchende Männer, welche warteten, bis noch mehr zusammenkamen, bevor sie ihren Beileidsbesuch abstatteten. Sobald eine Anzahl Bekannte beisammen war, sah man sie ihre Zigaretten ausdrücken, die Krawatten zurechtrücken und schweren Schrittes zum Tor marschieren, und alsbald vernahm man ihr Getrappel aus dem Treppenhaus.

Der Wirt vom ›Café de Paris‹ kam als einer der ersten und entschuldigte sich, weil er gleich wieder weg müsse. Eine Viertelstunde später, als sein Chef wohl gerade wieder im Café war, erschien auch Gabriel und wohnte der Einsargung bei.

Auch Lieferanten kamen, sogar solche, die ihr Geld noch nicht hatten und vermutlich nie sehen würden. Sie bildeten auf dem Platz eine Gruppe für sich, wohlhabende Leute, an solche Trauerfeiern gewöhnt.

Graf d'Estier kam ebenfalls in letzter Minute. Sein Wagen hielt auf dem Platz. Er ging durch die Menge, trat mit Würde ins Aufbahrungszimmer, drückte Edgar ausgiebig die Hand und entschuldigte sich, daß er nicht bis zum Friedhof mitkommen könne, da er um elf Uhr zum Zug müsse.

Er mußte der Frau im Treppenhaus begegnet sein. Auf sie war man nicht gefaßt gewesen. Niemand hatte sie benachrichtigt. Sie trat in das Totenzimmer, das sie schlagartig mit einem aufdringlichen und billigen Parfüm erfüllte. Alain, der sie nie kennengelernt hatte, sah mit Erstaunen, wie sie sich auf Edgar stürzte und ihm um den Hals fiel.

Edgar wiederum wußte nicht, wie er sich verhalten sollte. Das war seine Mutter, die erste Frau Eugène Malous, die aus dem Midi hergereist war und ihm zuraunte:

»Ich muß gleich noch mit dir reden . . .«

Dann, um sich blickend:

»Wo sind die anderen?«

Sie war auffällig gekleidet, mit einem violetten

Schleier vorm Gesicht, und auch ihr Gesichtspuder hatte einen Stich ins Bläuliche.

Edgar führte sie ins Eßzimmer, dessen Tür sich hinter ihr wieder schloß.

Die Angestellten des Bestatters kamen den Sarg hinuntertragen. Der Leichenwagen war gerade vorgefahren, schwer und prunkvoll; die Leute begannen, sich zum Trauerzug zu formieren.

Alain starrte gebannt auf die Silbernägel im polierten Sargdeckel, und während alle um ihn herum geschäftig taten, versuchte er, sich das Gesicht seines Vaters vorzustellen.

Ob ihm jemand abgenommen hätte, daß es ihm nicht mehr gelang? Natürlich sah er im Geiste undeutlich eine vertraute Stirn, Wangen, eine Nase, ein Kinn, und hörte noch die rauhe, stets heisere Stimme Eugène Malous.

Vor Augen hatte er auch die untersetzte, fast feiste, aber immer quirlige Gestalt. Denn Malou war jemand gewesen, der es ewig eilig hatte, bei dem man immer versucht war, ihn an einem Westenknopf festzuhalten.

Doch ihn sich irgendwie wieder lebendig vorzustellen... sich zum Beispiel an seinen Blick zu erinnern, was für ein Mensch er gewesen war...

Was für ein Mensch war er eigentlich gewesen? Sein Sohn, der so viele Jahre neben ihm hergelebt hatte, wußte nichts über ihn und entdeckte das erst jetzt.

Deshalb blickte er mit aufrichtiger Trauer auf den Sarg, der eben ins Treppenhaus gehoben wurde, während aus dem Eßzimmer das Schluchzen der Frauen drang. Hatte Alain bisher gemerkt, in welch seltsamer

Familie er lebte? Er war dermaßen daran gewöhnt, daß er nicht mehr darauf geachtet hatte.

Allein schon dieses Weib, das aus einfachen Verhältnissen zu stammen schien und seines Vaters erste Frau war, die Mutter von Edgar...

Es gab so viele Dinge, von denen er nichts wußte, so viele Fragen, auf die er nie gekommen wäre! Mit Mühe entsann er sich des Lebens, das sie in Bordeaux geführt hatten, dabei war das doch erst acht Jahre her, also war er damals schon ein großer Junge gewesen. Sie hatten eine ziemlich große Wohnung gehabt und dann ein ganzes Haus. Auch dort waren Dienstboten herumgeschwirrt, hatten sie ein Auto gehabt, eine Zeitlang sogar zwei. Die Wochenenden und die Ferien verbrachten sie immer auf einem alten Schloß, in dem ständig Bauarbeiter zugange waren. Gäste hatten sie viele. Seine Eltern gingen fast jeden Abend aus.

Von Geld war viel die Rede gewesen. Oft hatten sie nicht genug gehabt, doch hatte Malou stets in letzter Minute welches aufgetrieben. Abgeordnete, Senatoren, wichtige Leute waren bei ihnen zu Gast gewesen.

Dann, auf einen Schlag, waren sie zahlungsunfähig geworden und umgezogen; viel mitzunehmen hatten sie nicht gehabt, weil alles weggepfändet war. Vierzehn Tage hatten sie in dem kleinen Hotel in Nantes gehaust. Hatten sie sich dort wirklich verdrückt und dabei die Zeche geprellt? Edgar hatte das eines Tages behauptet, als er sich mit seinem Bruder stritt.

Auch in Paris hatten sie gewohnt, ein paar Wochen nur, in einer möblierten Wohnung im Quartier des Ternes, dann hatten sie sich hier niedergelassen, in einer neuen Stadt. Nicht sogleich im vornehmen Stadthaus, sondern zunächst in einem Kleinbürgerhäuschen von der Art, wie Edgar jetzt eines bewohnte.

Fiel ihm noch etwas ein? Kaum. In dieser Familie tat jeder, wonach ihm der Sinn stand. Wenn man sich gerade an den Familientisch zum Essen setzen wollte, schleppte Eugène Malou oft fünf oder sechs Gäste an, und dann wurde unten im großen Speisezimmer getafelt.

Madame Malou besaß Juwelen. Sie war ganz versessen auf edlen Schmuck, es war oft, viel zu oft die Rede davon gewesen. Vor allem in letzter Zeit, als die Finanzen so angespannt waren und seit es wieder angefangen hatte mit Gerichtsvollziehern und Artikeln in den Zeitungen, wie damals in Bordeaux.

Hatte sie ihrem Mann den Verkauf der Juwelen verweigert, mit dem er sich noch ein paar Wochen über Wasser hätte halten können? Oder hatte Eugène Malou die Juwelen doch bekommen? Sie jedenfalls behauptete das, rein gar nichts besitze sie mehr. Jetzt kamen Alain plötzlich Zweifel.

Der Zeremonienmeister plazierte die Familie in einer Reihe hinter dem Leichenwagen, und nach einer kurzen Wartezeit setzte man sich in Richtung Friedhof in Bewegung, da Eugène Malou als Selbstmörder sein Recht auf einen kirchlichen Trauergottesdienst verwirkt hatte.

Man ging gemessenen Schrittes, verhielt wegen einer Straßenbahn, und dann mußte der Trauerzug plötzlich hasten, was die Reihen lichtete und die Prozession auseinanderzog.

»Immerhin sind eine Menge Leute gekommen«, bemerkte Edgar, indem er sich umdrehte, »viele, die ich nicht erwartet hätte...«

Zuerst kamen die Männer, dann die Frauen, und am Ende Leute, die man nicht mal vom Sehen kannte. François Foucret hatte sich diskret aus der Familienreihe abgesetzt und ging wortlos zwischen den Arbeitern und den Lieferanten.

So zogen sie eine halbe Stunde durch immer ödere Straßen dahin. Als sie unweit von Edgars Wohnung vorbeikamen, reckte er den Hals, um sein Haus zu erspähen, das er stets selbstzufrieden betrachtete, und dann kamen schon die Schilder der Steinmetze und der Kranzgeschäfte in Sicht, die vom nahen Friedhof kündeten.

Auf den breiten Friedhofsalleen war Kies gestreut, aber schon dort mußte man durch nassen Lehm stapfen, in dem die Füße ausglitten. Als eine Pfütze den ganzen Weg versperrte, sprangen manche mit Anlauf darüber, während andere sie lieber über die Gräber umgingen. Und dann waren da die frisch ausgehobene Grube, die dichtgedrängten Leute, wurde der Sarg hinuntergelassen und wurden die Seile wieder heraufgezogen.

Edgar flennte. Jules Dorimont schneuzte sich. Alains Augen blieben trocken, doch er war blasser als die andern, und sein Blick suchte das Auge Foucrets, der zu ihm herüberkam und ihm unauffällig die Hand drückte.

»Nur Mut, Monsieur Alain...«

Und leiser und verschwörerisch:

»Sie hauen doch nicht ab, Sie nicht, oder?«

Er schüttelte verneinend den Kopf. Er wollte in der

Stadt bleiben. Ihm kam es wie eine Art Verrat vor, wenn er wie die anderen wegginge. Da waren noch so viele Einzelheiten, die er unbedingt erfahren mußte!

Ohne daß man ihn das geheißen hätte, langte er nach Blumen in seiner Reichweite und warf sie ins offene Grab, dann löste er sich abrupt aus der Menge und ging weg. Foucret holte ihn ein. Sein Bruder starrte ihm mißbilligend nach, denn so formlos gehörte sich das nicht.

»Ich weiß nicht, ob Sie über das nachgedacht haben, was ich Ihnen gesagt habe, Monsieur Alain ...«

Es war kalt. Alain verspürte ein Kitzeln in der Nase, den Vorboten eines Katarrhs.

»Ich habe zufällig noch etwas erfahren ... Weil ich eben mit Gabriel gesprochen habe, dem Kellner im ›Café de Paris‹ ... Hören Sie her ... An dem bewußten Tag ist Ihr Vater, nachdem er seinen Wagen heimgeschickt hatte, zum Telefonieren ins Café gekommen ... Normalerweise hat Gabriel für ihn die Nummer beim Amt verlangt, aber diesmal hat Ihr Vater das nicht gewollt ... Gegangen ist er ein paar Minuten nach drei, und das Unglück ist erst nach vier passiert ...«

Um drei hatte Eugène Malou das Auto zum letzten Mal benutzt, das wußte Alain, denn am selben Tag mußte es zur Pfandleihe gefahren werden. Es war wie alles andere beschlagnahmt gewesen, und der Fahrer Arsène bereits entlassen.

Sie traten aus dem Friedhof hinaus. Die anderen folgten ihnen grüppchenweise und redeten lauthals von ihren Geschäften. Ein paar betraten ein kleines Café mit beschlagenen Scheiben, wo es sicher warm war und nach altem Tresterschnaps roch.

»Wollen Sie nicht mit der Straßenbahn fahren, Monsieur Alain?«

Sie blieben stehen, und in diesem Augenblick trat der Rotschopf Peters zu seinem Kameraden.

»Die andern haben gesagt, ich soll sie entschuldigen«, sagte er. »Wir konnten unmöglich alle den Unterricht schwänzen. Man sieht sich doch noch, oder nicht? Du gehst doch nicht weg?«

Der Rest der Familie schloß zu ihnen auf, und alle setzten sich in die Straßenbahn, in der es eiskalt und zugig war. Alain blieb mit seinen zwei Begleitern auf der Plattform. Von dort beobachtete er seinen Onkel, seinen Halbbruder, seinen Vetter, die mit jedem Rucken der Straßenbahn kurios mit den Köpfen wackelten.

Das also war seine Familie. Er musterte sie neugierig, als habe er sie nie zuvor gesehen. War sie das überhaupt noch? Gewiß hatte eine Verbindung zwischen ihm und diesen Leuten bestanden, doch jetzt war sie gerissen.

Jetzt, wo Eugène Malou tot war, würden sie in alle Himmelsrichtungen auseinanderlaufen. Wer weiß? Wohl heute abend schon würde das Haus leerstehen. In den letzten zwei Tagen, besonders am Vorabend, hatten die anderen das erörtert. Sie hatten bis zwei Uhr morgens debattiert und dabei eine Flasche Schnaps geleert, die sich in einem Schrank gefunden hatte.

Corine und ihre Mutter hatten sich wieder einmal gestritten. Onkel Dorimont hatte sie zu besänftigen versucht und eindringlich auf sie eingeredet. Tante Jeanne hatte geflennt. Bertrand, der jedenfalls nicht vaterlos geworden war, hatte seinen Vetter die ganze Zeit mit neidvollen Blicken betrachtet. Die beiden Jungen hatten kaum ein Wort miteinander gewechselt, aber Alain hatte die ganze Zeit gespürt, wie der andere ihn anstarrte.

»Ich muß Ihnen etwas sagen, Monsieur Alain... Wenn ich mich getraut hätte, hätte ich Ihnen vorgeschlagen, mit zu mir zu kommen... Ich hab' es mit meiner Frau beredet... Das geht wohl nicht, Sie haben sicher Verpflichtungen... Es heißt, alle hauen ab...«

Wahrscheinlich war das schon. Als die Familie um zwei Uhr morgens zu Bett gegangen war, war noch keine Entscheidung gefallen. Das war immer so gewesen, wenn die Familie beisammen war. Jeder redete und redete, einigen konnten sie sich nie.

»Wenn Sie gestatten, Monsieur Alain, komme ich gegen Abend zu Ihnen... Wenn das Haus voll ist, werde ich nicht stören...«

»Vielen Dank, Monsieur Foucret...«

»Ich steige hier aus...«

Auf der Plattform blieben nur Alain und der Rotschopf.

»Gehst du jetzt arbeiten?« wollte Peters wissen, auch er ein bißchen neidisch. »Was machst du jetzt?«

»Weiß nicht.«

»Ich an deiner Stelle würde es bei der Zeitung versuchen.«

Er biß sich auf die Lippen, als er sich an die Attacken auf Eugène Malou erinnerte, die im *Phare du Centre* abgedruckt gewesen waren.

»Allerdings ist das vielleicht doch nicht so toll.«

Sie stiegen aus. Zufällig nahm die Familie die kleine abschüssige Straße, wo sich das Drama abgespielt hatte, und kam an der Apotheke vorbei. Edgar erklärte seinem

Onkel offenbar, wie alles gewesen war, denn er deutete auf die Apotheke, dann auf das Trottoir, auf das Palais des Grafen d'Estier.

»Ich geh' jetzt, alter Junge... Ich muß mich sputen...«

Dann nur noch die dunkel gekleidete Gruppe, die auf den kleinen Platz mit dem Brunnen hinaustrat. Er war menschenleer wie ehedem. Nichts war da mehr. Alles vorbei.

»Hat jemand den Schlüssel?« fragte Edgar.

Niemand hatte ihn, und sie mußten klingeln. Tante Jeanne kam herunter und machte auf.

»So früh!...« rief sie aus, an Beerdigungen mit Messe und Absolution gewöhnt. »Das ist aber schnell gegangen!...«

In der Halle und auf den Treppenstufen lagen noch Chrysanthemenblätter.

»Paß mal auf, Jules, was wir beschlossen haben, meine Schwester und ich...«

Niemand hatte daran gedacht, die Tür des Totenzimmers wieder zuzumachen, und Alain übernahm das. Einen Augenblick war er drauf und dran, sich in sein Zimmer einzuschließen, bis sie zu Ende palavert hätten, doch dann gab er sich einen Ruck und folgte den andern ins Eßzimmer, wo er sich an den Kamin lehnte.

»Und du, bist du fest entschlossen, nicht wegzugehen?«

Er nickte bejahend.

»Denk daran, daß deine Mutter das Recht hätte, dich dazu zu zwingen. Was erhoffst du dir eigentlich, wenn du hierbleibst?«

»Weiß nicht...«

»Du wirst hier viel schwerer eine Stellung finden als irgendwo sonst. Heute sind die Leute zur Beerdigung gekommen, als wäre nichts gewesen, aber morgen sind sie wieder wie immer...«

»Mir egal.«

»Laß ihn doch, Jeanne«, seufzte Madame Malou.

»Na gut! Deine Mutter nehmen wir jedenfalls mit. Sie wohnt bei uns, bis sich was Neues findet. Man muß ihr Zeit lassen, damit sie sich fängt. Es ist zwar nicht so, daß wir zu viel Platz hätten oder das Geschäft gut ginge, aber es ist unsere Pflicht. Bleibt deine Schwester...«

»Es ist völlig zwecklos, mich umstimmen zu wollen«, warf Corine ein, die mit übereinandergeschlagenen Beinen und einer Zigarette im Mund tief in einem Sessel kauerte.

»So hättest du nicht geredet, als dein Vater noch am Leben war.«

»Mein Vater hat sich nicht um meine Angelegenheiten gekümmert.«

Das stimmte sogar. Der Ausspruch verblüffte Alain. Für ihn war das eine Offenbarung. Hatte sich ihr Vater jemals um die Kinder gekümmert? Nur wenn er ihnen Geschenke brachte, immer die schönsten und teuersten. Kein Kind hatte ihres Wissens so erlesenes Spielzeug gehabt wie sie. Und wenn die Familie in Geld schwamm, bekamen sie Taschengeld, soviel sie wollten. Doch hatte sich jemand darum gekümmert, ob Alain lernte oder nicht? Er selber setzte seines Vaters Unterschrift unter seine Zeugnishefte, und sein Vater wußte das. Corine hingegen hatte immer nach ihrer Fasson gelebt. Wer lebte in diesem Haushalt denn nicht nach seiner Fasson, wo sogar die Dienstboten, wenn es wieder mal welche gab, bloß taten, wozu sie Lust hatten?

Und jetzt fragte sich Alain zum ersten Mal in seinem Leben nach dem Warum.

Er fragte sich, was sein Vater für ein Mensch gewesen war. Zum Beispiel erinnerte er sich daran, wie dieser ihm manchmal die Hand auf die Schulter gelegt und ›Sohnemann‹ gesagt hatte.

›Sohnemann ...‹

Ja, das war Zuneigung gewesen. Mehr als Zuneigung. Er mußte auch seine Frau sehr geliebt haben, um ihren Mißmut und ihre Launen auszuhalten, wie er das getan hatte.

Was für ein Mensch war er gewesen?

»Ist meine Mutter fort?« wollte Edgar nach einer langen Pause wissen.

Er hatte vor dem Wort ›Mutter‹ gestockt.

»Sie ist weg, ja, und ich hoffe, ich sehe sie nie wieder. Bestimmt ist sie jetzt gerade beim Notar. Sie ist überzeugt, daß es ein Testament gibt und dein Vater ihr etwas hinterlassen hat. Anscheinend hat er ihr das immer versprochen. Davon hätte sie übrigens nichts, weil es nichts zu verteilen gibt. Sie war fuchsteufelswild und hat mir einen Haufen Beleidigungen an den Kopf geworfen. Jeanne hat sie vor die Tür setzen müssen ...«

»Was ist aus den Juwelen geworden?« fragte Edgar wieder.

»Du weißt genau, daß sie längst verkauft sind.«

»Alle?«

»Aber ja, alle. Willst du meine Sachen durchsuchen?«

»Auch das Perlencollier?«

Er hatte es noch vor ein paar Tagen gesehen, und das wußte sie.

»Das ist unecht, eine Imitation. Das echte ist in Paris verpfändet worden, und dein Vater hat mir diese Kopie geschenkt. Wenn du es haben willst ...«

Er zögerte. Es war klar, daß er Madame Malous Worten nicht glaubte, doch traute er sich nicht, ein Collier zu verlangen, von dem sie glattweg behauptete, es sei falsch.

»Aber ich denke, dir steht der Siegelring deines Vaters zu. Ich hol' ihn dir gleich. Wenn ihr einverstanden seid, kriegt Alain die Manschettenknöpfe. Was die Krawattennadel mit den Rubinen angeht, die er immer trug, hab' ich daran gedacht, wenn ihr beide einverstanden seid, sie eurem Onkel als Andenken zu geben ...«

Jules Dorimont tat, als protestiere er.

»Bleibt noch Bertrand. Was könnte ich Bertrand wohl geben? Außer einer Zigarettenspitze in Bernstein und Silber ... Rauchst du, Bertrand?«

»Ein bißchen, Tante.«

Alle redeten durcheinander. Sie ging eine Schachtel aus ihrem Zimmer holen und breitete den Inhalt auf dem Tisch aus.

»Er hatte ein goldenes Zigarettenetui, aber das hat er vor vierzehn Tagen wieder verkauft. Dieses da, in Silber, ist mindestens zwanzig Jahre alt ...«

»Das nehm' ich«, meldete sich Edgar.

»Kinder, ich glaube, da sind noch seine Anzüge, die sind nicht gepfändet worden. Edgar ist zu groß. Alain auch. Aber Jules, der könnte sie sich ändern lassen ...«

»Essen wir jetzt?« fragte Corine ungeduldig.

»Es ist nichts fertig. Jeanne meint, und sie hat recht, daß wir im Restaurant was essen sollen ...«

»Der Zug geht um halb sechs.«

»Bleibt die Frage, was wird aus Corine ...«

»Könnt ihr mich nicht in Ruhe lassen?« seufzte diese.

»Weißt du, ich wüßte nicht, wo ich dich in Paris lassen soll. Am Boulevard Beaumarchais ist nicht genug Platz für dich.«

»Da seht ihr's!«

Am Boulevard Beaumarchais waren Leihbücherei und Wohnung der Dorimonts gelegen.

»Ganz zu schweigen davon«, mischte sich Jules ein, »daß man gegenwärtig nicht so leicht Arbeit findet ... A propos, was für Arbeit wirst du dir suchen?«

»Glaubt ihr nicht, daß ihr euch lieber nicht um mich kümmert? Ich bin groß genug, um allein über die Runden zu kommen.«

»Es geht mir aber gegen den Strich, dich hier zurückzulassen. Ziehst du wenigstens mit deinem Bruder zusammen?«

Edgar glaubte, die Rede sei von ihm, und holte schon Luft, um zu protestieren, sein Haus sei nicht groß genug. Doch hatte sie Alain gemeint.

»Ihr beide versteht euch doch ganz gut. Und wo Alain den ganzen Tag arbeitet und sicher im Restaurant ißt ...«

»Wenn ihr meint ... Wir werden sehen ... Jedenfalls hat jemand für mich bereits eine kleine möblierte Wohnung gefunden ...«

Niemand fragte, wer dieser Jemand sei. Man vermied es, Doktor Fabien beim Namen zu nennen, der, vielleicht um sich bei der Beerdigung nicht zeigen zu müssen, unter dem Vorwand einer dringenden Operation in eine Nachbarstadt gefahren war.

»Ist dir das recht, Alain?«

Dieser zuckte die Achseln. Er hatte es so eilig, sie aus den Augen zu bekommen, und zwar alle miteinander! Dennoch wurde er nicht müde, sie zu beobachten, ihre Gesichtszüge zu erforschen, dem Klang ihrer Stimmen zu lauschen. Er hatte noch eine Menge Fragen, die er ihnen gerne gestellt hätte.

Wußte er eigentlich, woher sein Vater stammte? Zu Hause war nie darüber gesprochen worden. Das Wenige, das er wußte, hatte er aus den Zeitungen.

Wenn man denen glauben konnte, vor allem dem *Phare du Centre*, dem gehässigsten Blatt, waren die Malous nicht mal Franzosen, und ihr wirklicher Name angeblich Malow oder Malowski. Ebenfalls diesen Gerüchten zufolge war Alains Großvater, Eugènes Vater, eines schönen Tages Gott weiß woher zugewandert, offenbar aus dem Osten, als Analphabet, ein unverständliches Kauderwelsch sprechend, ohne Papiere, ohne gesicherte Identität.

War er wirklich als Erdarbeiter am Durchstich des Gotthardtunnels beteiligt gewesen?

Es gab keine einzige Fotografie von ihm. Erst ganz spät, mit fünfzig Jahren oder noch später, als Steinmetz in einem kleinen Dorf in Cantal, hatte er von einer Frau, mit der er nicht verheiratet war und von der behauptet wurde, sie sei eine Säuferin gewesen und jedem gefällig, einen Sohn bekommen.

Bestimmt war er schon lange verstorben, zumal er

schon fünfzig gewesen war, als sein Sohn auf die Welt kam. Aber die Frau? Wie hatte sie geheißen? Ob Madame Malou was darüber wußte?

Die Zeitungen hatten auch behauptet, Eugène Malou habe in seiner Jugend in Anarchistenkreisen verkehrt, zunächst in Marseille, dann in Lyon und schließlich in Paris.

In Lyon hatte er offenbar Edgars Mutter geheiratet, eine Fabrikarbeiterin, wie es zu Hause hieß. Eine Prostituierte, hatten die Zeitungen durchblicken lassen.

Von alledem war ihm, dem Sohn von Malou, dem Enkel von Malow oder Malowski, nicht das geringste bekannt. Und jetzt hatte sich sein Vater eine Kugel in den Kopf gejagt. Jeden zog es jetzt in eine andere Richtung, der eine schrie Hü, der andere Hott. Edgar sortierte für sich die Hemden und Unterhosen aus, die noch gut waren. Auch die Schuhe probierte er an, er hatte ja kleine Füße. Was die Firma anging, vor allem die Wohnsiedlung Malouville, hatte der Notar am Vorabend geraten, die Finger davon zu lassen. Der Konkursverwalter hatte die Hand darauf, und nach der Liquidierung würde ein großes Schuldenloch bleiben. ›Selbst wenn er was vermacht haben sollte, schlagen sie das Erbe besser aus, denn das dicke Ende kann noch nachkommen.‹

»Gehen wir jetzt essen, ja oder nein?«

Sie rafften sich dazu auf, Mäntel und Hüte wurden gesucht, die Frauen belagerten die Spiegel.

»Den Schlüssel dürfen wir nicht vergessen.«

Das Haus blieb leer zurück, seit langer Zeit erstmals ohne Menschen.

»Wo gehen wir hin?«

»Wir suchen uns besser ein ruhiges Restaurant.«

»Damit es so aussieht, als wollten wir uns verstekken?«

»Corine hat vielleicht recht.«

Sie gingen ins ›Chapon Fin‹, verlangten aber eins der kleinen Zimmer im ersten Stock. Alain dachte daran, daß er jetzt im Häuschen der Foucrets mittagessen könnte, und sagte noch immer kein Wort, beobachtete sie weiter, hörte ihnen zu.

»Hast du eine Stellung gefunden?« fragte ihn sein Vetter über den Tisch hinweg.

»Noch nicht. Aber ich finde schon eine.«

Egal was. Er war bereit, jede beliebige Arbeit zu machen, sogar den Laufburschen. Dann war er endlich wie andere Menschen! Protestiert hatte er nicht, als die Rede davon gewesen war, er solle mit seiner Schwester zusammenziehen. Aber den festen Vorsatz gefaßt, nichts dergleichen zu tun. Allenfalls ein paar Tage, wenn es gar nicht anders ging.

Welchen Sinn hätte es, ihnen das auf die Nase zu binden? Das würde nur neue Szenen auslösen, und die widerten ihn an. Er kannte sie zu gut, er kannte seine Familie: Man schrie, man beleidigte einander, jeder wollte seinen Kopf durchsetzen, und am Ende machte dann doch jeder bloß, was ihm paßte.

Sollten sie doch endlich abfahren! Er wartete auf nichts anderes. Er zählte bereits die Minuten. Immer wieder sah er auf die kleine elektrische Uhr an der Wand. Er kaute mechanisch.

Auch seine Mutter war schon mal verheiratet gewesen, ehe sie Eugène Malou kennengelernt hatte. Sie war die Frau eines Abgeordneten des Departements Loire gewesen, der erst vor kurzem für ein paar Monate Minister geworden war.

Wegen Malou hatte sie ihn verlassen. Einmal, als sich Mutter und Tochter stritten, wie sie das immer wieder mal taten, hatte Corine auf Vorwürfe wegen ihres Lebenswandels gekontert:

»Und du? Wenn du nicht in flagranti erwischt worden wärst, wärst du dann überhaupt Papas Frau geworden?«

War da was dran?

Alain war jetzt maßlos verblüfft, daß er bisher dahingelebt hatte, ohne über diese Dinge nachzudenken und zu versuchen, die Wahrheit zu ergründen. War er derart kindlich geblieben, daß er mit siebzehn noch in einer Art Befangenheit verharrte?

Er war ein Kind, dann ein Oberschüler wie die andern gewesen. Ein wenig schüchterner als die andern, eben weil um ihn herum häufig Dinge geschahen, die er nicht verstand oder nicht verstehen wollte.

Manche Schüler weigerten sich, mit ihm zu spielen. Einer von ihnen hatte ihm glattweg gesagt: ›Meine Eltern haben es mir verboten.‹

Dennoch hatte er sich nicht auf sich selbst zurückgezogen. Er hatte nie diese mürrische Art gehabt, die er zum Beispiel jetzt bei seinem Vetter beobachtete. Sein Vater war für ihn eben der Vater, seine Mutter die Mutter, seine Schwester die Schwester gewesen, und Edgar ein Typ, den er nicht besonders mochte, den er aber eher für schwach als für böswillig hielt.

Seit drei Tagen hatte er jetzt plötzlich den dringenden Wunsch, diesen Mann kennenzulernen, der sein Vater gewesen war, mit dem er sich zu Lebzeiten nie auseinandergesetzt hatte.

Unklar spürte er, daß er von seiner Familie nichts erfahren würde.

Instinktiv neigte er Foucret zu, ihn wollte er unbedingt ausfragen, mit ihm hatte er Lust, den vielen Geheimnissen auf den Grund zu gehen.

Als das Mittagessen vorbei war, zückte Jules Dorimont zum Schein seine Brieftasche, doch Madame Malou fiel ihm – wie er vorausgesehen hatte – in den Arm.

»Nein, Jules. Das ist meine Sache. Weil die Feier in der Kirche ausgefallen ist und wir keine Autos genommen haben, ist die Beerdigung nicht so teuer geworden, wie ich geglaubt habe. Es bleiben mir noch rund dreißigtausend Francs. Corine und Alain lasse ich zehntausend da. Mehr kann ich nicht für sie tun, weil ich euch nicht zur Last fallen will und nicht mehr so jung bin wie die beiden. In Paris werde ich schon zurechtkommen.«

Eine seltsame Frau, dachte Alain, der sie überhaupt nicht mehr als seine Mutter ansah. Er war überzeugt, daß sie mogelte, wie sie immer gemogelt hatte. Wenn Edgar die Juwelen zur Sprache gebracht hatte, ausgerechnet er, der jedes Wort auf die Goldwaage legte, dann mußte er schon begründete Zweifel hegen.

Corine wiederum hatte diese Zweifel schon lange, vielleicht, weil sie ebenfalls eine Frau war. Schon vor mehr als zwei Jahren hatte sie ihrer Mutter vorgeworfen:

»Geh mir fort mit deinen Spielchen, ich durchschau' sie doch! Andauernd jammerst du, wie schlecht es dir geht, aber dein Schäfchen bringst du dabei ins trokkene!«

Hatte sie recht? Und mußte man tatsächlich glauben, daß Eugène Malou sich nicht hätte umbringen müssen, wenn seine Frau ihm in den letzten Tagen unter die Arme gegriffen hätte?

Es war zu warm in dem Nebenzimmer. Die Kellner warteten aufs Abräumen, denn es war schon spät. Dennoch wurden Spirituosen bestellt und kennerisch verkostet.

»Hast du deine Koffer gepackt?«

»Dazu brauch' ich bloß eine halbe Stunde. Du weißt doch, wie wenig mir der Gerichtsvollzieher gelassen hat...«

Sie gingen im Gänsemarsch hinaus, und alle Leute starrten ihnen nach. Alain ging als letzter, ein wenig beschämt dazuzugehören, und war entrüstet, als seine Schwester zwei Bekannten zuwinkte.

Dann waren sie wieder im Haus, das jetzt nur noch für Stunden bewohnt sein sollte.

Alles wurde durchwühlt, was noch zugänglich war, um ja nichts liegen zu lassen.

»Die Papiere!...« bemerkte Madame Malou, als ihr Blick auf einen grünen Koffer voller Dokumente fiel.

Edgar öffnete den Mund, doch Alain war schneller und sagte zum ersten Mal mit einer Festigkeit, die ihn selber erstaunte:

»Die nehme ich.«

»Was willst du damit anfangen? Es wäre einfacher, sie zu verbrennen. Es ist Geschäftskorrespondenz, Rechnungen...«

Er blieb so standhaft, daß seine Mutter nachgab:

»Also wenn du unbedingt willst!...«

Edgar setzte sich nach kurzer Zeit unter dem Vorwand ab, er habe versprochen, im Amt vorbeizuschauen.

»Ich sage dir auf Wiedersehen, auch für Marthe und die Kinder...«

Und weil er etwas flüsterte, begriff Alain, daß Marthe schon wieder schwanger war. Das hatte er noch nicht gewußt.

»Ihr müßt meine Schwiegereltern entschuldigen, daß sie nicht gekommen sind. Ihre Situation war sehr prekär.«

»Aber selbstverständlich.«

Er umarmte Madame Malou innig und hielt sie lange im Arm.

»Für dich hoffe ich, daß du klarkommst«, sagte er zu Alain, »aber du tätest besser daran, die Beamtenlaufbahn einzuschlagen. Außerdem sind jetzt gerade gute Stellen in den Kolonien frei, während du hier überall angefeindet wirst. Ich kann dir ein Lied davon singen, wo ich schon alle Mühe habe, meine Stellung zu halten.«

So beeilt euch doch, damit endlich Schluß ist, ein für allemal. Werden die Weiber denn nie fertig mit Puder und Schminke? Hat sich Madame Malou endlich vergewissert, daß sie in ihrer Handtasche den Schlüssel zu dem Köfferchen hat, das sie partout keinem anvertrauen will?

»Kommst du mit zum Bahnhof?«

Corine sagte ja. Da mußte auch Alain mit.

»Dann müssen wir zwei Taxis bestellen. Ich nehme an, ihr kommt anschließend hierher zurück und holt eure Sachen. Ihr werdet doch heute nacht nicht mehr im Haus schlafen?«

Alain hätte das gern getan, aber nur allein. Sobald die anderen fort waren, würde er keine Angst mehr haben.

»Hallo! Schicken Sie bitte gleich zwei Wagen zu Monsieur Malou ...«

Corine hatte sich verhaspelt und Monsieur Malou angegeben, den verstorbenen Monsieur Malou.

»Sie kommen sofort.«

Uhren wurden verglichen. Koffer und Köfferchen hinuntergetragen.

»Ich rechne fest auf dich, Corine, du darfst jetzt auf keinen Fall ... Du weißt schon, was ich meine ...«

»Aber ja, Mama.«

»Und du, Alain ...«

Sie weinte ein wenig, als sie ihn umarmte, und mußte sich nachschminken.

Und noch immer starrte Bertrand Dorimont seinen Vetter neidisch an, der allein zurückbleiben durfte, zumindest so gut wie allein.

»Die Taxis sind da ...«

Sie stiegen ein. Zum Bahnhof war es nicht weit. Jules Dorimont sollte am Schalter die Fahrkarten holen. Er vergaß auch nicht die Bahnsteigkarten für die beiden, die nicht mitfuhren.

»Da habe ich nun neun Jahre in dieser Stadt gelebt«, murmelte Madame Malou vor ihrem Waggon. »Ich kann nur hoffen, daß ich nie wieder einen Fuß hierher setzen werde.«

Das war es dann. Küßchen auf beide Wangen. Alain und Corine sahen durchs Fenster, wie sie es sich im

Abteil so bequem wie möglich machten, dann ruckte der Zug an.

»Das war's!« sagte Corine.

Sie schaute ihren Bruder an und runzelte die Stirn, als sie ihn so ernst und blaß sah. Dann zuckte sie die Achseln.

»Und was machst du jetzt? Gehst du jetzt heim?«

Er wußte es nicht.

»Ich jedenfalls muß noch etwas in der Stadt erledigen, dazu brauch' ich etwa eine halbe Stunde. Pack deine Sachen zusammen. Heute abend schlafen wir im Hotel. Ich nehme zwei Zimmer. Morgen früh, hoffe ich, können wir uns in meiner möblierten Wohnung einrichten.«

Sie schritt durch den Wartesaal.

»Ich verlasse mich darauf, daß du jetzt nicht störrisch wirst. Ich weiß nicht, was du seit ein paar Tagen hast, aber du musterst die Leute so komisch.«

»Ich geh' heim«, versetzte er knapp.

In der Straßenbahn. Ganz allein. Auf der Plattform. Er sah die Trottoirs, die Läden, die Gaslaternen vorbeiziehen, eine ganze Welt, zu der er nie bewußt gehört hatte.

Seltsamerweise erfaßte ihn Panik, als er den kleinen Platz erreicht hatte und den Schlüssel ins Schloß stekken wollte, und er traute sich nicht, ganz allein das leere Haus zu betreten, lief ein wenig herum und wartete schließlich stehend unter einem Torbogen, während draußen ein feiner Nieselregen niederging.

Eine Stunde verging, noch eine. Ein Auto hielt, kein Taxi, ein langer cremefarbener Wagen, den er kannte.

Corine sprang auf das Trottoir, und das Auto fuhr geräuschlos weg. Sie streckte die Hand zur Klingel aus.

Erst da trat er aus dem Schatten und ging auf sie zu. Sie fuhr zusammen, als sie ihn kommen sah.

»Du bist hier draußen geblieben?«

Er erklärte ihr nicht, daß er sich nicht getraut hatte, allein hineinzugehen. Er sagte gar nichts. Er drehte den Schlüssel im Schloß und tastete nach dem Lichtschalter.

»Hast du mich vielleicht erschreckt!«

Das war doch völlig unwichtig. Er ging hinter ihr die Treppe hinauf und wandte unwillkürlich den Kopf ab, weil er dabei auf ihre Waden blickte.

4

Anfangs hatte er keine Ahnung, wie spät es war oder wo er sich befand. Er begriff auch nicht, was ihn geweckt hatte. Tatsächlich war es ein rhythmisches Stoßen, das ihn aus dem Tiefschlaf geholt hatte – ungefähr so, wie man, wenn in einer Parallelstraße eine Militärkapelle marschiert, unwillkürlich in Marschtritt fällt. Doch dieses Stoßen war von einem Quietschen begleitet, und am Schluß, ganz am Schluß, als er die Augen aufschlug, hatte Alain ein menschliches Keuchen gehört, ein seltsam rhythmisches Seufzen, ein glückliches Aufschluchzen, wie er es noch nie im Leben vernommen hatte.

Um ihn herum herrschte Finsternis. Er war im Hotel, fiel ihm jetzt ein, im ›Hôtel du Commerce‹ gegenüber dem Bahnhof, wo er sich mit seiner Schwester für ein oder zwei Nächte eingemietet hatte. Sie hatten miteinander zu Abend gegessen, im Speisesaal mit seinen kleinen weißgedeckten Tischen, in dem feierlich wie eine Orgel eine riesige Anrichte aus Mahagoni stand. Er sah die gestärkten Tischtücher wieder vor sich, die schwarzweiß gewandeten Kellnerinnen in ihren Häubchen, die Rotweinflaschen und die fächerförmig in die Gläser gesteckten Servietten. Er erinnerte sich an den Geruch, an das Ticken der Uhr in dem schweren schwarzen Gehäuse und daran, wie sich Corine nach dem Essen die Nase gepudert hatte.

»Ich hau' mich gleich hin«, hatte er verkündet.

Es war erst halb neun, aber er hatte die Nächte zuvor wenig Schlaf gehabt.

»Ich auch«, hatte seine Schwester erwidert.

Sie hatte für alle Fälle eine Zeitung mitgenommen, wenn sie nicht einschlafen konnte. Im Flur hatten sie einander gute Nacht gesagt. Er lag bereits im Bett, als sie seine Türklinke niederdrückte.

»Was ist los? Ich habe abgeschlossen und liege im Bett.«

»Dann ist ja gut. Schlaf schön. Ich wollte nur sehen, ob mit dir alles in Ordnung ist.«

Er war dann eingeschlafen und wurde jetzt auf einen Lichtschein aufmerksam, der von derselben Zimmerseite wie das Geräusch kam. Er blieb im Dunkeln liegen. Er vermied es, die Hand nach der Glühbirne am Kopfende seines Bettes auszustrecken. Jetzt fiel es ihm wieder ein. Nur eine dünne Wand trennte ihn vom Zimmer seiner Schwester. Sie hatte Nummer 7, er die 9. Er hatte die Verbindungstür vorhin nicht bemerkt, weil ein Schrank davorstand. Bloß reichte der Schrank nicht bis auf den Boden. Unter dem Schrank an der Türschwelle klaffte ein Spalt, mindestens zwei Zentimeter breit.

Es war das erste Mal, daß er so was mitbekam. Alain begriff, was das Stoßen, das Keuchen bedeuteten, und wurde rot bei dem Gedanken, daß es seine Schwester war, die da so keuchte, mit einem gelegentlichen Schluchzer dazwischen. Ausgerechnet seine Schwester führte ihm die Sache vor – und noch dazu in der Nacht nach seines Vaters Beerdigung –, über die er noch nicht so genau Bescheid wußte und die ihm instinktiv schon immer leicht zuwider gewesen war.

Vermutlich weil seine Kameraden, wenn sie in der Schule davon anfingen, darüber immer so schweinisch zoteten. Sicher auch, weil die Frauen, die ihn bisweilen im Dunkel gewisser Gassen am Ärmel packten und ansprachen – für ihn der Inbegriff dieser ganzen Sache –, so unflätige Worte und abstoßende Gebärden hatten.

Alain hätte sich am liebsten die Ohren zugestopft und vergrub vergebens den Kopf im Kissen; das rhythmische Quietschen ging weiter. Und jetzt fiel auch noch eine männliche Stimme ein, steigerte sich das Keuchen zum Schreien, und dann trat plötzlich Stille ein.

Schließlich, in der dunklen Leere dieses Schweigens, ein Lachen, ein junges und frisches Keckern. Corine lachte.

»Ich bin fix und fertig...« sagte sie. »Und das, wo ich doch heute abend gar nicht wollte! ... Hab' ich geschrien?...«

»Ein bißchen...« erwiderte Fabien selbstzufrieden.

Keiner von den beiden rührte sich. Wäre da auch nur die geringste Bewegung gewesen, Alain hätte sie gehört, so deutlich drang das kleinste Geräusch zu ihm herüber.

Unwillkürlich stellte er sich die beiden vor und fragte sich kurz, ob er den Mut hatte, sich anzuziehen und fortzugehen, ganz gleich wohin, und nicht mehr zurückzukehren, so unangenehm waren ihm die Bilder, die sich ihm aufdrängten.

»Hoffentlich hat Alain nichts gehört!«

Da scherzte der Chirurg:

»In seinem Alter muß er sich doch damit auskennen!«

»Gib mir eine Zigarette.«

Erst da stand Fabien auf. Er ging barfuß durchs Zimmer. Man konnte ganz genau das typische Patschen nackter Füße auf dem Linoleum hören. Dann, wie ein Streichholz angerissen wurde.

»Frierst du nicht?«

»Im Gegenteil, mir ist fast zu warm. Ich werde die Heizung zudrehen müssen, bevor ich einschlafe. Aber wegen Alain...«

»Ein bißchen geht er mir auf den Geist, mit seinem Eigensinn hierzubleiben! Hätte er nicht mit seiner Mutter nach Paris gehen können? Ausgerechnet jetzt, wo alles so gut lief, wo wir endlich für uns waren.«

»Er wird uns nicht lange auf der Pelle hängen, du wirst schon sehen, ich kenne ihn. Ich bin sicher, daß er alleine wohnen will, sobald er Arbeit gefunden hat.«

»Und bis dahin?«

»Kommst du mich eben besuchen, wenn er nicht da ist. Und abends können wir ihn ja ins Kino abschieben. Ist in der Wohnung ein Telefon?«

»Ich habe eins legen lassen. Ich habe auch daran gedacht.«

Wieder Stille.

»Nein, nicht schon wieder, Paul. Ich hab' einen harten Tag hinter mir, das weißt du doch!«

»Ist alles gut gelaufen?«

»So ungefähr.«

»Und die Juwelen?«

»Ich bin sicher, Mama hat sie, aber ich konnte sie nicht dazu bringen, es auch zuzugeben.«

»Hat sie dich wenigstens gefragt, was du jetzt machst?«

»Nur pro forma. Sie weiß genau Bescheid, aber sie will nicht, daß es ausgesprochen wird.«

Alain rührte sich nicht. Er blieb starr liegen, ganz verkrampft, die Nerven wie Saiten gespannt, und atmete nur noch flach. Als sie nebenan wieder anfingen, ballte er die Fäuste, rührte sich aber noch immer nicht.

Schon lange hatte er gedacht, genau gespürt, daß Corine so eine war. Deswegen genierte es ihn so, wenn sie sich fast nackt, bisweilen splitternackt, vor ihm zur Schau stellte, mit ihrer zu straffen, zu lebendigen Haut, die ihn genau an das denken ließ, was sich jetzt gerade im Nebenzimmer abspielte.

Warum mußte er so eine Schwester haben? Gab es viele von der Sorte? fragte er sich. Er wollte es nicht glauben. Das ging gegen die Vorstellungen, die er vom Leben hatte, von Mann und Frau und von den Beziehungen zwischen ihnen.

War auch seine Mutter so eine? Plötzlich kam ihm diese Frage in den Sinn. Er hätte sie am liebsten verneint, er hätte alles darum gegeben, doch fielen ihm aufgeschnappte Gespräche ein, die Geschichte von ihrem ersten Mann, dann von ihrer zweiten Ehe.

Wenn seine Mutter in flagranti erwischt worden war, wie Corine behauptet hatte, dann mußte sie Eugène Malou heimlich getroffen haben. In einem Hotel wie dem hier?

Er wollte nicht daran denken und dachte doch an

nichts anderes. Er begann, seine Bekannten, vor allem die näheren, in ›solche‹ und andere zu sortieren.

Sein Vater zum Beispiel? Er hatte nicht die sprühenden Augen und das Spielerlächeln des Chirurgen Fabien. Der hatte doch nur seine Arbeit im Sinn gehabt.

Freilich, wenn Alain an die erste Frau seines Vaters dachte, dieses Weibsbild, das plötzlich aus der Versenkung aufgetaucht war, mußte er sein Urteil wohl oder übel revidieren.

Also auch sein Vater? Somit alle? Das war nicht möglich. Das war zu schmutzig. Das tat weh.

Wenn seine Kameraden in der Schule mit glänzenden Augen und einem merkwürdig verschlagenen Grinsen zusammenstanden, um sich einschlägige Geschichten zu erzählen, hatte er sich voll Abscheu abgewandt und sich eingeredet, das gebe es gar nicht, sie hätten es erfunden, die Dinge spielten sich so nicht ab.

Und jetzt mußte er entdecken, daß sie nicht logen, daß sie die Wahrheit gesagt hatten, daß seine Schwester so eine war, vielleicht sogar seine Mutter, seine Tante Jeanne auch, warum nicht? Wo sie sich doch mit fünfzig noch schminkte!

Er wollte flüchten, allein sein. Vielleicht sogar François Foucret...? Nein, der war zu sauber, zu anständig. Alain würde ihn so bald wie möglich aufsuchen. Nicht, bevor er eine Stellung gefunden hatte, denn Foucret wollte ihm behilflich sein, er aber wollte es unbedingt aus eigener Kraft schaffen.

Er mußte unbedingt sofort eine Stellung finden. Bei seiner Schwester würde er nicht übernachten, auch wenn sie ihn eingeladen hatte.

»Gib zu«, sagte sie nebenan und sog dabei an ihrer zweiten Zigarette, »daß damit für uns alles gut gelaufen ist...«

Damit meinte sie doch wohl den Tod seines Vaters. Alain wollte Corine jetzt nie wiedersehen. Sofort, wenn sie nebenan fertig waren und Fabien ging, würde er geräuschlos aufstehen und Leine ziehen. Sollte er eine kleine Notiz zurücklassen, vielleicht mit den Worten: ›Ich habe alles gehört‹?

Wozu? Corine würde sich seinetwegen nicht den Kopf zerbrechen. Um so besser für sie, wenn er nicht mehr im Wege war. Dann hatte sie gewonnenes Spiel.

Er verkniff sich das Weinen. Heute nacht nicht. Er war todmüde und wußte am Ende nicht mehr, ob er wach lag oder träumte. Welche Arbeit sollte er annehmen? Er sortierte die Leute jetzt in solche und in andere, die er für sauber hielt. Doch damit hatte es nicht sein Bewenden. Die Sache war komplizierter. Immer mehr Nuancen wurden ihm klar.

Seine eigene Familie zum Beispiel, die Malous. Sie waren offenbar anders als andere Leute. Sein Vater ähnelte niemandem aus seiner Bekanntschaft, er bildete wohl eine Rasse für sich. Das prägte die ganze Familie. Seine Mutter, Corine, er selber gehörten zu einer Welt für sich, der Welt der Malous.

Das bewies allein schon die Schwester seiner Mutter, Tante Jeanne, die das gleiche Blut wie seine Mutter in den Adern und die gleiche Erziehung genossen hatte und doch ganz anders war und ihnen allen wie eine Fremde vorkam.

Und Bertrand, ihr Sohn? Zwischen ihm und Alain gab

es keinerlei Gemeinsamkeit. Gerade deswegen hatte ihn Bertrand ja auch zwei Tage lang unentwegt neugierig und neidisch angestarrt.

Alain wiederum war ganz bestimmt anders als Corine.

Es war alles so verwickelt. Vielleicht, weil er schon im Halbschlaf war? Er spürte, daß er einen langen und mühsamen Weg zu neuen Erkenntnissen vor sich hatte, und kämpfte krampfhaft um ein besseres Verstehen.

Wieso hatte er sich bloß nie solche Fragen gestellt, wo sie doch so wichtig waren? Wie hatte er so viele Jahre mit seinen Leuten zusammenleben können, ohne sich die Mühe zu machen, genauer hinzusehen? Er war kein Kind mehr. Er wußte ganz gut Bescheid. Aber es kam ihm vor, als habe er sie ignoriert, weil er sich damit begnügte, ihr Treiben automatisch zu registrieren, ohne sie richtig erkennen zu wollen.

»Du gehst schon?«

»Es ist eins«, antwortete der Mann.

Daran merkte Alain, daß er fast nicht geschlafen hatte und Fabien gekommen sein mußte, als er sich gerade erst hingelegt hatte.

»Schickst du mir deinen Wagen für das Gepäck?«

»Glaubst du nicht, daß dein Bruder...?«

»Kümmer' dich nicht um den. Entweder findet er sich damit ab, oder...«

Er zog sich wieder an. Man konnte es deutlich hören. Der Anzug raschelte, Schuhe klapperten. Dann die Umarmung. Jetzt tappte Corine barfuß zur Tür, um aufzuschließen, und Fabien tastete im Flur nach dem Lichtschalter.

Das Licht blieb fast noch eine halbe Stunde an. Ob Corine jetzt Zeitung las und eine letzte Zigarette rauchte?

›Ich werde abhauen, bevor sie aufsteht...‹

Geld hatte er keines. Die zehntausend Francs, die seine Mutter für sie beide dagelassen hatte, waren bei seiner Schwester. Er hätte seinen Teil eher verlangen sollen.

Was sollte er morgen ohne Geld auf der Straße anfangen? Zu verkaufen hatte er nichts als ein paar wertlose Kleidungsstücke. Und hatten womöglich andere Hotelgäste Corines Gestöhn ebenfalls gehört? Womöglich kamen sie ihm morgen früh unten entgegen und musterten ihn durchdringend?

Bilder drängten sich ihm auf, die er zu verscheuchen suchte, dann verzerrten sie sich, wurden zu Fratzen, also war er bereits am Einschlafen, und als es an seine Tür klopfte, war es bereits heller Tag.

»Alain... Alain...«

Er grunzte.

»Mach auf... Was ist mit dir?«

Er öffnete automatisch die Tür, ehe er sich noch an seine Vorsätze von heute nacht erinnern konnte. Sie war nicht angezogen, stand im Morgenmantel in der Tür.

»Du hast mir vielleicht einen Schrecken eingejagt...« sagte sie.

»Wieso?«

»Ich klopfe jetzt schon fünf Minuten. Ich hab' mich gefragt, ob du schon weg bist...«

»Wieviel Uhr ist es?«

»Neun.«

In der Tat rumorte es in allen Stockwerken des Hotels.

Von unten drang Geschirrklappern herauf, ein Lieferwagen wendete im Hof, und vor seiner Tür bearbeitete eine Putzfrau den Flurläufer mit dem elektrischen Staubsauger.

Alain verging vor Scham und schlüpfte schnell wieder unter die Decke, um sich nicht im Schlafanzug zeigen zu müssen. Er erwog gerade, ob seine Schwester es nach dem Vorgefallenen wagen würde, sich auf sein Bett zu setzen, als sie sich schon auf die Bettkante plumpsen ließ. Warum wurde er rot? Woran genau dachte er, als er den Blick niederschlug?

»Wir werden um zehn mit dem Auto abgeholt.«

»Ich nicht.«

»Was sagst du da?«

»Daß ich nicht mitkomme.«

»Bist du verrückt? Was willst du machen?«

»Ich will, daß du mir einen Teil von dem Geld gibst, das Mama für uns dagelassen hat. Die Hälfte oder soviel du willst, ist mir egal. Ich such' mir ein Zimmer in einer kleinen Pension und ...«

»Wer hat dir denn diesen Floh ins Ohr gesetzt?«

Sie blickte unwillkürlich zur Verbindungstür und mochte etwas ahnen, doch dann schob sie diese störenden Gedanken lieber beiseite.

»Wie du willst, mein armer Alain. Wir haben uns dann aber nicht eben lange gut verstanden, oder? Wieviel willst du?«

»Ist mir egal.«

»Dreitausend?«

Sie wollte ihn übers Ohr hauen. Warum wollte sie nicht gerecht teilen?

»Ein Junge hat weniger Ausgaben als eine Frau. Du findest leichter eine Stellung als ich ...«

Er starrte trotzig auf den hellen Vorhangspalt. Die Sonne schien draußen hervorgekommen zu sein.

»Ich hol' dir das Geld ...«

Sie wollte ihn los sein. Tatsächlich kam sie mit den drei Tausendfrancscheinen zurück und legte sie ihm auf den Waschtisch.

»Ich hab' dir meine Adresse aufgeschrieben. Besuch mich doch, so oft du willst. Halt mich auf dem laufenden. Wenn du Hilfe brauchst, genier dich nicht ...«

Sie stand vor ihm und sah ihn plötzlich seltsam zärtlich an – vielleicht schlug ihr das Gewissen. Sie beugte sich über ihn, so daß ihre weichen Brüste ihn streiften, und küßte ihn auf beide Wangen und auf die Stirn.

»Armes Bruderherz, nimm's doch nicht so tragisch!«

Das sagte sie sicher, weil sie genau spürte, daß er nicht so war wie sie, nicht wie sie alle, und deswegen Mitleid mit ihm hatte.

»Du findest immer ein Bett bei mir ...«

Er rührte sich nicht mehr. Mit geschlossenen Augen wartete er ungeduldig darauf, allein gelassen zu werden, damit er in Ruhe losheulen konnte.

Mittags hatte er bereits eine Stelle gefunden, wo er gleich morgen die Arbeit aufnehmen würde. War das nicht ein Wunder?

Ein Wunder auch, das erste Wunder, diese kaum wärmende und doch strahlende Sonne, die ihn auf der Straße empfing, und ein Wunder auch dieses leichte, lärmende, summende Leben um ihn herum, das ihn immer stärker umfing, je näher er der Innenstadt kam. Diese Stadt um zehn Uhr morgens kannte er kaum, denn um diese Zeit war er gewöhnlich in der Schule. Der Anblick der hin und her flitzenden Lieferwagen, der brummenden Laster und der sich drängelnden Hausfrauen ließ ein unbewußtes Glücksgefühl in ihm aufsteigen, fast schon Lebenslust. Sogar der Cafékellner, der die Scheiben einer Brasserie mit Schlemmkreide putzte, ließ ihn minutenlang auf dem Trottoir verharren.

Er schlenderte aufs Geratewohl dahin. Klar war ihm schon, daß er eine Stellung suchte, doch hatte er nicht die leiseste Ahnung, wo er anklopfen sollte. Mehrfach kam ihm François Foucret in den Sinn. Er freute sich darauf, ihn zu besuchen, sich eingehend mit ihm zu unterhalten. Aber nicht, bevor er sich nicht alleine freigeschwommen hatte.

Hundert Meter von dem ›Café de Paris‹, an der Stelle, wo das Trottoir wegen der Straßenbahn am schmalsten war, mußte er wegen eines Klaviers, das eben zu einem Fenster hinaufgehievt wurde, einen Augenblick stehenbleiben. Sein Blick fiel auf ein dunkles Schaufenster mit dem Schriftzug darüber: Druckerei Gebrüder Jaminet.

Hinter den trüben Scheiben lagen Drucksachen aus, Broschüren, Visitenkarten, und in einer Ecke ein handgeschriebenes Schild:

Für Büroarbeiten Berufsanfänger gesucht.

Daß es in der Stadt zwei große Druckereien gab, war ihm bekannt. Er hatte sich nie weiter dafür interessiert. Er wußte bloß, die andere, von Monsieur Bigois geführte, das war die niederträchtige. Weil sie den *Phare du Centre* druckte, der in letzter Zeit so erbarmungslos gegen seinen Vater gehetzt hatte. In diesem Laden wurde hauptsächlich Politik gemacht. Monsieur Bigois, ein fetter, ungepflegter Mann, war Stadtrat und hatte zweimal zum Abgeordnetenhaus kandidiert.

Die Druckerei Jaminet war für die anständigen Leute und für das Bistumsblatt da.

Schon eigenartig, daß sich ausgerechnet ein Linksblatt in Eugène Malou verbissen hatte, denn er war doch selber ein Linker gewesen, ein alter Anarchist, wenn die Gerüchte stimmten.

»Kann ich Monsieur Jaminet sprechen?«

In das Büro fiel wenig Licht. Auch im Hof war kaum Sonne. Man sah dort unter einem Schuppendach zweirädrige Schubkarren und Papierballen. Eine Stenotypistin am Fenster vor der Schreibmaschine schenkte ihm keine Beachtung. Ein hagerer Mann, der ihm bekannt vorkam, den er aber nicht einordnen konnte, stutzte bei seinem Anblick. Erst nachträglich ging Alain auf, daß dieser ihn wiedererkannt haben mußte und viele Leute, ihm selber unbekannt, offenbar wußten, daß er der Sohn von Eugène Malou war.

»Womit kann ich dienen?«

»Ich komme wegen der Stellung ...«

Erstaunen, dann Zögern.

»Entschuldigen Sie, aber das ist Sache meines Bruders. Ich sehe mal nach, ob er in der Druckerei ist.«

Er blieb lange weg. Gewiß beredeten sie – Alain kam erst später darauf –, was sie tun sollten. Die beiden Jaminets waren kaum auseinanderzuhalten, obwohl der Altersunterschied drei Jahre betrug. Beide waren hager und gelbhäutig wie Leberleidende. Beide waren verheiratet, hatten Kinder und wohnten im selben Haus, das sie unter sich aufgeteilt hatten.

Ohne seinen Bruder, mit dem Alain zuerst gesprochen hatte, kam der andere Jaminet jetzt herein.

»Lassen Sie uns einen Augenblick allein, Mademoiselle Germaine?«

Die Sache war ihm sichtlich peinlich.

»Nehmen Sie Platz, Monsieur... Monsieur Malou, nicht wahr?«

»Ja, Alain Malou.«

»Mein Bruder hat mir gesagt...«

»Ich habe gesehen, Sie suchen einen Angestellten.«

»Ja schon... Ja schon...«

»Und wo ich von der Schule muß, um meinen Lebensunterhalt zu verdienen...«

»Verstehe, Monsieur Malou. Verstehe.«

»Nächsten Sommer hätte ich Abitur gemacht. Ich weiß nicht, ob Ihnen das reicht...«

Eine Handbewegung bedeutete ihm, daß es darum nicht ging.

Durch einen verglasten Schalter sah man in eine weitläufige Halle mit weißgekalkten Wänden, vor denen sich die Maschinen schwarz und sauber wie mit Tusche gezeichnet abhoben. Die meisten waren mit einem leisen Schnurren wohlgeölter Zahnräder in Betrieb, jeweils bedient von einem stummen, aufmerksamen Drucker.

»Ich dachte, Ihre Familie verläßt die Stadt?...«

»Ich habe mich zum Bleiben entschlossen. Vorausgesetzt natürlich, ich finde eine Stelle.«

»Ich verstehe.«

Von den beiden war Jaminet die Situation peinlicher, vor allem weil sein Gesprächspartner ihm ruhig und offen ins Gesicht sah.

»Glauben Sie nicht, daß dieses neue Leben Ihnen sehr schwer fallen wird?«

»Ich weiß, was mich erwartet.«

»Ihr Vater war einer unserer Kunden.«

Ob er seine Rechnungen bezahlt hatte, sagte er nicht. Vermutlich nicht alle.

»Ich wäre sehr froh, wenn ich Ihnen helfen könnte. Ich kann Ihnen allerdings nicht verhehlen ...«

Es war ihm nicht wohl in seiner Haut; er ließ mechanisch die Finger knacken.

»Sehen Sie, Monsieur Malou, die Stelle ist für einen Berufsanfänger. Dazu noch eine Stelle ohne große Aussichten. Für alle wichtigen Fragen sind mein Bruder und ich zuständig. Das Sekretariat macht Mademoiselle Germaine, sie ist seit acht Jahren bei uns. Die Stellung, für die wir einen jungen Mann suchen ...«

Hörte Alain noch zu? Seit ein paar Augenblicken war er fest entschlossen, diese Stellung zu kriegen, wie immer sie auch beschaffen sein mochte. Warum, hätte er nicht sagen können. Das dämmerige Büro, die Wände voller Plakate und Kalender, der Geruch nach Druckerschwärze und warmem Öl, Papier, Leim, die schwarzen Maschinen in der weißgekalkten Halle, bis hin zu den Handkarren im Schuppen, das alles war in seinen Augen eine ruhige und friedfertige Welt, zu der er unbedingt gehören wollte.

»Lassen Sie mich zunächst einmal in groben Zügen erklären, worin die Arbeit besteht. Ich gehe davon aus, daß Sie keine Ahnung von unserem Handwerk haben?«

Alain verneinte offenherzig. Im Geiste hatte er die beiden Jaminets mit ihrer Schüchternheit, ihrer Gutmütigkeit, ihren schlechtsitzenden Anzügen, den zwei Haushalten unter einem Dach – man hörte die Kinder im ersten Stock herumtoben – bereits der anderen Kategorie zugeschlagen, nicht der, die ihn heute nacht angesichts des Lichtstreifens unter der Tür seiner Schwester beschäftigt hatte.

Zu denen gehörten die bestimmt nicht!

Ihr Haus gemahnte ihn an den Frieden von Kirchen, die er jeweils nur bei Hochzeiten oder Beerdigungen betreten hatte.

»Da ist zunächst die ›Akzidenz‹, um die Sie sich kaum zu kümmern brauchen ...«

War das nur so dahergeredet oder schon eine Zusage? Für Alain klang das, als gehöre er bereits dazu, und lebenslang würde er dem jüngeren Jaminet für diesen Satz dankbar sein.

»Ich spreche von den kleineren Drucksachen, Visitenkarten, Heirats- und Todesanzeigen, Prospekten. Das ist die lokale Kundschaft, und Mademoiselle Germaine bewältigt das spielend. Dann sind da noch die Plakate für durchreisende Künstler und für die beiden Kinos. Das Wichtigste sind unsere Zeitungen, unsere Zeitschriften und Jahrbücher. Wir haben zwei Linotypes, die sind den ganzen Tag in Betrieb ...«

Alain hatte keine Ahnung, was Linotypes waren, aber das Wort gefiel ihm. Ihm gefiel alles, was er hier entdeckte.

»Vielleicht wundert Sie das, aber wir arbeiten überwiegend für überregionale Kundschaft. Zum Beispiel drucken wir jede Woche eine Zeitung für La Rochelle mit fast dreitausend Abonnenten, außerdem eine Zeitung für Orléans, ganz zu schweigen von etlichen Bistums- und Gemeindeblättern. Wir drucken auch das Wochenblatt des französischen Metzgerverbands, weil unsere Preise viel niedriger sind als in Paris und in den meisten Großstädten. Insgesamt etwa dreißig Publikationen, zu denen noch die jährlich anfallenden Almanache hinzukommen, wie etwa das Jahrbuch der Lourdes-Pilger.«

Er zeigte ihm Karteikästen voller Karten. »An die Abonnenten erfolgt der Versand dieser Publikationen von hier aus. Da müssen Listen auf dem aktuellen Stand gehalten, Adreßänderungen nachgetragen, zum Jahresende Formulare zur Abonnementsverlängerung verschickt werden – und da kommt es wirklich drauf an. Ich will Ihnen auch nicht verhehlen, daß diese Karteikarten eine ziemlich eintönige Sache sind und dabei doch peinliche Genauigkeit erfordern, denn die Abonnenten reagieren auf den kleinsten Fehler sehr empfindlich, und die Reklamationen landen dann bei uns.«

»Ich glaube, ich traue mir das zu«, sagte Alain.

Jaminet zögerte noch immer. Alain vermutete, es läge daran, daß sein Gegenüber sich fragte, ob er wohl wie die andern Malous sei. Das also war es, woran er sich störte. Denn konnte jemand so eine Arbeit leisten, der sein bisheriges Leben im Hause Malou zugebracht hatte, selber ein Malou war?

»Wissen Sie, Monsieur, ich bin sehr pingelig. Ich kann

stundenlang über derselben Arbeit sitzen. Fragen Sie meine Lehrer, die werden es Ihnen bestätigen...«

Er hatte solche Angst vor einem Wort, das seine Hoffnungen zunichte machen würde! Und den brennenden Wunsch, zur Firma Jaminet zu gehören!

»Was die Bezahlung angeht...«

»Darauf wollte ich gerade kommen...«

»Ich lebe jetzt allein. Große Ansprüche habe ich nicht. Ich will mich in einer Familienpension einmieten, und weil ich noch genug anzuziehen habe, reicht es mir, wenn ich mein Essen und mein Zimmer bezahlen kann.«

»Ist Ihre Mutter noch in der Stadt?«

»Sie ist gestern abgereist.«

Er wurde rot. Er hatte Angst, auf seine Schwester angesprochen zu werden.

»Und Sie wollten nicht lieber Ihr Glück in Paris versuchen?«

Merkwürdige Frage. Man hätte meinen können, er habe ihn bereits durchschaut. Dabei führte er ein ereignisloses, biederes Dasein.

»Einen Moment bitte.«

Er öffnete das Schalterfensterchen und rief: »Émile...« Das war sein Bruder, den Alain zuerst gesprochen hatte und der alsbald ins Büro trat.

»Monsieur Malou ist entschlossen, es bei uns zu versuchen. Er ist guten Willens. Ich habe ihn informiert, welche Arbeit wir von ihm erwarten...«

Alain witterte Gefahr. Der ältere Bruder signalisierte hinter seinem Rücken dem anderen offenbar seine Ablehnung.

»Komm mal kurz mit raus«, verlangte der Jüngere.

»Sie entschuldigen uns, Monsieur Malou?«

Und sie gingen in die Druckerei, wo Alain sie vor einem großen Metalltisch diskutieren sah. Der Jüngere kam nach ein paar Minuten allein zurück. Er hatte sich durchgesetzt, schien aber nicht gerade stolz darauf zu sein.

»Ich bitte Sie um Verständnis für unser Zögern. Normalerweise gehen solche Stellen an junge Leute aus bescheidenen Verhältnissen, die eine gewisse Disziplin und Sparsamkeit mitbringen ...«

»Ich versichere Ihnen ...«

»Ich glaube Ihnen, Monsieur Malou. Mein Bruder und ich haben uns entschlossen, es auf einen Versuch ankommen zu lassen. Vor allem müssen Sie sich selber darüber klar werden, ob Sie sich in so einer Existenz zurechtfinden. Sie arbeiten mit mir zusammen, da sich mein Bruder mehr um die Herstellung kümmert. Wann können Sie anfangen?«

Fast hätte er geantwortet: ›Sofort.‹

Denn er hatte Angst, sie könnten es sich anders überlegen, sobald er ihnen den Rücken kehrte.

»Morgen ...« stotterte er.

»Also gut, morgen. Das Büro öffnet um neun. Am Anfang werden Sie wohl etwas zu kämpfen haben, weil jetzt wegen der Abonnementsverlängerungen die härteste Zeit im Jahr ist. Haben Sie eine gute Schrift?«

»Ziemlich gut.«

»Und Maschineschreiben können Sie nicht?«

»Ein bißchen.«

Vorige Weihnachten hatte er sich eine Reiseschreibmaschine gewünscht, sie auch bekommen und in den letzten Monaten seine Hausaufgaben und Aufsätze darauf getippt.

»Also bis morgen, Monsieur Malou.«

Er hatte die Stelle! Er hatte es geschafft! Er war jetzt ein Mann! Er verdiente seinen Lebensunterhalt! Noch nicht ganz, aber gleich morgen würde er damit anfangen. Im Hof, den er durchschritt, flimmerte ein großes Lichtdreieck. Auf der Seite der Straßenbahngeleise lag die Straße im gleißenden Sonnenlicht. Er schritt rasch aus und wäre fast zur Schule gelaufen, wo seine Kameraden gleich herauskommen würden, um ihnen das Neueste zu verkünden.

Doch würden sie ihm vermutlich seine Freude, seine Erlösung nicht nachfühlen können. Damit sie ihn verstünden, müßte er ihnen zu viel erklären, auch die ganze Sache mit Corine.

Er wußte nicht genau, wohin er sich wenden sollte, um eine Pension zu finden, er kannte sich darin nicht aus. In der Menge stiegen ihm unverhofft vertraute Gerüche in die Nase, schlugen Töne und Bilder über ihm zusammen. Auf dem Schulweg, vor allem im Frühjahr, hatte er oft spontan einen Umweg über den Markt gemacht, einen alten Platz mit schiefwinkligen Häusern. In fast allen gab es Cafés oder Kneipen, in denen sich früh um acht die Fuhrleute und Bäuerinnen mit Gemüse- und Obstkörben und Käfigen voll gackernden Geflügels drängten.

Dann roch man den Kaffee und den Weißwein bis aufs Trottoir. Das schiefergedeckte Eckhaus war noch älter als die andern und hatte einen weitläufigen Hof, in dem stets dichtgedrängt Karren und Leiterwagen standen, und halbdunkle Stallungen, in denen hufeschlagend die Pferde warteten.

›Zu den Drei Tauben‹, las Alain auf dem Schild.

Es ging zwei Stufen hinunter. Der Boden war gefliest. Dralle Mädchen gingen von Tisch zu Tisch, an denen die Bäuerinnen und Fuhrleute ihren vom Land mitgebrachten Imbiß verzehrten. Auf der anderen Seite der ähnlich nach Bauernhof riechenden Diele lag ein weiterer Saal, weißgetüncht, mit Gardinen an den Fenstern, einem Tisch für Pensionsgäste in der Mitte und kleineren Tischen ringsum.

Warum war es immer sein Traum gewesen, in diesem Saal zu essen, in einem dieser Zimmer zu schlafen, wo Handtücher und Bettzeug zum Lüften aus dem Fenster gehängt wurden?

Damit gönnte er sich jetzt sozusagen einen Luxus. Das machte ihm solche Freude, daß er sich fast schämte, nur einen Tag nach seines Vaters Beerdigung, und ihn im Geiste um Verzeihung bat.

In den ›Drei Tauben‹ ging es um diese Tageszeit nicht mehr so hoch her. Die meisten Markthändler und Bauern waren schon gegangen und die Dagebliebenen bereits schwer vom Wein und Tresterschnaps.

»Könnte ich bitte die Wirtin sprechen?«

Durch eine offene Tür sah man rechts in die Küche, mit ihrem Geschmurgel und ihren kräftigen Kochdünsten, den geschäftigen Mädchen, einer dicken Frau mit Bauch unter der Schürze, die mit schriller Stimme wissen wollte:

»Was gibt's?«

»Ein junger Mann will Sie sprechen.«

Sie hielt einen Topf in der Hand. Sie stellte ihn hin, wischte sich die Hände an der Schürze ab, rückte ihren Dutt zurecht und kam hinter den Tresen.

»Junger Mann, womit kann ich dienen?«

Auch sie runzelte die Stirn. Gewiß fragte sie sich, wo sie ihn schon mal gesehen hatte.

»Entschuldigen Sie bitte, Madame, können Sie mich in Pension nehmen?«

»Für wie lange?«

»Ich weiß nicht. Sicher für länger, mehrere Monate.«

»Kommen Sie aus Paris?«

»Nein.«

»Arbeiten Sie in einer Behörde? Vielleicht beim Gericht? Wir haben einen Herrn vom Gericht, der regelmäßig bei uns speist ...«

»Ich arbeite in der Druckerei Jaminet.«

Sie rief nach ihrem Gatten: »Desiré!« worauf sich ein älterer, ziemlich aufgedunsener Mann mit Hängebauch träge von einem Tisch erhob, wo er mit Gästen trank.

»Dieser junge Mann will bei uns in Pension. Glaubst du, die 13 ist frei?«

»Der andere hat nicht geschrieben, oder?«

»Nein, aber er hat gesagt, er käme wieder.«

»Also, wenn er nicht geschrieben hat ...«

Ein gleichgültiger Blick auf Alain.

»Hast du ihm gesagt, was es kostet?«

»Noch nicht ...«

»Und hast du ihm gesagt, daß Spätheimkehrer hier unerwünscht sind?«

Weil sie morgens wegen des Markts früh aufstehen mußten.

Alains Gemütsverfassung war dieselbe wie in der Druckerei. Ihm schien, als müsse er dieses Zimmer 13 haben, koste es, was es wolle, und er könne woanders als in diesem Haus nicht mehr leben.

»Ich komme nie spät heim ...«

»Wäre auch ein Jammer, in Ihrem Alter! Sind Sie schon lange von Ihrer Familie weg?«

»Mein Vater ist gestorben.«

»Gut, verstehe. Also wissen Sie, mit dem Essen wird hier nicht geknausert. Gute Hausmannskost! Kochen tu' ich selber und steh' auch dafür ein. Aber Leute mit übertriebenen Ansprüchen ...«

Der Wirt war an seinen Tisch zurückgeschlurft, wo er sich Wein eingoß und sein Gespräch mit dem Bauernpaar wieder aufnahm.

»Haben Sie Gepäck?«

»Ich bringe es gleich. In einer halben Stunde.«

»Sind Ihre Papiere in Ordnung?«

»Ich werde sie Ihnen zeigen.«

»Der Pensionspreis macht dreißig Francs am Tag, einschließlich zweimal ein Viertel Wein zu den beiden Hauptmahlzeiten. Es gibt Vorspeise, ersten Gang, Fleischgericht, Käse und Nachtisch oder Obst. Wenn Sie Ihr Zimmer sehen wollen ...«

Er verneinte. Er hatte es zu eilig, sich mit seinen Sachen hier einzurichten. Er wußte noch nicht, ob sein Gehalt für den Pensionspreis reichen würde. Monsieur Jaminet hatte vergessen, es ihm zu nennen.

»Ich bin gleich wieder da ...« stieß er hektisch hervor.

»Sie wollen also hier einziehen?«

»Ja. Dann also in einer halben Stunde ...«

Und er rannte fast zum ›Hôtel du Commerce‹. Vor dem Bahnhof hielt er ein Taxi an und lud seine Koffer ein.

»Zu den ›Drei Tauben‹ ...«

Corine war er nicht begegnet. Von jetzt an führte er sein eigenes Leben, und er hatte es so eilig, dieses neue Leben zu beginnen, daß sogar ein Verkehrsstau, in den das Taxi an einer Kreuzung geriet, für ihn war, als hätte sich das Schicksal nun doch noch gegen ihn verschworen. Wenn sie nun in seiner Abwesenheit Zimmer 13 vermietet hatten? Die Wirtsleute kannten nicht einmal seinen Namen und mochten annehmen, er käme doch nicht zurück. Er stürzte aus dem Wagen.

»Da bin ich wieder«, verkündete er.

»Schön, das ist aber schnell gegangen! Wollen Sie jetzt essen oder zuerst Ihre Sachen hinaufschaffen? Die Herren sind noch nicht da. Ein paar Minuten haben Sie noch. Gewöhnlich setzen sie sich um halb eins zu Tisch. Julie! Komm her ... Führ den jungen Herrn auf Zimmer 13 ... Sieh aber zuerst nach, ob das Zimmer gemacht ist ...«

Alles war überwältigend. Das alte Treppenhaus mit seinen Gerüchen, der verwinkelte Flur im ersten Stock mit seinen unerwarteten Knicken und unverhofften Stufen, mit den Zimmernummern auf den hellgrün gestrichenen Türen.

Das Zimmer war größer als erwartet, größer jedenfalls als im ›Hôtel du Commerce‹, mit einem Boden aus kleinen roten Fliesen, darauf zwei Flickenteppiche. Es gab ein Eisenbett mit einem Kruzifix darüber, einen schwarzen Kamin, einen Waschtisch ohne fließend

Wasser, und das Fenster war so weit unten, so nah am Boden, daß man sich fast hinknien mußte, um hinauszusehen.

»Haben Sie alles Nötige?«

Ein runder Mahagonitisch, zwei nicht zueinander passende Stühle, davon einer mit einer Sitzfläche aus Strohgeflecht, und ein Ohrensessel. Als Schrank diente eine behelfsmäßige Garderobe an der Wand mit einem geblümten Kretonnevorhang davor. Die Atmosphäre war anheimelnd, viel zu anheimelnd, er machte sich Vorwürfe deswegen. Er dachte an die Blicke Bertrands, seines Vetters, die ihn neidisch verfolgten, und an die von Peters, dem Rotschopf, der ihn wohl ebenfalls für einen Glückspilz hielt.

Er schämte sich dafür. Als er die Koffer auspackte und ihren Inhalt aufs Bett warf, murmelte er vor sich hin:

»Verzeih, Papa ...«

Morgen früh würde er seinen Arbeitsplatz neben Mademoiselle Germaine einnehmen, die er nur flüchtig gesehen, aber bereits in sein Herz geschlossen hatte, denn sie gehörte zu der Welt, in die er nun eintreten würde. Und am Sonntag würde er François Foucret besuchen.

Keinen Augenblick dachte er an seine Mutter, auch nicht an seine Schwester. Er stieg die Treppe hinunter, die ihm noch unvertraut war und für sein Gefühl falsch herum schwang, und spürte plötzlich eine Hand auf der Schulter.

»Hier entlang, junger Mann! ... Halten Sie sich im Flur nach links ... Die Herren haben sich gerade zu Tisch gesetzt ...«

Er wurde rot, als er über die Schwelle zum Speisesaal trat, weil ihm im Augenblick seines Eintritts ins Leben klar wurde, wie linkisch er war, wie unwissend. Mit was für leeren Händen stand er doch da!

5

Alain war kurz nach zwei in die Linie 3 gestiegen, die fast direkt gegenüber dem ›Café de Paris‹ abfuhr. Es war Sonntag. Die Sonne strahlte, doch an ungeschützten Stellen biß der Nordwind empfindlich um Nase und Ohren. Am Morgen hatte er durch sein Zimmerfenster erstmals in diesem Winter den Atemhauch vor den Mündern der Leute gesehen, die zur Frühmesse eilten, und die Pflastersteine hatten unter ihren Absätzen hohl geklungen.

Es war ihm entfallen, daß die Linie 3 auch zum Friedhof fuhr, und er runzelte kurz die Stirn, als er drei oder vier Familien mit Chrysanthemen in der Straßenbahn sitzen sah. Zum Friedhof wollte er nun nicht. Er wollte weiter. Allmählich wurde die Straße breiter, ging in eine gepflasterte Landstraße über, beidseitig von einstöckigen Häusern gesäumt, die meisten grau, manche aus roten Ziegeln. Rechter Hand sah man über die Dächer hinweg den Hügel, an den sich die Häuser lehnten, und aus allen Schornsteinen stieg Rauch und zeichnete abwechselnd Spiralen und Wirbel auf die dunkle, winterkahle Böschung.

Die Häuserreihe zur Linken klebte gleichsam am Talhang, und der Himmel wirkte deswegen dort höher als auf der anderen Straßenseite.

Die Straßenbahn hielt am Friedhof. Die meisten

Familien stiegen aus. Die verbliebenen Fahrgäste hatten Päckchen dabei, und als er sie vor dem Krankenhaus aussteigen sah, sagte sich Alain, daß heute wohl Besuchstag war. Gegenüber stand ein Gasthaus mit grüngestrichenen Tischen und Bänken auf der Terrasse davor und Reklameschildern hinter den Scheiben.

Die Straßenbahn fuhr noch hundert Meter weiter bis zur Endstation. Das Gleis endete hier, und der Zugwagen wurde umrangiert. Von da an standen die Häuser weiter auseinander, mit Lücken, Mäuerchen, Hecken dazwischen und Gärtchen dahinter. Man sah Hasenställe aus alten Brettern, scharrendes Hühnervolk hinter Maschendraht und auf der schwarzen Erde einzelne dunkelgrüne Kohlköpfe und ein paar Lauchstengel mit vergilbten Blättern.

Alain schritt aus, die Hände in den Taschen; nach und nach standen die Häuser spärlicher. Autos rauschten an ihm vorbei. Er machte diesen Weg zum ersten Mal zu Fuß, und die Straße kam ihm endlos lang vor. Die Stadt wollte kein Ende nehmen, und die Vororte zogen sich weit ins Land hinaus.

Nach einer Tankstelle tauchte in einer Kurve eine riesige Tafel auf, fünf- oder sechsmal so groß wie die Aperitif- und Reifenreklamen, die gewöhnlich die französischen Landstraßen säumten:

In Malouville
finden Sie den Bauplatz und das Haus
Ihrer Träume

lautete der Slogan, und ein meterlanger Pfeil wies in

die Richtung, die Alain eingeschlagen hatte. Der Hügel zu seiner Rechten war bewaldet. Er kam an einem Steinbruch vorbei, dann an einem richtigen Bauernhof. Er erreichte eine Kreuzung, von der links die Straße nach Paris abging und sanft ins Tal abfiel, in dem ein Fluß dahinströmte, während Alain sich rechts hielt, am Hang entlang, wo die Landschaft sich allmählich wandelte.

Hochwälder wechselten jetzt ab mit Wiesen, auf denen weiße Kühe grasten. In der Ferne konnte man hinter Bäumen zwei Türme am blaßblauen Horizont ausmachen, das Château d'Estier, zu dem früher dieses ganze Land gehört hatte.

Malouville: 1 Kilometer...

Er bekam Herzklopfen. Es war lange her, mehrere Monate, seit er das letzte Mal hiergewesen war. Hinter einer Wegbiegung kam endlich Malouville in Sicht und bot im sonntäglichen Sonnenschein einen unerwartet reizvollen Anblick.

Rechts der Straße flachte der Hügel in einem sanften Bogen ab, und von weitem wirkte es wie ein helles Gesprenkel von weißen, rosa und roten Häusern, was sich da aus dem grünen Bewuchs abhob.

Die Siedlung war weder Dorf noch Stadt. Breite Alleen mit kümmerlichen, erst vor wenigen Jahren gepflanzten Bäumchen waren nach diesen benannt: Akazienstraße, Lindenstraße, Kiefernstraße, Eichenstraße.

Vorher kam man links an einem ausgedehnten Gebäudekomplex vorbei, auf dessen Dach in Riesenlettern

›Eugène Malou & Cie‹ in den Himmel ragte. Die Firma, das Baubüro. Jahrelang hatte hier emsiges Treiben geherrscht, doch jetzt prangten Pfandsiegel an allen Türen, und an einer Fensterscheibe klebte eine Kopie des gerichtlichen Pfändungsbeschlusses.

Alain schritt immer noch kräftig aus, erreichte die ersten Häuser, die keinerlei Ähnlichkeit mit denen hatten, die er oben an der Landstraße gesehen hatte. Eher waren das kleine Villen, Puppenhäuser, so daß man sich fragen konnte, ob sie wirklich zum Wohnen gebaut worden waren oder nur als Kulisse dienten.

Großzügige Rasenflächen lagen dazwischen, Gärten, und alle Farben des Regenbogens waren vertreten, auch alle Formen, wie sie ein phantasievolles Kind mit Bauklötzen gestalten kann.

Aus ein paar Schornsteinen quirlte Rauch. Vorhänge zuckten, als er vorbeiging. Ungefähr vierzig Häuser waren bewohnt, fast ebenso viele standen leer, manche noch im Rohbau, ohne Fenster und Türen, und dazwischen harrten überall vermessene Grundstücke der Käufer.

Alleen und Straßen waren fertig angelegt, eingefaßt, mit Leitungsmasten für Strom und Telefon. Manche Straßen, an denen noch kein einziges Haus stand, hatten trotzdem ihr Namensschild.

Er machte einen Umweg über den Dorfplatz, der mit seinem großen Mosaikbecken, seinen Rasenflächen und Blumenbeeten, seinem wasserlosen Springbrunnen, seinen nagelneuen Bänken und seinem Musikpavillon allerdings eher etwas vom Ambiente einer Weltausstellung hatte.

Alain war ein einziges Mal mit seinem Vater hier gewesen. Eugène Malou war mit ihm durch die Alleen spaziert und vor dem Becken stehengeblieben, in dem damals noch Goldfische schwammen.

Alain hatte auf einen Marmorsockel mitten im Bassin gedeutet und gefragt: »Was kommt da hin?«

Da hatte ihm sein Vater die Hand auf die Schulter gelegt, in einer vertrauten Geste. Er hatte halb ernst, halb spöttisch gesagt – man kannte sich nie so recht aus, wenn er diesen Ton anschlug:

»Eines Tages werden sie da wohl mein Denkmal aufstellen.«

Alain ging weiter, erreichte das Südviertel von Malouville und klopfte an die Tür des einzigen Hauses, das in diesem Ortsteil bewohnt war.

Geöffnet wurde ihm von Madame Foucret, die eine Schürze umhatte und gerade eine Suppenterrine abtrocknete.

»Monsieur Alain! ...« rief sie. »Da wird sich mein Mann aber freuen. Denken Sie nur, beim Mittagessen hat er gerade zu mir gesagt, es würde ihn nicht wundern, wenn Sie ihn heute besuchen kämen ...«

»Ist er ausgegangen?«

»Nein! Deswegen wollte er ja nicht angeln gehen. Er ist daheim ...«

Sie deutete ins Nebenzimmer und dämpfte unwillkürlich ihre Stimme.

»Schläft er?«

»Das macht nichts. Er hält sein Mittagsschläfchen, wie jeden Sonntag. Ich ziehe ihn immer damit auf. Inzwischen könnte er ja wohl jeden Tag ein Mittagsschläfchen halten. Aber unter der Woche tut er's nicht. Daß er jetzt freie Zeit hat, ändert nichts daran. Nicht um alles in der Welt würde er sich werktags langmachen. Aber am Sonntag ...«

Sie rief ihren Mann und klinkte dazu die Schlafzimmertür auf.

»Foucret! ... Foucret! ... Monsieur Alain ist da ... Legen Sie doch Ihren Mantel ab, Monsieur, damit Sie sich nachher draußen nicht verkühlen ... Ich bin ein bißchen spät mit meinem Abwasch dran, weil wir den ganzen Morgen Besuch hatten und erst spät gegessen haben ...«

In einer Ecke dudelte leise das Radio. Das Haus wirkte innen genauso puppenhaft wie außen, die Zimmer gingen ineinander, um größtmögliche Wohnlichkeit und Behaglichkeit zu schaffen. Die Fenster waren groß, die Küche ganz in Weiß gehalten, die Geräte emailliert. François Foucret erschien mit verstrubbeltem grauem Schopf im Türrahmen, eine Seite seines Schnurrbarts hing ihm über den Mundwinkel.

»Ich habe gerade zu meiner Frau gesagt ...« setzte er an und langte dabei hinter sich nach den Hosenträgern.

»Ich hab's ihm schon erzählt ...«

»Entschuldigen Sie, daß ich Sie so empfange. Aber am Sonntag ...«

»Er weiß schon Bescheid. Wir haben einen kleinen Schwatz gehalten ...«

»Ein Schlückchen zum Aufwärmen, Monsieur Alain?«

»Nein, danke. Ich trinke nie Alkohol.«

»Setzen Sie sich hin, fühlen Sie sich wie zu Hause. Nehmen Sie doch den Sessel. Ist Ihnen der Weg nicht lang geworden?«

Er zündete seine meerschaumgefütterte Kirschholzpfeife an.

»Wenn man bedenkt, daß sie ihn vor allem damit angeschmiert haben! Mit diesen verdammten vier Kilometern Weg! Anfangs, als er alle auf seiner Seite hatte, haben sie diese Frage runtergespielt, man hielt sie für ein Detail:

›Nichts einfacher‹, sagten sie, ›als die Straßenbahnlinie zu verlängern. Anstatt in La Genette zu wenden, fährt sie halt einfach weiter bis Malouville.‹

Man hat ihm eine Omnibuslinie versprochen, alles, was er haben wollte.

Zehnmal, zwanzigmal hat der Stadtrat darüber beraten, und jedesmal hat Ihr Vater ein bißchen geschmiert. Von diesen Herren haben so manche ihr Schäfchen ins trockene gebracht, das kann ich Ihnen sagen.

Eines schönen Tages haben sie dann festgestellt, daß sie das gar nichts anging, daß Malouville nicht auf Gemeindegebiet liegt und dafür das Departementsparlament zuständig war.

So gingen Monate, wenn nicht Jahre ins Land. Und dabei eine kleine Bestechung hier, eine Einladung zum Abendessen da, Geschenke, allerhand kleine Gefälligkeiten.

›In ein paar Wochen bekommen Sie Ihre Omnibuslinie, Monsieur Malou. Da können Sie drauf bauen!‹

Und wir haben gebaut. Wir haben die Straße angelegt, die Millionen gekostet hat ...

Und dann plötzlich war auch nicht mehr das Departement zuständig, sondern das Verkehrsministerium, und die Sache wurde nach Paris überwiesen ...

Das ist vielleicht eine Aasbande, kann ich Ihnen sagen! Ihr Vater hat in Paris von vorn angefangen, Abgeordnete aufgesucht, Minister, die ihn noch teurer zu stehen kamen und ihm für sein Geld nur warme Worte gegeben haben.

Und dann, weil die Leute hier allmählich die Wut kriegten, weil sie es satt hatten, jeden Tag zu Fuß in die Stadt zu latschen und erst spätabends wieder heimzukommen, hat Ihr Vater dem Elend ein Ende gemacht und einen Omnibus für den Liniendienst bis zur Straßenbahnstation gekauft.

Ich weiß nicht, ob Sie sich noch an den Zinnober erinnern, den die deswegen gemacht haben. Sie haben ihm das Recht abgesprochen, Fahrgäste zu befördern. Sie haben ihm die Genehmigung verweigert. Die Straßenbahngesellschaft und die Omnibusfirma haben einen Prozeß gegen ihn angestrengt.

Ob Sie mir's glauben oder nicht, aber er hat immer noch nicht aufgesteckt.

›Sie verweigern mir das Recht, Transportunternehmer zu werden‹, hat er gekontert. ›Schön, ich nehme kein Geld. Ich fahre die Leute umsonst.‹

Und dann haben sie wieder irgendeinen Paragraphen ausgegraben und ihm auch das noch verboten.

Ich habe mich gefragt, ob er am Ende nicht doch obenauf bleiben würde.

›Sie wollen nicht, daß ich die Leute in meinem Omnibus befördere? Auch gut! Ich hab' den Bus abgeschafft. Er gehört mir nicht mehr. Ich hab' ihn den Einwohnern von Malouville abgetreten, jeder hält einen Anteil. Die haben doch wohl das Recht, für einen Omnibus zusammenzulegen und dann damit herumzukutschieren, wo sie wollen?‹

Wieder haben sie ihn verklagt. Und am Ende hat Ihr Vater verloren. Wissen Sie das denn nicht?«

»Die Einzelheiten hab' ich nicht gewußt.«

Er traute sich nicht zu sagen, daß er fast nichts über seines Vaters Geschäfte wußte, nicht einmal über seinen Vater selbst. Dieser Mann, der ungerührt vor ihm saß und friedlich seine Pfeife paffte, wußte viel mehr über Eugène Malou als sein leiblicher Sohn.

»Mir scheint, Sie stehen jetzt ganz allein da?«

»Hat man's Ihnen erzählt?«

»Die Leute reden viel. Und jetzt tut es sogar denen, die am ärgsten gehetzt haben, zum Teil schon leid ... Nach allem, was man mir erzählt hat, ist Ihre Mutter jetzt in Paris?«

»Ja, bei meiner Tante Jeanne. Ich selber habe seit Freitag Arbeit.«

»Wenn der Weg nicht so weit wäre, hätte ich Sie gefragt, ob Sie bei uns wohnen wollen, Platz haben wir genug. Aber sogar mit dem Fahrrad ist die Strecke im Winter ein Kreuz.«

»Ich arbeite in der Druckerei Jaminet und bin in den ›Drei Tauben‹ in Kost und Logis.«

Foucret und seine Frau wechselten Blicke. Alain fragte sich, was sie wohl dachten. Sie wirkten beide irgendwie mitleidig, und er verstand nicht warum, wo er doch in seinem ganzen Leben noch nie so glücklich gewesen war.

»Monsieur Jaminet ist ganz nett, vor allem der jüngere, Monsieur Albert. Auch die Sekretärin, Mademoiselle Germaine.«

Das Herz floß ihm über. Er sagte diese Namen her wie ein Schulanfänger die Namen seiner Lehrer.

»Auch Madame Poignard, meine Wirtin, ist sehr nett zu mir und versorgt mich gut...«

»Mélanie...« präzisierte Madame Foucret, die sich gerade zurechtmachte, aus ihrem Zimmer, dessen Tür nur angelehnt war.

»Alle Leute nennen sie so. Sie hat mir gesagt, ich soll sie auch so nennen, aber ich trau' mich nicht.«

»Eine tüchtige Frau. Wenn bloß ihr Mann nicht so trinken würde... Aber das ist halt so in einem Wirtshaus...«

Und Alain war glücklich, vom alten Poignard reden zu können, der schon frühmorgens seinen Schoppen intus hatte. Im Laufe des Tages wurde er immer röter, immer schlapper, seine Glubschaugen traten ihm schier aus dem Kopf, ansonsten aber verriet außer einem leichten Stottern nichts seinen Pegel.

»Essen Sie ein Stückchen Kuchen mit uns? Ich mach' gleich Kaffee.«

»Machen Sie meinetwegen keine Umstände, Madame Foucret.«

»Das macht mir doch gar nichts. Sie sehen ja, wie praktisch die Küche ist. Das ist noch das beste am...«

Sie verstummte, und Foucret fing hastig von etwas anderem an. Da wäre ihr in Gegenwart von Eugène Malous Sohn beinahe herausgerutscht: ›Das ist noch das beste am ganzen Haus.‹

Alain begriff, er begriff um so besser, als ihn schon beim Eintreten eine gewisse Befangenheit erfaßt hatte. Sicher, das Haus war hübsch, piekfein. Dennoch spürte er, daß etwas fehlte. Der Korbsessel zum Beispiel, in dem er saß, ein Korbsessel mit roten Kissen, hatte nicht wie in den Häusern, an denen er unterwegs vorbeigekommen war, seinen Stammplatz; man hätte ihn beliebig umräumen können.

Auch die alten Möbel der Foucrets wirkten in dieser Umgebung etwas fehl am Platze. Sogar Foucret selbst mit seinem kragenlosen weißen Hemd, seinen Hosenträgern und Pantoffeln.

Alain fielen die Gärtchen hinter den Hecken mit den Kohlbeeten, Hasenställen, Hühnern und Komposthaufen ein. Er dachte daran, wie er an Sommerabenden die Männer beim Umgraben oder Herumwerkeln beobachtet hatte und die Frauen beim Gießen der Beete, auf denen junges Gemüse sproß.

War denn solches in Malouville denkbar? Und Leute, die in Hemdsärmeln im Garten krauterten?

Hier gab es in der Mitte der Siedlung einen großen und lichten Konsumladen, wo die Waren auf weißgestrichenen Holzregalen gestapelt waren. Das war freilich etwas anderes als die Vororte mit ihren dämmrigen Geschäften, alten Gemüseweibern und nach Zimt und Petroleum riechenden Kolonialwarenläden mit Gläsern voller klebriger Bonbons im Schaufenster.

»Wenn ich bedenke, wie viele Knüppel sie ihm zwischen die Beine geworfen haben...«

»Glauben Sie, daß die Leute zufrieden sind, die hier wohnen?«

Foucret antwortete ein wenig zurückhaltend und zögernd:

»Die gewöhnen sich schon noch ein. Sehen Sie mal, Ihr Vater war ein weitsichtiger Mann. Als sie ihm zum Beispiel vorgehalten haben, daß die Siedlung vier Kilometer von der Stadt entfernt ist, hat er Papier und Bleistift genommen und ihnen vorgerechnet, wie viele Autos jedes Jahr verkauft werden, und bewiesen, daß es binnen kurzem weniger Haushalte ohne als Haushalte mit Auto geben wird... Und wer ein Auto hat, will auch damit fahren.

Die Kritiker haben gesagt, die Leute hier, vor allem die Rentner – von denen gibt's hier viele –, hätten lieber einen Garten mit Grünzeug und Kleinvieh...

Er hat dagegengehalten, Eier von solchen Hühnern kämen teurer als im Laden, Karnickel wären bloß eine Plackerei, die nichts einbringt, und in ein paar Jahren werde sich niemand mehr damit abgeben, sein Gemüse selber zu ziehen.

Ich hab' noch im Ohr, wie er gerufen hat: ›Und was ist mit dem Kino? Ihr vergeßt das Kino! Ins Kino gehen und Gemüse gießen verträgt sich nicht. Nehmt bloß mal das Kino...‹

Und er hat noch mehr Statistiken vorgeblättert, wie viele Kinobesucher pro Abend und Saal... Jetzt wollte er auch noch ein Kino in Malouville bauen, nachdem er bereits zwei Bocciabahnen, zwei Kegelbahnen und zwei Tennisplätze hatte anlegen lassen...

›Ein Schwimmbad bauen wir auch...‹ hat er erklärt, ›und die Leute gehen dann abends lieber baden als Grünfutter sammeln für ihre Rammler.‹

Er war seiner Zeit voraus, verstehen Sie?...«

Aber machte sich François Foucret nicht etwas vor? Hätte er nicht auch lieber eins von den Häuschen an der Hauptstraße gehabt, unweit von Straßenbahn und Stadt, und dazu ein schmales Gärtchen mit Bretterverschlag?

»Anfangs waren alle für ihn. Sozusagen einstimmig. Sie sind noch zu jung, um das zu verstehen. Ihr Vater hatte mehr zu sagen als der Bürgermeister und der Abgeordnete, die sich gern stolzgeschwellt mit ihm zeigten. Ich erinnere mich an große Bankette, besonders als der Minister aus Paris angereist ist, um ihm die Kokarde der Ehrenlegion zu verleihen. Ich war dabei, nicht am Ehrentisch, aber daneben, denn Ihr Vater hat immer Wert darauf gelegt, daß sein Personal an allen Festlichkeiten beteiligt war. Damals wurde behauptet, Malouville sei die Musterstadt, nach der alle anderen geplant würden...«

Madame Foucret breitete ein rotgewürfeltes Tuch über den Tisch und nahm Geschirr aus der Anrichte.

»Die Schwierigkeiten haben erst zwei oder drei Jahre später angefangen, als sie gemerkt haben, daß alles teurer wird als geplant. Da war die Sache mit der Sammelkanalisation, die hat die ersten Kampagnen ausgelöst. Aber es würde zu lange dauern, Ihnen das alles zu erklären...

Und dann waren da Leute, Stadträte unter anderem, die Baugrundstücke geschenkt bekommen hatten und sie zu Mondpreisen verkauften, weil Bargeld lacht.

Bigois hat sich zu denen geschlagen, warum, weiß ich nicht, denn eine Zeitlang hat er so getan, als sei er der Busenfreund von Ihrem Vater. Bei dem hat er auch drucken lassen, bevor er zu Jaminet gewechselt ist.

Saukerle gibt's, Monsieur Alain! Ich glaube, meine Frau möchte, daß wir uns jetzt zu Tisch setzen.«

»Wird Ihnen die Arbeit in der Druckerei nicht zu schwer?«

»Im Augenblick bin ich glücklich.«

»Ihr Vater hat oft von Ihnen erzählt.«

Foucrets Frau warf diesem einen Blick zu, als wolle sie ihn zurechtweisen. Was hatte er sagen wollen, was er nicht durfte?

»Er hatte Sie sehr gern, glauben Sie mir! Vielleicht haben Sie es nicht so gemerkt, weil er als Mann in solchen Dingen scheu war. Sehen Sie mal, als er mir dieses Haus geschenkt hat... Er hatte mir vorher kein Sterbenswörtchen verraten... Er hat mich beauftragt, die Arbeiten zu überwachen, und noch gesagt:

›Bau das Haus, wie es dir paßt.‹

Weil er nämlich fast alle Leute duzte.

›Es ist mir ganz recht, wenn du das so baust, wie es dir paßt. Wollen mal sehen, was dabei herauskommt.‹

Als es fertig war, ist er nachsehen gekommen.

›Meinst du, es hat hingehauen?‹

›Ich denke schon, Monsieur Malou.‹

›Gefällt's dir wirklich?‹

›Wenn dem Käufer dieses Haus nicht gefällt, dann ist er eine harte Nuß.‹

›Na gut! Dann zieh schon mal ein, und ich spendier' dir den Festschmaus dazu.‹

Als er dann gekommen ist, um einer Flasche Schampus den Hals zu brechen, hat er mir eine einwandfreie Besitzurkunde auf den Tisch des Hauses gelegt.

Noch viel mehr hat es mich gefreut, wenn er an Tagen,

wo er die Baustellen inspizierte, hier Rast gemacht und genau auf dem Platz gesessen hat, wo Sie jetzt sitzen. Er wollte immer ein Glas roten Landwein, denn die Spitzenweine, die er bei seinen Empfängen hat ausschenken lassen, haben ihm nicht geschmeckt.

›Ein Glas simplen Rotwein, François!‹

Die haben ihn reingelegt, Monsieur Alain, aber damit ist noch nicht das letzte Wort gesprochen...«

Wieder ein mißbilligender Blick von seiner Frau.

»Versuchen Sie meinen hausgebackenen Kuchen. Ihr Vater hat mehr als einmal davon gegessen. Wenn Sie erlauben, trinke ich auch ein Glas Wein mit, denn Kaffee bekommt mir um diese Tageszeit nicht. Wenn das Herz Sperenzchen macht...«

Es war behaglich, Kuchenduft erfüllte das Haus. Alain hätte beinahe vergessen, daß sein Vater tot war. Er vermeinte, ihn gleich eintreten zu sehen, mit ihm reden zu können; zugleich war er ein bißchen eifersüchtig auf die Foucrets, die ihn viel besser gekannt hatten als er.

»Wie alt sind Sie, Monsieur Alain?«

»Nächsten Monat werde ich siebzehn.«

Wieder warf Madame Foucret ihrem Mann einen Blick zu, ein vielsagendes: ›Siehst du!‹

Verhehlten sie ihm etwas? Konnten sie vor ihm nicht offen reden?

»Allerdings«, fügte er hinzu, »fühle ich mich seit ein paar Tagen viel älter!«

»Sie müssen öfter herkommen. Sonntags führe ich Sie mal in Malouville herum und erzähle Ihnen zu jedem Stein eine Geschichte. Ich weiß nicht, was die jetzt wieder aushecken. Anscheinend haben der Graf und Bigois noch die Aktien. Also werden sie ohne Schwierigkeiten ihre Omnibuslinie kriegen und nächstes Jahr ungefähr fünfzig Häuser dazubauen. Bei uns sagt man, wer zuletzt kehrt, kehrt am leichtesten. Verstehen Sie? Aber wenn Ihr Vater nicht gewesen wäre, wär' das hier immer noch der Park von Monsieur d'Estier...

Da fällt mir noch etwas ein, das wissen Sie vielleicht noch nicht. Das muß ich unbedingt noch loswerden. Wissen Sie, wie der Graf zum Grafen geworden ist? Ich hab's von einem Neffen erfahren, einem Notariatsangestellten in der Stadt. Die Familie war vor der Revolution eine ordinäre Viehhändlersippe namens Patard, die von Jahrmarkt zu Jahrmarkt gezogen sind. Roßtäuscher waren das. Nach der Revolution haben sie billig staatliches Land aufgekauft, darunter auch das Schloß, das den Grafen d'Estier gehört hatte. Es wird sogar gemunkelt, die Patards hätten die gräfliche Familie denunziert, die auf einem Bauernhof untergekrochen war, und seien schuld, daß die geköpft worden sind.

Die haben sich ins gemachte Nest gesetzt, und vierzig Jahre später haben sie's gedeichselt, ihren Namen zu ändern und den Grafentitel zu übernehmen. Ihr Vater hat schallend gelacht, als ich ihm das erzählt habe. Ich bin sicher, an dem Tag habe ich ihm eine Freude gemacht.«

»Noch ein Stückchen Kuchen, Monsieur Alain?«

Er hatte den Mund voll von knusprigem, süß schmelzendem und saftigem Kuchen, und in der wohligen Wärme des Hauses wurde ihm ein bißchen wirr im Kopf.

»Ich kann Ihnen noch ganz andere Sachen erzählen! Ich versteh' schon, daß Ihr Vater Ihnen nicht alles sagen konnte, so beschäftigt, wie er war. Es gibt da Leute, die sich vielleicht eines Tages an Sie 'ranschmeißen wollen, aber das ist Lumpenpack. Aber es gibt auch andere ...«

Wieder ein Blick von Madame Foucret. Ein Schatten war eben auf den Fenstervorhang gefallen. Draußen kratzte sich ein Mann die Schuhe ab, bevor er hereinkam. Er trat durch die Tür, in der einen Hand eine Angelrute, in der andern einen Sack mit ein paar Weißfischen.

»Oh, pardon ...« sagte er, als er den Gast erblickte.

Foucret forderte ihn auf:

»Komm rein! Du erkennst ihn doch wohl? Das ist der Sohn von Eugène ...«

Er biß sich auf die Lippen und fügte schnell hinzu:

»Von Eugène Malou ... Es ist Alain ...«

»Essen Sie einen Happen mit uns, Monsieur Joseph.«

Wieso herrschte Befangenheit? Man spürte, dieser Zwischenfall war unvorhergesehen. Der Mann legte seine Fische in der Küche in den Ausguß, wischte sich dort die Hände an einem rotgesäumten Handtuch ab und streckte Alain die Rechte hin.

»Angenehm, junger ...«

Auch er stockte und fing von vorn an:

»Angenehm, Monsieur Malou. Entschuldigen Sie bitte, daß ich so dreckig bin. Ich war an einer schlammigen Stelle am Flußufer und bin da ausgerutscht.«

»Zieh dich um«, hieß ihn Foucret. Seine Cordhose war bis über die Knie mit Schlamm beschmiert.

»Beeil dich, und dann setz dich her und iß was mit uns.«

Also hatte der Neuankömmling sein Zimmer, wo er jetzt hinging, ganz als sei er hier zu Hause. Madame Foucret legte noch ein Gedeck auf und schnitt ein Stück Kuchen ab.

Mit gedämpfter Stimme erläuterte Foucret:

»Eine ehrliche Haut, Monsieur Alain, ein Mann, den auch Ihr Vater sehr gern hatte.«

Seine Frau war eindeutig Hüterin der Geheimnisse des Hauses, denn sie verpaßte ihm schon wieder einen gestrengen Blick. Aber François Foucret wollte kein Blatt mehr vor den Mund nehmen. Seine Blicke sagten: ›Aber sieh doch, er ist doch schon erwachsen, das ist ein Mann, der Sohn von Eugène, und vor ihm kann man offen reden ...‹

Sie kniff trotzdem die Lippen zusammen, um ihn zum Schweigen aufzufordern, und er wußte nicht mehr, was er machen sollte.

»Also Ihre Mutter ist einfach so weggefahren?« wollte der Neuankömmling wissen, den sie mit Joseph anredeten und der gerade in einer sauberen Hose wieder ins Zimmer trat.

Er hatte einen geraden und offenen Blick, und seine Stimme war ein wenig hart. Was er eben gesagt hatte, hatte wie eine Anklage geklungen.

»Sie ist in Paris bei meiner Tante Jeanne.«

»Und deine ...«

Er korrigierte sich:

»Und Ihre Schwester Corine?«

Alain verstummte verschämt. Warum kam es ihm

plötzlich so vor, als hätten diese Leute dasselbe Recht wie er, sich mit seiner Familie zu befassen? Trotz ihrer Vorsicht und ihrer Zurückhaltung wirkten sie, als gehörten sie genau wie er zu Eugène Malous Erben.

»Bei Fabien, nehme ich an?«

Er beobachtete den jungen Mann. In seinen Augen lag eine gewisse Strenge und dennoch Sympathie.

»Warum sind Sie nicht mit Ihrer Mutter nach Paris?«

Alain hätte fast losgeweint. Er hätte ihm so gern erklärt: ›Weil es meine Pflicht ist, hier auszuharren, bei meinem Vater. Einer muß doch wohl dableiben, weil …‹

Mehr hätte er nicht dazu sagen können. Statt dessen verkündete er nicht ohne Stolz:

»Ich arbeite.«

»Bei Jaminet«, mischte sich Foucret ein.

»Wohnen Sie bei Ihrer Schwester?«

Jetzt hieß es Ruhe bewahren.

»Ich wohne in den ›Drei Tauben‹.«

Die beiden anderen machten jetzt dem Mann, der mit Vornamen Joseph hieß, abwechselnd Zeichen.

Er war ein eher kleinwüchsiger Mann, sehr hager, und wirkte dadurch jünger. Wenn man ihn aber aus der Nähe betrachtete, entdeckte man ein von feinen und tiefen Runzeln durchzogenes Gesicht, eher wie bei manchen alten Weibern.

Man spürte, sein Körper war hart wie Eisen. Er hatte braune Augen, die ebenfalls hart waren und hell.

»Hat Ihr Bruder Edgar nicht versucht, Sie auf die Beamtenlaufbahn zu schieben?«

Sie wußten alles. Sie errieten alles. Und in der Stimme dieses Joseph war etwas Aggressives und Zartfühlendes zugleich. Alain fühlte sich vor ihm gehemmt und doch zu ihm hingezogen wie ein Kind, das zum ersten Mal unter Männern sitzt und partout beweisen möchte, daß es auch ein Mann ist und man ihm vertrauen kann.

Das waren keine Feinde. Feinde hätten seinen Vater nicht so gut gekannt.

»Und hat Eugène ...«

Schon wieder korrigierte er sich. Alle drei verbesserten sie sich die ganze Zeit, ein Hinweis darauf, daß sie in seiner Abwesenheit ganz anders redeten.

»Hat dein Vater seine Papiere verwahren können?«

»Die habe ich. Es ist ein ganzer Koffer voll. Ich habe sie ins Hotel mitgenommen. Ich werde sie lesen. Ich will alles lesen ...«

Er hatte fast Lust, sie anzuschreien: ›Warum traut ihr mir nicht? Ihr wißt Dinge, die ich nicht weiß. Ich bin jung. Mein Vater hat zu Hause wenig von seinen Geschäften gesprochen. Er hat vor mir nicht davon reden wollen. Manchmal hat er mir nur die Hand auf die Schulter gelegt, und dann war mir, als spüre ich seine Zärtlichkeit, und ich meinte, er rechnet mit mir, für später ...‹

François Foucret, der sich eine neue Pfeife aus seinem Pfeifenständer stopfte, sagte bedächtig:

»Sehen Sie, Monsieur Alain, Joseph Bourgues ist ein alter, ein sehr alter Freund Ihres Vaters. Laß mich, Marie! Der Junge ist alt genug, mehr zu wissen ...«

Hatte seine Frau ihn schon wieder zum Schweigen bringen wollen?

»Joseph Bourgues hat Ihren Vater besser gekannt als sonst jemand. Mehr kann ich Ihnen nicht sagen. Er soll tun, was er für richtig hält; ich jedenfalls ...«

Er sprach nicht zu Ende, und auf seine Erklärung folgte andächtiges Schweigen.

Bourgues aß ein Stückchen Kuchen, das er in Rotwein stippte. Er sah den jungen Mann immer noch aufmerksam an.

»Wie alt sind Sie?«

»Nächsten Monat siebzehn.«

Marie Foucret schien zu sagen: ›Zu jung!‹

»Und arbeiten Sie gern?«

»Auch wenn man mir die Schule bezahlen würde, ginge ich nicht wieder zurück.«

»Warum?«

Eine Frage, kurz und trocken, wie alles von diesem kleinen dürren Mann.

»Eben darum!«

Er hätte es nicht näher erklären können. Eben darum, weil er endlich meinte, wie die andern zu leben, nicht mehr am Rand der Menge herumzuirren, sondern mittendrin zu sein. Weil in den ›Drei Tauben‹... Doch nein! Es war komplizierter. Er vermochte einfach nicht auszudrücken, was er fühlte, und wollte angesichts dieses Unvermögens fast weinen.

Er wollte so gern ganz offen zu ihnen sein, ihr Vertrauen gewinnen!

»Sie sind lieber ganz für sich geblieben, was?«

Er stotterte, ohne so richtig zu merken, was er da sagte:

»Ja. Mit meinem Vater...«

»Dann müssen Sie mich noch mal besuchen kommen.«

»Aber gern.«

»Ich habe Ihnen nämlich allerhand zu erzählen.«

Alain glaubte das. Er hatte Vertrauen zu ihm, obwohl er so kurz angebunden war. Die beiden Foucrets, Mann und Frau, waren jetzt in den Hintergrund getreten. Man hätte sagen können, daß sie diesem kleinen hageren Mann Platz gemacht hatten, als habe nur dieser das Recht, sich zu äußern.

»Haben Sie keine Angst?«

»Wovor?«

»Vor irgendwas.«

»Ich will ...«

Er brachte die Worte nicht heraus, aus Selbstachtung nicht. Er hatte sagen wollen: ›Ich will meinen Vater kennenlernen. Ich will tun, was er sich von mir gewünscht hätte. Die andern, die verabscheue ich ...‹

Seine Schwester, jawohl! Seinen Bruder auch! Und seine Mutter? Er war versucht, auch das zu bejahen, wie ihm zum erstenmal deutlich wurde. Er wurde rot. Und auch seine Tante Jeanne, seinen Onkel und seinen Vetter! Er erinnerte sich an ihre Flucht gleich nach der Beerdigung und klammerte sich um so mehr an diesen Eugène Malou, seinen verstorbenen Vater, den er so schlecht gekannt hatte, von dem er so gut wie nichts wußte, der die ganze Welt gegen sich gehabt hatte.

Er hatte Tränen in den Augen.

»Die verabscheue ich ...« stieß er mit geballten Fäusten hervor.

»Sie müssen mich unbedingt besuchen kommen. In der Stadt darf ich mich nicht sehen lassen, so daß Sie sich schon herbemühen müssen. Sie erwähnen meinen Namen besser nicht, ganz gleich vor wem.«

Er stockte und sagte dann klar und deutlich, dem Jungen scharf ins Auge blickend:

»Merken Sie sich den Namen: Joseph Bourgues... Zehn Jahre Bagno... Zehn Jahre Kettensträfling... dank Eugène aus Cayenne geflohen... Will sagen, dank Eugène Malou... Zehn Jahre in Havanna... Das erzähle ich Ihnen ein andermal. Später hat Eugène Mittel und Wege gefunden, mich hierherkommen zu lassen...«

Sein Blick wurde schwer.

»Ist das nicht zu belastend für Sie?«

»Ich verstehe nicht, was Sie damit meinen.«

»Wollen Sie jetzt nicht lieber gehen?«

»Nein.«

»Sie haben keine Angst?«

»Nein.«

»Dann werden wir uns öfter sehen, Alain.«

Diese plötzliche Anrede, mit Vornamen, ohne jeden Monsieur davor, war für Alain wie ein Ritterschlag. Das Herz hüpfte ihm förmlich in der Brust.

»Wenn mein Vater...«

»Red nicht von Eugène, bevor du Bescheid weißt!« schnitt ihm Joseph Bourgues das Wort ab, indem er aufstand und sich eine Zigarette anzündete.

Es wurde langsam dunkel. Madame Foucret saß am Tisch, die Hände über den Bauch gefaltet. Sie dachte, daß sie jetzt abräumen mußte, und seufzte.

»Eugène war ein ganzer Mann«, fing Bourgues wieder an, als hoffe er auf Widerspruch, um loslegen zu können.

Er wiederholte:

»Ein ganzer Mann, Sie werden schon sehen!«

Und griff nüchtern zum Schalter und machte dem Zwielicht ein Ende.

6

Für Alain war es die schönste Zeit des Tages. Nicht unmittelbar, nachdem die Lampen im Büro und in der Werkstatt angeknipst worden waren, denn um diese Jahreszeit sah er nicht gern zu, wie der trübgraue Tag draußen im Hof langsam verdämmerte. In der Druckerei mußte oft schon früh am Nachmittag Licht gemacht werden, und zuweilen brannten die Lampen den ganzen Tag. Seine blaue Stunde, wie er sie in Gedanken nannte, begann spätnachmittags, wenn die Kinder aus der Schule heimkamen.

Das elektrische Licht brannte schon geraume Zeit. Der Kanonenofen bullerte. Noch nie hatte er einen so altertümlichen Ofen gesehen, der ein Eigenleben zu führen, eine Persönlichkeit für sich zu sein schien, und nicht die unwichtigste im Büro. Er hatte erreicht, ihn bedienen zu dürfen. Vor ihm hatte Mademoiselle Germaine von Zeit zu Zeit geschürt und die Asche mit dem Ende des Schürhakens durchgerüttelt.

Die ersten Tage hatte er ihr dabei neidisch wie ein kleiner Junge zugesehen. Er hatte noch nicht gewagt, sich dafür anzubieten. Noch fühlte er sich zu neu im Büro. Doch als die Kohlenschütte einmal leer war und er sie im Schuppen aufgefüllt hatte, murmelte er, indem er die Ofenklappe öffnete:

»Ich darf doch?«

Neben dem Büro führte eine Treppe in den ersten Stock hinauf, wo einander gegenüber die Wohnungen der beiden Brüder lagen. Der Flur ging direkt auf den Hof hinaus, doch stand die Tür vom Büro zum Flur fast immer offen, so daß man tausend vertraute Geräusche der Haushalte hören konnte.

Warum mochte er den jüngeren Jaminet lieber? Albert hatte eine dürre, schwarzhaarige und vertrocknete Frau, die ewig Migräne hatte, immer nörgelte und übellaunig war, während Émiles Frau freundlich und heiter war und rosig und jugendlich wirkte. Das beschäftigte Alain.

Zehnmal täglich beugte sich Alberts Frau oben über das Treppengeländer und rief mit schriller Stimme nach ihrem Mann, der dann sofort hinaufhastete, als habe sie ihn bei etwas Unrechtem ertappt. Dann hörte man sie flüstern. Mal brauchte sie jemanden, der ihr kurz zur Hand ging, mal hatte sie etwas auszusetzen, oder sie schickte ihn im Viertel Besorgungen machen. Er beklagte sich nie, lächelnd kehrte er danach an seinen Arbeitsplatz zurück, als freue er sich, seine Pflicht so gut erfüllt zu haben.

Kurz nach vier begann für Alain die schönste Tageszeit, wenn die Kinder aus der Schule kamen. Die beiden Jungs von Albert waren neun und elf, seine Tochter fünfzehn. Sie blieb immer kurz im Flur stehen, um den neuen Angestellten zu beäugen. Émile hatte zwölfjährige Zwillinge und einen älteren Sohn, der in Paris studierte.

Man hörte die Kinder oben hin und her laufen, mit den Füßen schurren, Stühle rücken; und der Duft ihres

Vesperkakaos zog bis ins Büro hinunter. Nach einer Weile setzte große Stille ein, die heilige Stunde der Hausaufgaben begann. Bestimmt saßen sie alle unter der Lampe und kauten an ihren Bleistiften oder Füllhaltern, während in beiden Küchen das Abendessen köchelte.

Mademoiselle Germaine tippte. Sie tippte hurtig, ohne auf die Tasten zu schauen, ihre Finger tanzten regelrecht über die Schreibmaschine, und den Kontrapunkt zu dieser Musik setzte immer das Glöckchen des Walzenanschlags.

Hinter dem Schiebefensterchen in der weiß leuchtenden Werkstatt schnurrten die schwarzen Maschinen mit dem Geräusch wohlgeölter Zahnräder, und Monsieur Émile im grauen Arbeitskittel korrigierte Fahnenabzüge oder überwachte einen Umbruch auf dem Marmortisch.

Monsieur Albert dagegen war meist über seine Kostenvoranschläge oder seine Buchhaltung gebeugt, und Alain ging hin und her und stieg manchmal auf die Trittleiter, um die höchsten Regalbretter mit den Karteikästen zu erreichen.

Jetzt kannte er sie schon, diese Karteiblätter, und auch die Namen der Abonnenten der verschiedenen Publikationen, der Zeitschriften, der Jahrbücher. Komische, verblüffende Namen waren darunter. Manche Abonnenten wechselten ständig die Adresse, bei anderen wiederum war die Karteikarte seit zwanzig Jahren unverändert.

Seine Arbeit hinderte ihn nicht daran, nachzudenken, auf Geräusche von oben zu horchen oder auf den goldblonden Flaum in Mademoiselle Germaines Nakken zu starren.

Heute jedoch, nachdem Monsieur Émile seinen Mantel angezogen und seinen Hut aufgesetzt hatte, um einen Kundenbesuch in der Stadt zu machen, trödelte Alain eine ganze Weile herum und hätte der jungen Frau beinahe erzählt: ›Ich habe einen neuen Freund ...‹

Und dann stolz hinzugesetzt: ›Einen Freund, der von Mann zu Mann mit mir redet. Wissen Sie, er ist nicht irgendwer. Er hat zehn Jahre Bagno bekommen. Dreimal ist er getürmt, die ersten beiden Male durch den Urwald, wo sie ihn beim zweiten Mal halbtot aufgelesen haben, das dritte Mal in einem Boot, nicht größer als eine Nußschale; von einer Insel zur anderen hat er sich damit durchgeschlagen, und das in der von Haien wimmelnden Karibik ...‹

Wie angenehm war doch die Erinnerung an seinen gestrigen Spaziergang Seite an Seite mit Joseph Bourgues! Und wie selbstverständlich hatte sich das ergeben! Als es dunkel geworden war und sich im Haus der Foucrets allmählich Schweigen ausbreitete, war Alain höflich aufgestanden, um nicht länger zu stören, und hatte verkündet:

»Zeit, daß ich heimgehe.«

Dann hatte sich, während Madame Foucret ihm in den Mantel half, Bourgues ganz selbstverständlich erhoben und seine kurze Jägerjoppe angezogen.

»Ich begleite Sie ein Stück«, hatte er gesagt.

Die beiden andern hatten wohl verstanden, daß es um etwas Wichtiges ging, denn Foucret hatte sich nicht erboten mitzukommen.

Sie waren langsam losgegangen, im Spazierschritt,

erst quer durch die Siedlung, dann die Landstraße entlang stadtwärts. Der Nachthimmel war wolkenlos, die Bäume zeichneten sich schwarz davor ab, und der Boden klang hart unter den Sohlen.

»Wir waren ungefähr in Ihrem Alter, als Ihr Vater und ich uns kennenlernten.«

Hatte Bourgues da immer noch Sie gesagt?

Jedenfalls nicht lange. Fast von Anfang an hatte ihn der alte Bagnosträfling geduzt, ohne sich dafür zu entschuldigen, und Alain, der sonst keine Vertraulichkeiten mochte, war ihm dankbar dafür gewesen.

»Das war in Marseille. Dein Vater verkaufte damals Zeitungen. Er stand immer in einem dunklen Gäßchen hinter der Druckerei des *Petit Provençal*. Da warteten viele und stürzten, wenn es soweit war, zum Schalter und schnappten sich ihre noch druckfrischen Zeitungsstapel, und dann ging das Wettrennen los: Jeder wollte der erste unten an der Canebière sein und in den großen Cafés... Ich dagegen arbeitete damals in derselben Straße bei einem Tischler. Die Werkstatt ging direkt aufs Trottoir hinaus. Mein Vater war Stellmacher in einem Dorf in der Provence...«

Alain war mit seinen Eltern unterwegs nach Cannes oder Nizza mehrfach durch Marseille gekommen. Warum hatten sie dort nie haltgemacht? Hätte er die Stadt besser gekannt, hätte er sich von dem, was sein Begleiter erzählte, lebhaftere Vorstellungen machen können.

»Wir beide haben nacheinander die verschiedensten Berufe ausgeübt. Eines Tages verfielen wir darauf, bei Apothekern und Drogisten den Bodensatz der Schubladen aufzukaufen, ungenießbare, völlig vertrocknete Kräutertees. Die haben wir dann aufs Geratewohl gemischt und in Schachteln mit dem Etikett ›Indischer Heilkräutertee‹ gefüllt.

Damit sind wir dann in den Vororten und auf den Dörfern hausieren gegangen.

›Gute Frau, Ihr Kind ist ja ganz blaß! Sie kennen wohl unseren Indischen Heilkräutertee nicht, das Wundermittel gegen Blutarmut. Mit drei Schachteln machen Sie einen Kraftprotz aus ihm.‹

Der Indische Heilkräutertee half gegen alles und war für alle da: für alte Leute, Wöchnerinnen, Konstipierte, Zuckerkranke ...

Auf die Art haben wir uns bis Lyon durchgeschlagen, aber unser großer Traum war Paris. Monate hat das gedauert, bis wir so weit waren. Eines schönen Tages haben wir uns in Lyon in den Zug gesetzt und uns ein paar Nächte später ein paar Kröten verdient, indem wir zusammen mit Clochards in den Pariser Hallen Gemüsekisten geschleppt haben.

Damals gab es in der Rue Montmartre ganz nah bei den Hallen ein enges, finsteres Lädchen mit ein paar vergilbten Broschüren im Schaufenster, dort sind wir eifrige Besucher geworden, denn dort versammelten sich die jungen Freidenker, die gern mit den Anarchisten verwechselt werden.

Wir sind beide Freidenker geworden. Wir haben alle Broschüren, alle Bücher verschlungen. Wir haben an Geheimtreffen und Versammlungen teilgenommen und auf den Straßen demonstriert.

Aber das versteht ihr jungen Leute von heute nicht

mehr. Wir sprachen immer vom Glück der Menschheit, und damit dieses Glück Wirklichkeit wurde, schien uns ein allgemeiner Umsturz unvermeidlich.

Von unsern Kameraden von damals sind später etliche Minister, Zeitungsverleger, Ritter der Ehrenlegion geworden, auch ein Mitglied der Académie Française ist dabei. Andere haben ein schlimmes Ende genommen; ein paar sind im Weltkrieg im Gefängnis verreckt, und einige haben sie im Festungsgraben von Vincennes erschossen.

Aber ich möchte, daß du weißt, mein Kleiner, da waren auch ganz hervorragende Leute darunter, und die meisten waren feine Kerle, nur ganz wenige von ihnen waren Lumpen, von den Provokateuren mal abgesehen.

Natürlich wurde viel von Bomben geredet. Wir haben wer weiß wie viele gebastelt und sie am Ende dann vor lauter Schiß in die Seine geschmissen, bloß um sie wieder los zu sein.

Eine Bombe haben wir allerdings geworfen, bei der es großen Sachschaden und Tote gegeben hat, in ein ekanntes Restaurant, das heute noch steht, ein Stammlokal von Abgeordneten und Senatoren.

Die aßen da und tranken vom Feinsten, während die Gendarmerie und die Truppen Befehl hatten, auf die streikenden Bergarbeiter in Nordfrankreich zu schießen.

Dein Vater war nicht mit von der Partie, das sage ich dir gleich, nicht um ihn reinzuwaschen, sondern weil es die Wahrheit ist. Übrigens purer Zufall. Er war ein paar Tage vorher ins Krankenhaus gekommen.

Er wußte aber, was wir vorhatten. Ich hab' ihn besucht und ihn auf dem laufenden gehalten.

›Bist du sicher, daß das unserer Sache nicht mehr schadet als nützt?‹ hat er mich gefragt.

Das Los hatte mich und drei andere bestimmt, die Bombe zu werfen. Selber geworfen habe ich nicht, aber mich haben sie gefaßt und zu zehn Jahren verknackt.

Damals hatte sich dein Vater mit einem netten Mädchen zusammengetan. Die Hellste war sie nicht gerade, sie war Bedienung in einer Kneipe. Er war völlig blank. Trotzdem ließ er mir durch meinen Anwalt ausrichten, ich solle mir keine Sorgen machen.

Und er hat Wort gehalten. Ein, zwei Jahre lang hab' ich nichts von ihm gehört. Auf eigene Kappe hatte ich schon zwei Ausbruchsversuche gemacht, und beide Male hatten sie mich wieder geschnappt; beim zweiten Mal hätte ich fast meine blanken Knochen im Tropendschungel gelassen.

Ich lag noch im Gefängnislazarett, als ein Gefangenenwärter mich besuchen kam und mir ausgerichtet hat, ich solle mich mit dem Gesundwerden lieber beeilen. Das war ein Korse, dein Vater hatte ihm das Nötige zugesteckt, und er hat sich einwandfrei verhalten.

Verstehst du jetzt langsam, warum ich so froh war, daß ich dir begegnet bin? Später wirst du das besser verstehen, weil da allerhand Dinge sind, die du noch nicht weißt, denn nachdem ich zurück war, haben Eugène und ich vieles beredet.

Und wenn es dich freut, sage ich dir jetzt, daß es ganz in seinem Sinne ist, wenn ich so mit dir rede.«

»Hat er Ihnen das aufgetragen?« fragte Alain bewegt.

Sie gingen immer noch im Gleichschritt und rauchten eine Zigarette nach der anderen. Und zum ersten Mal in seinem Leben fühlte sich Alain erwachsen.

Sie kamen durch den Vorort La Genette, an der Straßenbahnschlaufe vorbei, zum Krankenhaus, und machten dort ganz beiläufig in stummem Einvernehmen wieder kehrt.

»Weiter als bis hierher gehe ich lieber nicht«, sagte Bourgues schlicht. »Ich hab' einwandfreie Papiere auf den Namen Joseph Brun. Vergiß diesen Namen nicht, falls man dich nach mir fragt. Dein Vater hat sie mir geschickt. Ich bin dann in Havanna gestrandet, wo etwa ein Dutzend Franzosen in der gleichen Lage waren wie ich. Die kubanische Regierung hat uns nicht behelligt, solange wir uns still verhielten. Auch der französische Botschafter ignorierte uns, und eine Zeitlang hat er mich sogar als Hausdiener in der Botschaft aufgenommen, obwohl er genau wußte, wer ich war.

Ich hab' da eine Französin getroffen, ein großes phlegmatisches Mädchen, Adèle, die sich recht und schlecht durchschlug, aber ohne großen Erfolg, weil sie die Männer nicht zu nehmen wußte.

Wir sind Kumpel geworden. Sie hat mich auf ihr Zimmer mitgenommen, wo sie kleine Spezialitäten kochte, wie bei uns zu Hause. Als Hure taugte sie nicht viel, aber als Köchin war sie einfach Spitzenklasse.

Gemeinsam haben wir ein kleines französisches Restaurant aufgemacht. Nur sechs Tische, aber die waren immer besetzt. Adèle ging auf wie ein Hefekloß, sie wurde so fett, daß sie sich am Schluß nicht einmal mehr richtig hinsetzen konnte.

Das ist ein paar Jahre so gegangen. Ich habe mich nicht nach Frankreich zurückgewagt. Erst als Adèle starb, habe ich Heimweh bekommen und deinem Vater geschrieben. Ihr habt damals noch in Bordeaux gewohnt. Er war reich. Sein Name stand in allen Zeitungen. Ich hab' mir gesagt, er hat mich sicher vergessen oder erinnert sich lieber nicht.

Ein paar Monate später habe ich trotzdem Ausweispapiere geschickt bekommen und Geld, das ich gar nicht brauchte, denn ich hatte was gespart.

Das ist die ganze Geschichte, Söhnchen. Eugène hat mich vom Schiff abgeholt, und wir sind uns um den Hals gefallen.

Ich habe laut herausgelacht, als ich gemerkt hab', er hat sich überhaupt nicht verändert. Weißt du, und das macht ihn überhaupt nicht kleiner, er hat immer noch die gleichen Schwächen gehabt wie in seiner Jugend. Ich erinnere mich – das war noch in Marseille –, wie er einmal im Boulespiel eine größere Summe gewonnen und in einer halben Stunde alles auf den Kopf gehauen hat, um sich einen karierten Anzug, eine rote Seidenkrawatte und schicke Schuhe mit farbig unterlegtem Lochstanzmuster zu kaufen. Um die Leute zu verblüffen, vielleicht auch nur, weil er gern jemand eine Freude machte, hat er zuweilen im Restaurant mit Trinkgeldern nur so um sich geschmissen.

›Behalten Sie das Kleingeld …‹

Das war seine stehende Redewendung. Er spielt fürs Leben gern den Großkotz, und wenn er dafür tagelang von Brot und Milchkaffee leben mußte.

Nach meiner Rückkehr wollte ich ihm nicht zur Last

fallen. Außerdem konnte ich immer noch jederzeit erkannt werden und ihm damit Scherereien machen.

Ich habe in Paris gelebt, wo die Gefahr, erwischt zu werden, kleiner ist als irgendwo sonst. Ich habe mich mit Gelegenheitsarbeiten durchgeschlagen. Eine Zeitlang hatte ich einen kleinen Laden auf der Butte.

Ab und zu kam er mich besuchen. Wir gingen dann zusammen essen, in kleinen Spelunken, die wir kannten. Dann hat er sein dickes Auto mit Chauffeur wohlweislich daheimgelassen.

Mal war er obenauf, mal ganz unten. Aber das machte ihm nichts aus, denn er war sicher, am Ende würde er ganz groß herauskommen.

›Denen werd' ich's schon zeigen!‹ sagte er immer.

Mit solchen Sprüchen muß man sich schon aufmuntern, wenn der eigene Vater ein armes Schwein war und nicht mal seinen eigenen Namen wußte, und auch nicht, woher er stammte.«

»Hat er Ihnen von uns erzählt?«

»Manchmal. In letzter Zeit vor allem von dir. Er wollte mich gern in seiner Nähe haben. Er hatte gerade Foucret ein Haus geschenkt, und vielleicht hatte er Hintergedanken dabei. Er wollte, daß ich dort einziehe. Bei den Foucrets haben wir uns mehrmals die Woche getroffen.

Da sind immer noch ein paar Kleinigkeiten, die ich dir über deinen Vater sagen wollte. Die anderen, deine Mutter, deine Schwester, deinen Schwachkopf von Bruder, die geht das alles nichts an.«

»Hat er Ihnen das aufgetragen?«

»Das tut doch nichts zur Sache. Aber hör mal gut zu:

Wenn du irgendwas brauchst, einen Rat oder so was, komm zu mir. Verstanden? Wirst schon sehen, ob es dir bei Jaminet gefällt.«

»Ich glaube schon, daß es mir dort gefällt.«

»Sag das nicht zu früh. Komm mich besuchen, wann du willst, so oft wie möglich. Ich habe keinen Grund fortzuziehen. Ich hab' niemand auf der Welt. Die Foucrets sind grundanständige Leute.«

»Ich mag sie auch sehr...«

Er war fast gerührt. Sie standen wieder an der Straßenbahnschlaufe. Hinter den Bäumen ging der Vollmond auf.

»Da kommt die Straßenbahn. Hau ab jetzt!«

Alain wäre gern noch geblieben, um diese neue Freundschaft irgendwie zu besiegeln, aber er wußte nicht, wie er es anstellen sollte; Bourgues war auf einmal wie ausgewechselt, seine Stimme trocken und unpersönlich.

»Dann bis bald«, hatte er gesagt.

Alain hatte ihm die Hand hingestreckt. Sein Begleiter aber ignorierte sie, machte kehrt und war im Dunkel der Landstraße bald seinem Blick entschwunden.

Warum konnte er Mademoiselle Germaine das alles nicht erzählen? Es hätte ihn so gefreut, ihr beweisen zu können, daß sein Vater gar nicht so gewesen war, wie die Leute glaubten.

Seit gestern abend war er wie in einem Rausch. Er spürte eine Leichtigkeit, wie er sie nie gekannt hatte, und murmelte mehrmals vor dem Einschlafen:

»Papa.«

Sein Papa aus Marseille, aus Lyon, aus der Rue Montmartre. Der Mann, der mit seinen Jugendfreunden durch kleine Kneipen zog... Und der es denen schon zeigen wollte...

Es wem zeigen? Genau hätte er es nicht sagen können, aber tief innerlich verstand er oder glaubte wenigstens zu verstehen.

Es denen zeigen! Und zwar allen! Den d'Estiers. Den Bigois. Allen, die er geschmiert hatte, die sich an ihm gemästet und ihn dann verraten hatten. Mit einer ganzen Gattung, einer ganzen Welt nahm er es da auf.

Dann, heute morgen, waren ihm andere, konfusere Gedanken gekommen, bei denen er nicht gern verweilte.

War dieser Mann, den er kaum gekannt hatte, den kennenzulernen er versäumt hatte, weil er sich einfach nicht hatte vorstellen können, daß ein Mensch so anders sein konnte als sein äußeres Erscheinungsbild, war dieser Mann, der auf dem schmutzigen Fußboden einer Apotheke gestorben war, denn nicht immer allein gewesen?

Völlig allein gewiß nicht, denn da waren immer noch die Foucrets und der alte Bagnosträfling. Aber außer denen? Sein ältester Sohn zum Beispiel, der Sohn seiner ersten Frau, der nach Alains Vorstellung dem jungen Malou von früher hätte ähnlich sein müssen und der nach nichts anderem trachtete als nach seiner Beförderung in der Präfektur...

Seine Frau, Alains Mutter...

Und Corine...

Er wollte keinen Trübsinn blasen. Er arbeitete weiter in seinem überheizten Büro, wo er das Spiel von Licht und Schatten schon ganz gut kannte. Er würde Joseph Bourgues nun öfter treffen. Am liebsten hätte er ihn sofort wiedergesehen, aber er traute sich nicht, abends nach Malouville zu gehen. Er würde bis nächsten Sonntag warten. Wenn Bourgues angeln ging – er durfte ihn nicht in seinen Gewohnheiten stören –, würde er ihn begleiten und sich still dazusetzen.

Von Zeit zu Zeit rief oben ein Kind nach seiner Mutter und fragte sie etwas zu seinen Hausaufgaben. Dann machten die anderen: ›Pscht!‹, und man konnte sich vorstellen, wie sie sich über ihre Hefte beugten und sich die Finger in die Ohren steckten.

Das Telefon schrillte. Abgenommen wurde immer von Mademoiselle Germaine, das gehörte zu ihren Vorrechten.

»Für Sie, Monsieur Alain.«

Wer mochte ihn anrufen? Plötzlich wurde ihm mulmig, und das klang in seiner Stimme mit, als er »Hallo!« sagte.

Er hatte die Stimme sofort erkannt und war ganz verstört. »Ich muß mit dir reden. Es geht um was Wichtiges. Kannst du nach der Arbeit nicht bei mir vorbeikommen? Wann hast du Schluß?«

»Um sechs.«

»Von deinem Büro hierher sind's nur fünf Minuten.«

»Ich möchte lieber nicht.«

»Du bist blöd. Du brauchst keine Angst zu haben, er ist dann nicht da.«

»Ich komm' trotzdem nicht.«

»Wie du willst. Damit das klar ist, ich bin nicht verpflichtet, dir das zu erzählen, aber mir ist's lieber, du weißt Bescheid.«

Sie hielt offenbar die Sprechmuschel zu, drehte sich

weg und sprach mit jemand anderem, denn er vernahm ein undeutliches Murmeln. Also war Fabien bei ihr.

Beinahe hätte er aufgelegt. »Hör zu, du Klugscheißer, dann treffen wir uns eben um sechs im ›Café de Paris‹. Laß mich nicht warten, ich hab's nämlich eilig.«

Er sagte zu, weil er nicht wußte, was er sonst machen sollte. Er war stinkwütend, schon jetzt erleben zu müssen, wie seine Familie in sein neues Dasein einbrach.

Als er sich wieder hinsetzte, zögerte Mademoiselle Germaine kurz, bevor sie ihn ansprach. Sie machte das mit sehr viel Takt, nicht ohne eine gewisse Befangenheit.

»Monsieur Alain, nehmen Sie mir das bitte nicht übel. Wir sind hier beide bloß Angestellte. Ich sage es Ihnen lieber gleich, um Ihnen Ärger zu ersparen. Die Chefs, vor allem Monsieur Émile, sehen Privatgespräche nicht gern ...«

Er wurde rot.

»Ich hoffe sehr, hier ruft mich keiner mehr an ...«

»Jetzt sind Sie beleidigt ... Aber ich sage Ihnen doch, das kommt nicht von mir ...«

»Ich versichere Ihnen, Mademoiselle, ich bin nicht beleidigt, im Gegenteil, ich bin Ihnen dankbar ...«

»Das ist nur wegen der Arbeiter, die es manchmal übertreiben. Wenn sich hier jeder anrufen ließe ...«

Es hatte ihm die schönste Tagesstunde verdorben. Warum, hätte er nicht genau sagen könen. Er fühlte sich nicht mehr so froh und leicht. Die Verabredung mit seiner Schwester bedrückte ihn. Was wollte sie von ihm? Lieber wäre ihm gewesen, sie wäre in eine andere Stadt gezogen oder sogar – zum ersten Mal kam ihm so ein Gedanke – statt Vater gestorben!

Um fünf vor sechs räumte er wie üblich die Karteikästen weg, stieg auf die Trittleiter, was ihm immer Spaß machte, räumte die Schubladen auf und ging sich im Ausguß in der Werkstatt die Hände waschen. Zur selben Zeit zog Mademoiselle Germaine ihre Strickjacke aus, schloß sie in den Schrank, schüttelte ihr blondes Haar aus und hüllte sich in Mantel, Hut und Handschuhe.

Bis auf die Straße gingen sie nebeneinander; dort wandte sie sich nach links und er nach rechts; sie gaben sich die Hand, wünschten sich noch einen schönen Abend. Im Dunkeln wartete stumm eine kleine Alte, die Mutter von Mademoiselle Germaine.

Das Kino gegenüber war hell erleuchtet. Ein Stückchen weiter kam das ›Café de Paris‹ mit seinen großen, diskreter beleuchteten Fenstern und den Gestalten an den Tischen, den zumeist kahlköpfigen, vom Zigarettenrauch umwölkten Karten- und Dominospielern.

Von draußen sah er, daß seine Schwester noch nicht da war, und er hätte fast kehrtgemacht, trat aber trotzdem ein, suchte sich einen freien Tisch und bestellte ein Bockbier, ohne den Mantel auszuziehen. Der Kellner Gabriel redete ihn mit Monsieur Alain an und wischte sorgfältig den Tisch vor ihm ab.

Ein paar Minuten später fuhr ein Auto vor. Corine, in Pelzmantel und Florstrümpfen, sprang aufs Trottoir, überquerte mit raschen Schritten die Straße und kam quer durchs Café auf ihren Bruder zu.

»Du bist gemein, mir so die Zeit zu stehlen!«

»Wartet er?«

»Was schert dich das? Würdest du ihn besser kennen,

wärst du nicht so ein kleiner Schnösel, würdest du dich anders benehmen. Ober, einen Portwein bitte.«

Sie kramte in ihrer Handtasche nach dem Zigarettenetui.

»Erst von ihm habe ich nämlich erfahren, was ich dir jetzt sage. Schreib es Mama, wenn du meinst, daß es was bringt. Ich jedenfalls halt' mich da raus, ich will mit diesem ganzen Familienkram so wenig zu tun haben wie möglich.«

Er hatte den Eindruck, daß man sie vom Nachbartisch belauschte, und es war ihm peinlich. Hier waren sie allgemein bekannt. Man starrte bestimmt zu ihnen herüber.

»Er ist gestern bei einem seiner Kollegen Bridge spielen gewesen, und da waren auch andere Ärzte, unter anderem Doktor Lachaux, der Hals-Nasen-Ohrenarzt. Sie sind ins Erzählen gekommen, und wie unter Ärzten üblich, auch über ihre Fälle...«

Sie sog genüßlich an ihrer Zigarette, schaute auf die Uhr, sah durch das Fenster nach dem Auto, das auf sie wartete.

»Und auf die Art hat er erfahren, daß unser Vater schwerkrank war...«

Alain, dem es plötzlich den Atem abschnürte, saß wie erstarrt, so unerwartet kam diese Eröffnung hier in der banalen Atmosphäre des Cafés.

»Jetzt habe ich's dir gesagt, jetzt weißt du's... Mach damit, was du willst. An seinem Todestag, um drei Uhr, hat Papa Doktor Lachaux angerufen und einen Termin bei ihm verlangt... Er wollte unbedingt sofort vorbeikommen... Er wirkte sehr beunruhigt... Lachaux kannte ihn, hatte ihn aber vorher noch nie untersucht. Er hat Papa gleich kommen lassen, er würde ihn dazwischenschieben ... Papa ist hingegangen ... Er hat kategorisch Auskunft verlangt ... Du kennst ihn ja, wie er manchmal war ...

›Ich verlange, daß Sie mich untersuchen und mir klipp und klar mit Ja oder Nein antworten ... Ich will kein Reden um den heißen Brei ... Sie sollen mir auch keine mehr oder weniger vagen Hoffnungen machen ... Ja oder nein, Doktor, sonst gar nichts.‹ Und er sperrte den Mund auf ...

Du weißt, daß er oft Halsschmerzen gehabt hat ... Sein Lebtag lang ... Wir haben ihn immer mit seiner heiseren Stimme gefrotzelt.

Lachaux hat für die Untersuchung nicht lange gebraucht.

›Doktor, ja oder nein?‹ hat Papa noch mal gefragt.

›Es hängt zuviel davon ab, verstehen Sie, als daß ich nicht sofort genau Bescheid wissen müßte ... Denken Sie an Ihre Verantwortung.‹

Und Lachaux hat ja gesagt.

Und das hieß, Papa hatte Kehlkopfkrebs und Zungenkrebs im Anfangsstadium.

Papa hat sich offenbar gut gehalten. Er hat gelacht und gefragt, wieviel er schuldig ist.

›Bedienen Sie sich, so lange noch was da ist!‹ hat er gescherzt und ihm die Brieftasche hingestreckt.

Lachaux wollte ihm eine Operation nahelegen, aber Papa hat ihm gesagt, er solle den Mund halten.

›Ich weiß! Ich weiß! Ich kenn' das Problem fast so gut wie Sie. Ich bin seit Jahren darauf gefaßt.‹

Und dann hat er dem Doktor die Hand gedrückt und ist gegangen.

Ein paar Minuten später hat er beim Grafen d'Estier geklingelt. Deswegen frage ich mich jetzt, ob er das hinterher wegen seiner Geldsorgen gemacht hat oder weil er gewußt hat, daß er todkrank war.

Du erinnerst dich, wie er Krankheiten verabscheut hat. Schon bei einem Schnupfen, einer Grippe ist er durchgedreht. Die kleinste Erkrankung nahm er wie eine persönliche Beleidigung.

Also das war alles, was ich dir sagen wollte. Ändern kann das nichts mehr, weil das Unglück geschehen ist, aber vielleicht ist es gut, wenn du's weißt.

Und zum Schluß, weil wir schon mal hier beisammen sitzen, will ich dir noch sagen, du führst dich auf wie ein Kind und machst es mir ganz schön schwer. Ich sehe einfach nicht ein, warum es für dich eine Schande sein soll, bei mir einzuziehen, solange du ihm gar nicht begegnest, du weißt schon wem.

Statt dessen mietest du dich in einer Pension ein, und die ganze Stadt zerreißt sich das Maul. Herzlichen Dank. Aber von meiner Familie, das kann ich dir sagen, hab' ich noch nie was Gutes erwartet.

Das wär's also! Adieu!...«

Worauf sie den Rest Portwein austrank, sich ihre Handtasche und ihr Zigarettenetui schnappte und zur Tür schritt, die Gabriel mit einer Verbeugung aufriß. Augenblicke später schlug die Autotür zu und fuhr der Wagen vom Bordstein weg.

Seiner Mutter hatte Alain am Sonntagmorgen aus seinem Zimmer in den ›Drei Tauben‹ geschrieben, bevor er sich auf den Weg nach Malouville gemacht hatte. Einen Brief ohne Überschwenglichkeiten, denn Gefühlsausbrüche hatte es zwischen seiner Mutter und ihm nie gegeben. Er erledigte das mehr wie eine Schulaufgabe, und er beschrieb in dem Brief zugleich sein Zimmer, den Speisesaal, sein Gegenüber bei Tisch, den Amtmann, den stets angesäuselten alten Poignard und Mélanies Kochkünste. Auch schrieb er ihr, allerdings nicht sehr ausführlich, von seiner Stellung bei Jaminet und seiner Arbeit.

›Es ist wie ein Wunder‹, hatte er am Schluß geschrieben, ›daß ich so schnell klargekommen bin und von einem Tag auf den andern selber meinen Lebensunterhalt verdiene. Wenn Du Geld brauchst, kann ich Dir was von den dreitausend Francs zurückschicken, die mir Corine gegeben hat. Schon in vierzehn Tagen, am Monatsende, bekomme ich Gehalt, und das reicht für Kost und Logis.

Grüße Tante Jeanne, ihren Mann und Bertrand von mir. Ich hoffe, Du bist bei guter Gesundheit. Den Schnupfen, den ich befürchtet hatte, habe ich jedenfalls nicht bekommen ...‹

Jetzt lief er gedankenverloren durch die Straßen, daß er aufs Mal vor den ›Drei Tauben‹ stand. Der Weg war ihm rasch zur Gewohnheit geworden. Mélanie rief, als sie ihn hereinkommen sah:

»Ist Ihnen nicht gut, Monsieur Alain?«

Er zwang sich zu einem Lächeln.

»Schlechte Nachrichten?«

Da konnte er es nicht mehr für sich behalten. Er mußte sich jemandem anvertrauen.

»Mein Vater war schwerkrank«, murmelte er.

Sie begriff nicht. Vielleicht fand sie es nicht so wichtig, ob er krank gewesen war oder nicht, wo er doch jetzt tot war.

»Er hat Kehlkopfkrebs gehabt. Eine halbe Stunde, bevor er sich umbrachte, hat er's erfahren.«

»Glauben Sie, er hat es deswegen gemacht? Hier, nehmen Sie einen zur Brust. Aber ja doch, das bringt Sie wieder auf die Beine ...«

Sie hatte ihm ein Glas Rum hingestellt.

»Schrecklich, wie viele kranke Menschen es auf der Welt gibt! Vor allem in unserem Alter. Bei Ihnen ist es ja Gottseidank noch eine Weile hin. Nehmen Sie bloß mal meinen Mann, der wirkt doch stark wie ein Bär ... Aber seit einem Jahr müßte er da unten operiert werden, an der Prostata, wie es heißt ... Manche Tage kann er nicht mal pinkeln, mit Verlaub, und man muß ihm ein Gummiröhrchen einführen ... Er hat Angst ... Er will keine Narkose, denn er behauptet, daraus wacht er dann nicht mehr auf. Seither trinkt er so ... Sie sehen ihn nur hier unten, wo er eine gute Figur macht, aber ich schwöre Ihnen, nachts, wenn er auf seinem Nachttopf leidet wie ein Märtyrer, weint er wie ein kleines Kind ... Runter damit, Monsieur Alain! ... Krebs ist natürlich was Schlimmes ... Eine Kusine von mir hatte Brustkrebs, und sie ist daran gestorben und hat drei kleine Kinder zurückgelassen ... Wenn er wirklich Krebs hatte, hat er es vielleicht doch richtig gemacht ... Aber ist das sicher?«

»Absolut sicher.«

»Setzen Sie sich zu Tisch ... Ich mache Ihnen erstmal ein Omelett mit Schinken ... Und denken Sie nicht mehr an das alles ... Wenn man sich um jeden sorgen wollte, der da lebt oder stirbt ...«

Er ließ sich von ihr in den Speisesaal schieben, wo am runden Tisch unter dem Kronleuchter nur zwei Handlungsreisende saßen. Der rothaarige Amtmann war noch nicht da. Ein Kater lag zusammengerollt auf einem Stuhl, und eine Kellnerin in weißer Schürze, die netteste, Olga, stand neben der Anrichte.

»Vor allem müssen Sie was essen ... Ich schätze es nicht, wenn die Leute sagen, daß meine Pensionsgäste bei mir abmagern ... Tu ihm ordentlich auf, Olga, und gib ihm eine halbe Flasche vom guten Rotwein ...«

Schon merkwürdig, aber dieses ganze Gerede, von dem er nicht ein Wort hätte wiedergeben können, weil er kaum hingehört hatte, hatte ihn sozusagen eingeschläfert. Der Schmerz war nicht mehr so scharf, und er konnte keinen klaren Gedanken mehr fassen. Bloß alle Knochen taten ihm weh.

»Armer Papa ...«

Und dann, als er seine Suppe mit Knoblauchbrotwürfeln aß, stellte er sich seinen Vater vor, wie er in Doktor Lachaux' Praxis den Tapferen spielte und fast heiter wissen wollte:

›Ja oder nein? ...‹

Und dann, als der Doktor ja sagte ... Ob er verbissen weitergekämpft hätte, wenn er ohne Befund gewesen wäre? Weitergekämpft, um dieses protzige Haus zu unterhalten, dieses Faß ohne Boden, weitergekämpft für die ganze Sippschaft, die er seit vielen Jahren auf Händen trug, für seine Frau, für Corine und auch für Alain, der sich lediglich für seine Schule interessierte und nicht einmal die Neugier aufgebracht hatte, herauszufinden, was für ein Mann sein Vater war?

Der Arzt hatte seine Frage bejaht! Pfandsiegel klebten an allen Türen; die Baustellen waren stillgelegt, und der Konkursverwalter hatte die Hand auf der Firma. Die Aaskäfer wuselten schon. Die Zeitung fiel jeden Morgen mit üblen Verleumdungen über ihn her.

Der Arzt hatte seine Frage bejaht, und er hatte nicht einmal mehr ein paar tausend Francs flüssig, frisches Geld, wie er in besseren Tagen gern sagte, kein Geld, mit dem er sich pflegen konnte, kein Geld für die unvermeidlichen Operationen.

Operationen, die nichts halfen, nicht heilten, wie er wohl wußte, jedesmal nur die Frist um ein paar Monate verlängerten. Aus der Praxis war er nicht einmal mehr nach Hause gegangen. An wen hätte er sich wenden sollen? Was tun?

Er war zum Grafen d'Estier gegangen, und hatte dort vielleicht Russisch Roulette gespielt; vielleicht hatte er sich als der Spieler, der er war, beim Anheben des Türklopfers gesagt: ›Wenn das klappt, mache ich weiter!‹

Es hatte nicht geklappt. Graf d'Estier hatte den Revolver, mit dem sein Besucher herumfuchtelte, nicht ernstgenommen. Er hatte ihn eiskalt vor die Tür gesetzt.

Auf die Straße! In die Gosse, aus der er kam! Auf die Straße, wo Eugène Malou lieber ein Ende gemacht hatte als in seinem Haus, weil sie ihm wärmer, vertrauter und zugewandter erschien.

»Na, junger Mann?« fragte Mélanie. »Dieses Omelett wird Ihnen schmecken. Nur Sie kriegen eins... Das müssen Sie aber aufessen, und danach gibt es Kalbsragout, wie Sie es schon am ersten Tag gehabt haben...«

Er wollte ihre Hand fassen, um sich bei ihr zu bedanken. Die Gesichter der Handlungsreisenden verschwammen ihm vor den Augen. Trotzdem aß er alles auf, was sie im vorsetzte, trank sogar seinen Wein, ohne es zu merken, und schnupfte immer wieder mal auf.

Hatte sich sein Vater mit seinem alten Freund Bourgues gern in solchen kleinen Speiselokalen getroffen?

»Sie werden sehen, gleich wird Ihnen besser... Und jetzt, glauben Sie mir, legen Sie sich am besten mit einer Wärmflasche schlafen. Olga, pack ihm eine heiße Wärmflasche ins Bett... Morgen ist auch noch ein Tag... Und dann sehen wir weiter...«

Er konnte sie ja nicht vor allen Leuten umarmen! Er entfernte sich unbehaglich, grüßte linkisch die beiden Handlungreisenden und stieg langsam die Treppe hinauf.

Olga brachte ihm die Wärmflasche und meinte:

»Wissen Sie, das kenn' ich auch alles. Es ist erst drei Monate her, daß ich Mama verloren habe. Wollen Sie nicht einen Kräutertee, irgendwas Heißes, damit Sie schlafen können?«

Er sagte nein, dankte, verriegelte die Tür. Er legte sich in der Gewißheit hin, nicht einschlafen zu können. Auch tastete er kurz mit der Zunge im Mund herum und fragte sich, ob er nicht ebenfalls Krebs habe. Er sah noch Mademoiselle Germaine vor sich, wie sie sich eben auf dem dunklen Trottoir mit derselben Bewegung wie immer bei ihrem alten Mütterchen einhakte. Er sah auch die Foucrets, Mann und Frau, ihn mit seiner langen Pfeife und sie mit ihrer blaukarierten Schürze, doch gelang es ihm nicht, sich das Gesicht von Joseph Bourgues vorzustellen. Er bemühte sich eine Zeitlang vergeblich und fiel dann unvermittelt in Schlaf.

Aus dem Zimmer waren regelmäßige Atemzüge zu hören, als Mélanie, die um zehn Uhr zum Schlafengehen hinaufkam, horchend das Ohr ans Schlüsselloch legte.

7

Am Mitwochmorgen passierte die Sache mit der Tür. Es war sehr kalt, bitterkalt, und der tiefhängende dunkelgraue Himmel kündigte Schneefall an.

Um zehn Uhr schneite es noch immer nicht. Alain hatte die Stimmen der beiden Schwägerinnen auf dem Treppenabsatz im ersten Stock gehört. Die kleine Magere, Alberts Frau, hatte die andere gefragt:

»Brauchst du nichts von Lecœur?«

»Nein. Außerdem muß ich heute nachmittag sowieso in die Stadt.«

Madame Jaminet kam herunter. Als sie den Flur entlangging, kam sie an der offenen Tür vorbei – Alain sah, wie sie ihre Handschuhe anzog –, und da knallte sie ohne erkennbaren Grund die Türe zu. Er war so verblüfft, daß er sich zu Mademoiselle Germaine umdrehte. Die Sekretärin wiederum sah Albert Jaminet an, der so tat, als habe er nichts gesehen und gehört.

Als sie aber im Hof war und auf das Tor zutrippelte, merkte seine Frau, daß sie etwas vergessen hatte, und kehrte wieder um. Doch wandte sie sich nicht zur Haustür, sondern zum Büro.

»Guten Tag, Mademoiselle Germaine«, sagte sie, als sie an dieser vorbeiging, um mit ihrem Mann zu reden.

Alain, der nicht wußte, wie er sich verhalten sollte, war aufgestanden und hatte sich verbeugt; sie hatte ihn wahrgenommen, kurz gemustert; trotzdem hatte sie seinen Gruß nicht erwidert, weder durch Kopfnicken noch mit einem Blick.

»Gib mir ein bißchen Geld, zwei- oder dreihundert Francs...«

Albert Jaminet nahm das Geld aus seinem Portemonnaie. Beim Hinausgehen wandte sie sich zu ihm um.

»Und vergiß nicht, was ich dir wegen der Tür gesagt habe...«

Warum genügte das schon, um Alain den ganzen Tag zu verderben? Er hatte diese Verbindungstür schon am ersten Tag zumachen wollen. Mademoiselle Germaine aber hatte ihm von ihrem Platz aus bedeutet, er solle das lassen. Es war ihm nicht in den Sinn gekommen, zu fragen, warum. Dann blieb die Tür eben offen. Das war ihm auch recht, denn er fror nicht leicht, und das Büro war beengt, der Kanonenofen bullerte wie ein Ofen im Wartesaal, und bald herrschte schwüle Hitze.

Er mochte sich irren, doch hätte er schwören können, daß der Zwischenfall mit der Tür nur auf ihn gemünzt war. Warum? Er zermarterte sich den Kopf. Er wußte, daß Madame Jaminet nicht gerade umgänglich war, und hatte auch langsam den Verdacht, daß Monsieur Albert nicht so glücklich war, wie er tat.

Wenn Monsieur Albert von oben gerufen wurde, bekam er nur selten Freundlichkeiten zu hören. Trotzdem blieb er stets ruhig und gelassen. Nie erhob er die Stimme. Auch seinem Bruder gegenüber legte er diese leichte Unterwürfigkeit an den Tag, was ihn nicht hinderte, seine Ideen mit Nachdruck zu vertreten.

Es war natürlich müßig, aber Alain hätte Monsieur

Albert lieber mit der rosigen und lächelnden Frau seines Bruders gesehen und Monsieur Émile mit der kleinen Dunklen zusammengespannt, die genauso übellaunig war wie er.

Im Büro herrschte eine ganze Weile Befangenheit. Dann, kurz vor Mittag, fing es an zu schneien, zum erstenmal in diesem Jahr, zunächst kleine, dann dicke, wirbelnde Flocken.

Mademoiselle Germaine ging zum Mittagessen nicht nach Hause, da sie weit vom Stadtzentrum entfernt wohnte, und brachte sich Schnittchen ins Büro mit, wobei sie den Kaffee in einem blauemaillierten Kännchen auf dem Ofen aufwärmte. Alberts Frau war wieder heimgekommen. Zu sehen war sie nicht gewesen, aber man hatte sie im Flur gehört. Dann ging auch ihr Mann nach oben.

Alain trödelte absichtlich, um mit der Stenotypistin ein paar Worte wechseln zu können.

»Sagen Sie, Mademoiselle Germaine, hat die Tür zum Flur immer offen gestanden, bevor ich hier angefangen habe?«

Sie zögerte mit der Antwort, aber weil sie ein bißchen rot geworden war – sie errötete leicht –, konnte sie nicht ausweichen:

»Ja«, sagte sie. »Sie hat immer offen gestanden, weil es im Büro ein bißchen stickig ist. Wir haben versucht, das Schiebefenster zur Werkstatt offenzulassen, aber dann kommt der Geruch nach warmem Öl und geschmolzenem Blei herein. Außerdem, wenn es sehr kalt ist, wird das Treppenhaus mit dieser offenen Tür nicht so eisig, und wenn jemand sie aus Versehen zugemacht hat, ist

Madame Jaminet immer gekommen und hat sie wieder aufgemacht...«

»Also hat sie sie heute meinetwegen zugemacht«, schloß er messerscharf.

»Nicht unbedingt. Sie hat halt ihre Launen. Machen Sie sich keine Sorgen.«

Noch aus einem andern Grund wurde das ein schlechter Tag für ihn. So konnte ihn auch dieser erste Schnee nicht verzaubern, der manche Dächer und Passantenschultern bereits weiß überpuderte.

Auf dem Rückweg zu den ›Drei Tauben‹ sah er auf einer Reklamewand einen frischen Klebzettel, grellgelb:

Zwangsversteigerung antiker Möbel

Dann kam die Liste des Mobiliars seiner Familie, denn es war ihr Hab und Gut, das da unter den Hammer kam. Noch ein weiterer Versteigerungszettel hing da für das Stadthaus, ein dritter für die Baustellen, das Material, die Betonmischer und die Lastwagen.

Beim Essen dachte er nicht weiter daran, doch fiel es ihm auf der Straße wieder ein, und die gehässig zugeknallte Tür machte ihm immer noch zu schaffen. Warum war er so sicher, daß es pure Bosheit war, die ganz speziell auf ihn abzielte?

Er las den Anschlag von oben bis unten. Das brachte ihn darauf, an dem Haus vorbeizugehen, in dem er fast acht Jahre gewohnt hatte, an dem kleinen Platz, der wie durch ein Wunder schneebedeckt war. Schnee lag auch auf dem Cupido, der so leichtfüßig auf seinem Sockel stand.

Mehrere gleiche Klebzettel auch an der Hoftür und an den Fensterläden im Erdgeschoß. Die Versteigerung sollte am kommenden Montag sein. Dann war hier ›Tag der offenen Tür‹. Schon am Sonntag wurden die Leute eingelassen, um Möbel, Nippes und Bilder zu beglotzen, die Eugène Malou gesammelt hatte und auf die er so stolz gewesen war.

Alain hing an fast nichts, was im Haus gewesen war, aber trotzdem gab es ihm einen Stich. Den ganzen Nachmittag ging es ihm nach. Hatte sein Vater Geschmack gehabt? Er maßte sich kein Urteil an. Als sie noch jünger waren und sich noch besser verstanden, hatten seine Schwester und er die ganze Einrichtung pauschal als Gruselkabinett bezeichnet.

Ihr Vater mochte bei Möbeln und Gegenständen nur zwei Stilepochen: Gotik und Empire, was dem Haushalt ein ziemlich verblüffendes Gepräge gab.

Im großen Salon zum Beispiel hatte er einen gigantischen Kamin einbauen lassen, den er zu einem Schleuderpreis aus einem Schloß im Bourbonnais erstanden hatte. Er stammte aus dem 15. Jahrhundert, und der graue Granit war von oben bis unten mit Skulpturen verziert: Da tummelten sich Figuren von verschiedener Größe, Ritter mit Harnisch und Lanze, Teufel, Fabelwesen und apokalyptische Tiere.

Zwischen den Fenstern, auf den verschossenen Teppichen, standen Truhen aus derselben Epoche, das Holz so wurmzerfressen, daß es unter der Hand zerbröselte. Auch gab es Kirchenbänke und Heiligenfiguren aus Klöstern oder Abteien.

Andere Möbelstücke, massiv Mahagoni und Bronze,

mit vergoldeten Sphingen, gestickten Bienen auf den Brokatpolstern, erinnerten an den Prunk des Empire, und Alain kam eine Einzelheit in den Sinn, deren er sich als Kind geschämt hatte, ohne genau zu wissen, warum: Er war in einer Wiege geschaukelt worden, die eine Nachbildung der Wiege des Königs von Rom war, des Sohnes Napoleons I.

War sein Vater ein Parvenü, wie manche seiner Schulkameraden ihm im Streit an den Kopf geworfen hatten? Und warum hatte dieses Wort aus ihrem Mund einen üblen Beigeschmack? War es nicht Eugène Malous Verdienst, daß er es so weit gebracht hatte? Hatte er sich etwa lächerlich gemacht? Sogar Joseph Bourgues hatte gelächelt – allerdings liebevoll –, als er davon sprach, wie er sich zu kleiden pflegte, von seinen protzigen Schuhen, seinen auffälligen Anzügen und schreienden Krawatten.

Warum hatte sein Vater so viel Geld ausgegeben, um Möbel und Gegenstände zusammenzutragen, die besser in eine Kirche oder in ein Museum gepaßt hätten als in eine Wohnung?

Das gab ihm zu denken. Gern hätte er sich mit jemandem darüber ausgesprochen. Er ahnte dunkel, daß es da Dinge gab, die er noch nicht verstand.

Zum Beispiel, warum die Leute seinen Vater so erbittert bekämpft hatten. Denn obwohl er viel verdiente und wie besessen hinter dem Geld her war, so doch nicht des Geldes wegen und um es wie ein Geizhals zu horten, denn er gab es mit demselben Eifer aus und umgehend an seine Umgebung weiter.

Sah so ein Parvenü aus? Er bezahlte mehr für Dinge, als sie wert waren; auch das war eine seiner Manien. Es fehlte nicht viel, und er hätte zu einem Händler gesagt: ›Zu billig. Ich zahle Ihnen das Doppelte.‹ Und hatte er das nicht gleichsam aus Eitelkeit zuweilen getan? War Eugène Malou ein Prahlhans? Andauernd warf er mit den Namen prominenter Leute um sich, die angeblich seine Freunde waren, und erzählte von Abgeordneten und Ministern, mit denen er auf du und du stand.

Doch durfte man nicht vergessen, daß er als junger Mann Zeitungen auf der Canebière verkauft hatte und, um nach Paris ›aufzusteigen‹, mit ›Indischem Heilkräutertee‹ hausieren gegangen war.

›Ich werde mit Bourgues darüber reden‹, schwor sich Alain.

Konnte ihm Bourgues das Geheimnis seines Vaters lüften? Oder war auch er nicht imstande, diese Wesenshälfte des Mannes zu verstehen, der immerhin sein Freund gewesen war?

Mit der zugeworfenen Tür im Rücken war ihm unbehaglich, er konnte nicht dagegen an, er fühlte sich persönlich beleidigt. Auch schien ihm, daß Albert Jaminet sich anders zu ihm verhielt als zuvor.

In der Tat, hatte ihn Émile Jaminet, der Bruder, jemals direkt angesprochen? Dabei betrat er das Büro doch häufig, blätterte sogar gelegentlich in den Karteikästen. Dabei wandte er sich nie an Alain, übersah ihn schlicht. Morgens, wenn er an ihm vorbeikam, begnügte er sich mit einem leichten Handheben.

Trug er es ihm nach, daß er gegen seinen Willen hier arbeitete, sozusagen als Protegé seines Bruders?

Und ausgerechnet er mußte die vermaledeite Tür wieder aufmachen. In der Werkstatt war es wohl zu kalt, denn er hatte sich etwa um halb vier ins Büro gesetzt, um Fahnen zu korrigieren. Er wischte sich ein paarmal die Stirn, stand dann zunächst auf, um die Ofenklappe zu schließen, und machte dann, eine Viertelstunde später, als er es nicht mehr aushielt, die Tür auf.

Mademoiselle und Alain wechselten Blicke. Albert Jaminet hingegen, der der Tür den Rücken zukehrte, merkte nichts. Die Lampen waren schon lange an. Noch immer fiel Schnee, aber die Flocken waren bereits weniger fest und verwandelten sich auf den Trottoirs in rutschigen Matsch. Auch das sollte von Bedeutung sein.

Als nämlich die Kinder von der Schule heimkamen, trug die Älteste, Yvonne, Alberts Tochter, Gummigaloschen über den Schuhen. Sie blieb im Korridor stehen, um sie auszuziehen, damit sie die Treppe nicht schmutzig machte. Die Galoschen waren eng, und sie hüpfte eine ganze Weile erst auf dem einen, dann auf dem andern Bein und schaute dabei ins Büro hinein.

Dann aber, ohne daß im ersten Stock eine Tür aufgegangen wäre, erkundigte sich ungeduldig eine Stimme durch das Treppenhaus:

»Wird's bald, Yvonne?«

»Ich komme gleich, Mama.«

»Aber augenblicklich.«

Alain bekam rote Ohren. Er glaubte plötzlich zu verstehen. Er erinnerte sich an den Blick, den das Mädchen ihm jedesmal zuwarf, wenn sie im Flur vorbeiging. Hatte ihre Mutter etwas gemerkt? Doch wie konnte sie dem irgendwelche Bedeutung beimessen, wie konnte sie wegen dieser kindlichen Neugier etwas befürchten?

Er fühlte sich gedemütigt. Ihm schien, als ordne man

ihn zu Unrecht in die Kategorie der ›andern‹ ein, unter Leute wie seine Schwester Corine, wie Fabien, wie manche seiner Schulkameraden, die sich flüsternd Zoten erzählten.

Madame Jaminet kam die Treppe herunter. Nicht, um ins Büro zu gehen. Sie hatte sich nur in der Absicht herunterbemüht, die verdammte Tür wieder zuzumachen.

Dabei blickte sie kurz ins Büro und sagte schroff zu ihrem Mann:

»Sobald du einen Augenblick Zeit hast, wäre es nett, wenn du nach oben kämst.«

Er antwortete nicht, sondern blieb verkrümmt sitzen, als schwane ihm bereits, was jetzt kommen würde. Alain schien es, als wechsele sie einen kurzen Blick mit ihrem Schwager. Warum waren nicht diese beiden ein Paar geworden?

Jetzt lag nur noch eine unbestimmte Drohung, ein unklares Unbehagen über dem Haus, und Alain war darüber so betroffen, als sei er knapp an einer Katastrophe vorbeigeschrammt.

Er dachte an seinen Vater, an das Stadthaus, an den kleinen Platz, an die Möbel, die überallhin verstreut würden; zugleich betrachtete er ganz ruhig die Büroatmosphäre, die ihn umgab, wie man etwas ansieht, das man bald verlieren wird.

Weitere zehn Minuten vergingen, bis Monsieur Albert aufstand und sich mit einem Seufzer zur Tür wandte. Fast hätte er sie aus Gewohnheit offen gelassen, er mußte umkehren, um sie zu schließen, und stieg langsam die Treppe hinauf.

Und er blieb lange oben, fast eine halbe Stunde, was bei ihm nicht üblich war. Die Frau und ihr Mann hielten sich nicht in dem Zimmer auf, wo die Kinder ihre Hausaufgaben machten, sondern im Salon, der nur selten benutzt wurde, genau über dem Büro, so daß man Stimmengemurmel venehmen konnte.

Als er wieder herunterkam, bemühte er sich, ungerührt zu erscheinen, doch spürte man, daß er sich unsicher und unwohl fühlte, so daß ihn sogar sein Bruder neugierig ansah.

Albert setzte sich wieder auf seinen Platz, schlug eine Akte auf, die Kostenvoranschläge enthielt, versuchte eine Zeitlang zu arbeiten, gab es dann auf, öffnete die Tür zur Werkstatt:

»Kommst du einen Moment, Émile?«

Aus alledem schloß Alain, daß es um ihn ging. Er fragte sich, womit er wohl Madame Jaminets Mißfallen erregt hatte. Er war immer sehr höflich zu ihr gewesen. Er hätte ihr sogar gern ihre Besorgungen erledigt, so sehr mochte er dieses Haus und wünschte sich, bleiben zu dürfen.

Die beiden Männer standen in einer Ecke der Werkstatt, so weit wie möglich von den Arbeitern entfernt, und sprachen halblaut miteinander. Mademoiselle Germaine mußte erraten haben, was vorging, sie schien peinlich berührt und tippte verbissen, als ob sie sich einer Frage ihres Kollegen entziehen wollte. Wußte sie vielleicht etwas, was er nicht wußte?

Es war schon beinahe sechs Uhr. Noch ein paar Minuten, und Alain würde seine Karteikarten wegstellen und seinen Mantel anziehen, nachdem er seine Schubladen aufgeräumt hatte. Warum hatte er ein Vorgefühl, daß es heute nicht ablaufen würde wie sonst?

Von Albert Jaminet sah er nur den Rücken, doch an seinen gekrümmten Schultern konnte man ablesen, daß er nicht stolz auf sich war und sich nur noch sträubte, um sein Gewissen zu beruhigen.

Schon zog Mademoiselle Germaine ihre Strickjacke aus und schloß sie in den Schrank. Alain zögerte, sich fertigzumachen, da kam Albert ganz allein aus der Werkstatt zurück, wo sein Bruder so tat, als interessiere er sich für eine Störung an einer Maschine.

»Bleiben Sie noch einen Moment, Monsieur Alain?«

Dem jungen Mann wurden die Knie weich. Um der Sache ein Ende zu machen, hätte er fast selber gesagt: ›Ich hab' schon verstanden ... Ich gehe ...‹

Hatte es auf ihn nicht wie ein Wunder gewirkt, daß er diese Stellung ohne weiteres gefunden und sich so leicht in die warme Büroatmosphäre hatte einleben können? Seine Karteikarten liebte er bereits. Gestern abend hatte er sogar am Telefon kurz vor Redaktionsschluß einen Artikel entgegennehmen dürfen, den man ihm aus Paris diktierte.

Germaine verabschiedete sich.

»Wiedersehen, Monsieur Albert.«

»Wiedersehen, Monsieur Alain.«

Sie gab ihm die Hand, bevor sie ihren Handschuh anzog, und wandte sich ab, als sie sah, daß er Tränen in den Augen hatte.

Jetzt waren nur noch die zwei Männer im Büro, oder eher ein Mann und ein Jugendlicher. Irrte sich Alain? Er hätte geschworen, jemand stand da hinter der Tür zum

Flur, Madame Jaminet lauschte dort und spähte durchs Schlüsselloch.

Monsieur Albert schien denselben Gedanken zu haben, da er ein paarmal zur Tür blickte und hüstelte, bevor er zu reden anfing.

Alain hatte sogar Mitleid mit ihm. Er hätte ihm gern geholfen. Er bemühte sich um ein tapferes Lächeln, als er seinen Chef ansah.

»Hören Sie mal her, Monsieur Malou ...«

Das war das erste Mal, daß er ihn so nannte.

»Als Sie sich letzte Woche hier vorgestellt haben, war ich wohl ein bißchen überrascht, aber ich war der Ansicht, daß es unter den gegebenen Umständen keinerlei Grund gibt, warum Sie nicht so Ihren Lebensunterhalt verdienen sollten. Trotz einiger Einwände ...«

Sicher von Monsieur Émile, verdammt!

»Ich wollte Ihnen eine Chance geben, und ich muß gestehen, daß ich Ihnen wegen Ihrer Arbeit überhaupt nichts vorzuwerfen habe ...«

Jetzt ging ihm die Sache näher. Alain spürte das. Man wollte ihm kündigen. Er würde wieder von vorn anfangen müssen.

»Damals aber kannte ich bestimmte Umstände noch nicht, die ich kaum näher beschreiben kann, und ich denke, Sie verstehen mich auch so. Leider sind Sie hier in der Stadt nicht der einzige Malou. Fassen Sie das bitte nicht als Vorwurf auf, Sie können ja eindeutig nichts dafür. Aber wir sind Gewerbetreibende, Monsieur Malou. Wir müssen Rücksicht nehmen, weil wir sehr empfindliche Kunden haben. Zumal wir hauptsächlich für das Bistum und für eine Anzahl Kirchgemeinden drucken....«

»Ich verstehe.«

Albert Jaminet bedeutete ihm, daß er ihn nicht unterbrechen solle.

»Nun ist heute nachmittag ein Unglück passiert, von dem Sie noch nichts wissen. Meine Frau hat die Einzelheiten telefonisch erfahren...«

Er erinnerte sich, daß er das Telefon im ersten Stock hatte klingeln hören, kurz vor oder nach vier Uhr.

»Es wäre mir lieber, wenn Sie mir ersparen würden, Ihnen das zu schildern. Außerdem geht es mich nichts an, und dritte werden Sie schon ins Bild setzen...«

»Hat es mit meiner Schwester zu tun?«

Monsieur Albert nickte bejahend mit dem Kopf.

»Ich möchte nur noch hinzufügen, daß Madame Fabien eine Internatsfreundin meiner Frau ist, ihre beste Freundin. Und jetzt sind Sie wohl mit mir der Meinung, daß es für Sie wie für uns besser ist, wenn Sie uns verlassen...«

»Ich danke Ihnen«, stotterte Alain.

»Einen Moment noch...«

Alain ging bereits zum Kleiderständer.

»Da ich Ihnen nichts vorzuwerfen habe, schulde ich Ihnen noch einen Monatslohn...«

Er hätte gern noch etwas hinzugefügt, aber dann blickte er zur Tür hin, und die Person, deren Anwesenheit er hinter der Tür erriet, hinderte ihn am Reden. Dann hatte er Geldscheine hervorgeholt, nicht aus seiner Brieftasche, sondern aus der Kasse, da es sich um Geschäftskosten handelte.

»Es ist mir sehr unangenehm«, gestand er leise.

»Ich danke Ihnen, Monsieur Albert, ich verstehe Sie sehr gut. Ich verstehe schon, daß es an mir liegt.«

Er wollte vor ihm nicht weinen, spürte aber, wie ihm das Wasser in die Augen stieg. In der Werkstatt wandte ihnen Monsieur Émile noch immer den Rücken zu.

»Sie finden die Karteikarten auf dem neuesten Stand. In die linke Schublade habe ich die laufenden Adressenänderungen gelegt. Die Liste ist komplett.«

Das war alles. Wenn niemand hinter der Tür gewesen wäre, hätten sie sicher noch mehr miteinander geredet, doch so begnügten sie sich mit einem Händedruck.

»Auf Wiedersehen, Monsieur Albert. Und vielen Dank!«

Vielen Dank. In der Tat, das schuldete er ihm. Er ging linkisch hinaus, wobei er an den Türpfosten stieß; im Hof schlug er den Mantelkragen hoch, schniefte und vergrub die Hände in den Taschen.

Der Graupelschnee fiel immer noch, und es war zu kalt, um auf der Straße zu trödeln. Er sehnte sich danach, ohne Abendessen ins Bett zu gehen und zu schlafen.

Aber war er in den ›Drei Tauben‹ noch zu Hause? Für ihn waren die Druckerei und die Pension eine Einheit, das eine ohne das andere unvorstellbar.

Mußte er Mélanie nicht sofort mitteilen, daß er seine Stellung verloren hatte? Würde sie begreifen, daß es nicht seine Schuld war? Daß er sein Bestes gegeben hatte?

Fast glaubte er, daß man auf seinem Heimweg extra die meisten gelben Klebzettel angebracht hatte. Nie waren ihm so viele Bauzäune, so viele Schilder aufgefallen. Von überall her leuchteten ihm die Zettel entgegen, druckfrischer als frühere. Trotz des schlechten Wetters sah er einen alten Mann unter seinem Regenschirm etwas in sein Notizbuch kritzeln.

Beinahe wäre er durch den Hof hinein und direkt auf sein Zimmer gegangen, doch fürchtete er, Mélanie zu verärgern, weil er das noch nie gemacht hatte, denn sonst nahm er immer den Weg durch den großen Speisesaal, wo sie ihn unweigerlich ansprach und ihm sagte, was es zu essen gab. Es war die ruhige, fast leere Tageszeit, denn die Wirtschaft hatte vor allem morgens während des Marktes Hochbetrieb. Nur zwei oder drei alte Männer spielten mit dem schläfrigen Wirt Karten.

Das Türglöckchen bimmelte. Er ging die Stufen hinunter, sah die dicke Frau aus der Küche kommen und las aus ihrer Miene sofort, daß es auch hier Neuigkeiten gab.

»Sind Sie jetzt schon da, mein kleiner Monsieur?« sagte sie, indem sie ihren Lappen ins Spülbecken warf. Sie nannte ihn häufig so, recht liebevoll und ein bißchen herablassend.

»Kommen Sie einen Moment herein.«

Sie ging vor ihm her in den Speisesaal, wo nur Olga war, die gerade die letzten Gedecke auflegte.

»Laß uns allein, Olga, mein Schatz.«

Und da tat Mélanie etwas, was er sie nie hatte tun sehen: Sie setzte sich auf einen Stuhl, der für die Pensionsgäste reserviert war. Sie ließ sich nieder wie für ein langes Gespräch und bedeutete ihm, gegenüber Platz zu nehmen. Die Servietten in ihren numerierten Ringen lagen schon am richtigen Platz auf dem Tisch, und auch die angebrochenen Weinflaschen mit den Namen der Stammgäste standen da.

»Sie haben wohl noch nichts von der Sache gehört?«

Ihm fiel nicht sofort eine Antwort ein, und dann legte sie den Finger auf die Lippen und sagte:

»Pst! Nicht so laut. Sie ist oben ...«

Sie rückte ihren Stuhl näher, bis ihre Knie die von Alain berührten.

»Als sie vor einer Stunde angekommen ist, wußte ich noch nicht, was passiert ist. Um ehrlich zu sein, ich kannte sie gar nicht. Ich hab' sie irgendwann mal vorbeigehen sehen, aber ich hab' sie nicht wiedererkannt.

›Wann kommt mein Bruder heim?‹ hat sie mich gefragt, ohne mir auch nur Guten Tag zu sagen. Sie war aus einem Taxi gestiegen. Sie hat es warten lassen. Ich hab' erraten, wer sie ist, weil sie Ihnen doch ähnlich sieht. Sie hat mich dann gefragt, ob ich ihr ein Zimmer neben Ihrem geben könnte, und als ich wissen wollte, für wie lange, hat sie gesagt, sie wüßte das noch nicht. Sie sah ganz komisch aus, das Gesicht ganz außer Fasson. Sie hatte geheult, und ihre Wimperntusche war zerlaufen, und ihr Lippenstift ganz verschmiert.

›Aber ich habe nicht so viele Zimmer ...‹

›Würden Sie mir in diesem Fall vielleicht ein Bett bei meinem Bruder im Zimmer aufschlagen?‹

Das wollte ich Ihnen nicht antun, verstehen Sie? Ich habe an das Taxi gedacht, das immer noch wartete, und es macht mich einfach ganz krank, wenn ein Zähler umsonst läuft. Da habe ich zu ihr gesagt:

›Ich gebe Ihnen vorläufig mal ein Zimmer, und wir sehen dann weiter, wenn Monsieur Alain zurück ist.‹

Sie hat zwei pralle, schwere Koffer hinaufschaffen lassen. Dann hat sie sich wohl völlig angezogen aufs Bett geworfen. Ein bißchen später hat sie geklingelt und sich von Olga was Hochprozentiges raufbringen lassen.

Warten Sie noch! Gehen Sie noch nicht hinauf. Sie hat kein Glas verlangt, sondern eine ganze Flasche, so daß ich jetzt alles darauf verwetten würde, daß sie pennt ...«

Er hörte wie im Traum zu, ohne zu reagieren. Sie hatte ihm die Hand aufs Knie gelegt, und er spürte den warmen Druck durch den Stoff.

»Die wäre besser mit ihrer Mutter nach Paris abgedampft! Da hätte Sie Ihnen zumindest keine Scherereien gemacht. Ich hab' die Geschichte vor knapp einer Viertelstunde gehört, von jemand, der alles mitbekommen hat – er ist gerade erst gegangen –, einem Verkäufer im Lebensmittelladen genau gegenüber dem Haus, vor dem sich das Ganze ... abgespielt hat.

Sie kennen doch das Haus von Doktor Fabien, oder nicht?«

Es war schon lange her, daß er dort vorbeigegangen war. Ein großer quadratischer Bau aus dem 17. Jahrhundert, mit sehr hohen Fenstern und einer Freitreppe. Es stand in der Rue de Palais, und der dazugehörige Garten, an dessen Ende Fabien seine Klinik hatte bauen lassen, ging direkt auf den Park hinaus.

Gegenüber in derselben Straße war ein Lebensmittelladen mit zwei Schaufenstern, in denen immer Berge von Zitronen, Apfelsinen und Bananen auslagen, denn er wurde von Spaniern geführt.

»Ich weiß nicht, warum die so leichtsinnig waren, und auch nicht, was vorher gewesen ist. Nach allem, was erzählt wird, hatte Madame Fabien schon lange die Nase voll. Entschuldigen Sie, daß ich Ihnen das alles erzähle, aber in der Stadt wissen alle Bescheid, und es ist besser, Sie sind ebenfalls auf dem laufenden.

Fabien ist immer schon ein Schürzenjäger gewesen. Ich glaube, seine Frau hat sich darüber nicht mehr groß aufgeregt und sich damit abgefunden. Aber nur unter der Bedingung, daß ihr keine gefährlich wurde, verstehen Sie?

Einen Tag die eine, die nächste Woche eine andere, das war nicht so schlimm, solange sie ihre eigene Stellung behaupten konnte.

Solange Ihr Herr Vater noch lebte – nehmen Sie mir das nicht krumm –, war das für sie eine Art Garantie.

Aber heute ist der Doktor nachmittags, als es schon dunkel war und nur aus den Schaufenstern vom Lebensmittelgeschäft Licht aufs Trottoir fiel, im Auto nach Hause gefahren. Er hat es nicht direkt vor dem Aufgang geparkt, sondern zwei Häuser weiter im Dunkeln.

Er ist zu sich hinaufgegangen, vielleicht um etwas zu holen, vielleicht aber auch, um zu sagen, daß er nicht zum Abendessen kommt.

Hector, der Verkäufer im Lebensmittelladen, behauptet, Madame Fabien hat hinterm Vorhang schon auf ihn gelauert. Und eben da sind ihre Töchter aus der Schule gekommen. Sie haben das Auto ihres Vaters erkannt und sind hingelaufen.

Ihre Schwester saß drin und wartete. Anscheinend hatte der Doktor sich angewöhnt, sie überallhin mitzuschleppen.

Niemand weiß, ob die Kleinen was gesagt haben, als sie heimkamen. Wahrscheinlich aber doch.

Da hat sie ihm die große Szene hingelegt. Hector behauptet, man hätte die Schatten wie Marionetten hinter den Vorhängen hin- und herhuschen sehen.

Besonders ins Gewicht fällt nämlich, und nicht alle wissen das, mein kleiner Monsieur – lassen Sie mich ausreden, und fangen Sie vor allem nicht zu weinen an –, daß Madame Fabien, eine geborene Hautot, viel mehr Geld hat als ihr Mann und er seine Klinik aus ihrer Mitgift finanziert hat. Sie wirkt teigig und farblos, wenn man sie so sieht, aber ich weiß aus Erfahrung, solche Weiber werden zu Furien, wenn sie einmal loslegen.

Und er gehört zu den Männern, die ihren Spaß haben wollen, aber hinterher Angst vor der eigenen Courage kriegen. Das Auto hat derweil immer noch am Bordstein gestanden, und Ihre Schwester saß noch drin. Als dann die Haustür aufging, kam nicht Fabien raus, sondern seine Frau, und sie ist stracks zum Auto marschiert.

Sie muß völlig außer sich gewesen sein, um einen solchen Skandal auf der Straße zu entfesseln, denn immerhin hat sie eine gute Erziehung genossen. Sie hat den Schlag aufgerissen und losgekeift. Hector hat von seiner Ladentür aus Ihre Schwester im dunklen Auto erst gar nicht gesehen. Kurz darauf hat sich Madame Fabien ins Auto gebeugt, sie am Arm gepackt und mit Gewalt herausgezerrt.

Sie hat dabei weitergezetert und ist immer lauter geworden. Auch die andere hat zu schreien angefangen, während die Passanten stehengeblieben sind und sich die Vorhänge an den Fenstern bewegt haben.

Man redet jetzt in der Stadt von nichts anderem mehr. Und das wird noch lange Stadtgespräch sein!

Während der ganzen Zeit ist Fabien vorsorglich in der Wohnung geblieben, und die beiden Frauen haben sich weiter gebalgt und beleidigt wie Fischweiber.

Am Ende hat Madame Fabien Ihrer Schwester den Pelzmantel runtergerissen – offenbar hat ihn ihr Mann bezahlt – und ihn auf den Boden geworfen, in den Schneematsch, und ist dann darauf herumgetrampelt.

Die Leute wollten nicht nah heran, weil die Sache allen so peinlich war, und Hector, der die Fabiens beliefert, ist nicht aus seinem Laden raus.

›Vielleicht haben sie einander auch ein bißchen gekratzt‹, hat er mir gesagt, ›aber ich bin nicht ganz sicher, weil das alles im Dunkeln passiert ist.‹

Jedenfalls hat sich Ihre Schwester am Ende ohne Mantel an den Häusern entlang verdrückt, während die andere zurück in ihre Wohnung ist und die Haustür krachend zugeschlagen hat.

Ich kenne Fabiens Ruf und bin sicher, daß er Ihre Schwester fallenlassen wird. Schon jetzt hat sie seiner Praxis ganz schön geschadet.

Und bevor Sie hinaufgehen, wollte ich Ihnen noch sagen, lassen Sie sich nicht einwickeln. Sie hätte nicht gleich danach herkommen sollen, und ich spüre genau, daß sie sich jetzt an Sie hängen will.

Das ist nicht Ihr Bier, mein kleiner Monsieur. Sie sind ein anständiger junger Mann, Sie haben Courage, und ich kenne Sie schon ganz gut. Sie haben Pech genug gehabt und die Leute haben nichts gegen Sie, gegen Sie nicht.

Wenn Sie sich aber mit diesem Mädchen abgeben ... Ich möchte Ihnen nicht weh tun, aber ich muß Ihnen sagen, unter meinem Dach behalte ich die nicht. Sowas paßt nicht in die ›Drei Tauben‹. Solche Weibchen, wissen Sie, machen Skandal, wohin sie auch kommen.

Na also! Sie haben sich gut gehalten. Sie haben nicht mal geweint. Olga muß jetzt weiter den Tisch decken, weil die Herren gleich essen kommen. Wenn ich Ihnen einen Rat geben darf, gehen Sie jetzt nicht hinauf. Kommen Sie in die Schankstube, trinken Sie ein Gläschen, und essen Sie dann in aller Ruhe zu Abend, als wäre nichts gewesen. Die Herren werden sich nicht trauen, Sie darauf anzusprechen, auch wenn sie schon davon wissen. Und wenn Ihnen einer was will, werde ich ihm schon Bescheid stoßen.

Aber wenn Sie dann Ihre Schwester sehen, richten Sie ihr aus, daß sie alt genug ist, alleine zurechtzukommen, und daß sie Luftveränderung braucht. Die Luft hier bekommt ihr nicht. Alle Leute werden sich auf Madame Fabiens Seite schlagen, und ich kann nicht mal sagen, sie hätten Unrecht. Kopf hoch. Kommen Sie jetzt mit mir. Morgen ist auch ein Tag ...«

Mühsam brachte er ein dankbares Lächeln zustande. Das alles war in wenigen Stunden geschehen! Und eine gehässig zugeschlagene Tür hatte ihm schon heute morgen eine Vorahnung der Katastrophe gegeben.

Hatte er sich je klargemacht, daß ihn eine ganze Stadt umgab, eine Stadt, die sich jetzt in seinen Augen wie ein Lebewesen ausnahm, ebenso geheimnisvoll wie furchterregend? Nicht nur diese Stadt war für ihn ein unbekanntes Wesen, sondern sogar sein eigener Vater. Und er hatte ehrlich geglaubt, er könne sich eine warme Nische suchen und sich in dieses Gemeinwesen einfügen.

Er hatte Bourgues' Stimme vom Sonntagabend noch im Ohr, die ihm einen Ausspruch seines Vaters wiederholte:

›Denen werd' ich's schon zeigen!‹

Der Ausspruch bekam für ihn allmählich Sinn.

›Wem?‹ hatte er sich gefragt. ›Es wem zeigen?‹ Jetzt begriff er, daß das vielleicht bedeutete: ›Allen!‹

Aber doch nicht Mademoiselle Germaine. Und Mélanie auch nicht. Auch dem armen Albert Jaminet nicht. Schon machte er ein paar Ausnahmen. Er merkte, daß er grundsätzlich würde sortieren müssen, und jetzt ließ er sich erstmal wie ein Kind in die Schankstube führen, wo der alte Poignard, der es an der Prostata hatte, Domino spielte und dabei Roséwein süffelte.

»Sie trinken jetzt ein Gläschen, nur eines, und bleiben hier sitzen, während ich nach meinen Kochtöpfen sehe.«

Jetzt traute er sogar Bourgues' Worten nicht mehr. Beim Gedanken, gleich hinauf und seiner Schwester gegenübertreten zu müssen, überlief es ihn kalt.

Hatte sie die Flasche wirklich geleert? War sie jetzt betrunken? Er hatte sie einmal in diesem Zustand erlebt, als sie spät in der Nacht heimgekommen war: Sie war durch die Zimmer getorkelt und hatte ihre Kleider auf den Boden verstreut, hatte immer nackter, weißer und blonder gewirkt, so schamlos, so frech, daß er hinterher mehrere Tage lang nicht gewagt hatte, sie anzublicken.

In dieser Nacht hatte sie ihn mit zotigen Worten bedacht, ihn beschimpft und dann plötzlich mitten ins Zimmer gekotzt, und er hatte sich um sie kümmern müssen, nachdem er ihr einen Morgenmantel übergeworfen hatte, den sie tückisch immer wieder weggeschoben hatte. Das war vielleicht die schlimmste Erinnerung seines Lebens. Womöglich noch schlimmer als die Szene, als sein Vater in der Apotheke gestorben war.

Lunel, ein junger Mann von etwa zwanzig Jahren, in einem Labor beschäftigt und Pensionsgast in den ›Drei Tauben‹, erschien als erster zum Abendessen, und gleich nach ihm der rothaarige Amtmann. Zur Begrüßung gaben sich die Pensionsgäste nie die Hand. Eine Art stiller Absprache, sie wünschten einander guten Morgen und guten Abend, und jeder setzte sich auf seinen Platz um den runden Tisch; man reichte die Suppenterrine herum, dann die Platten; Lunel las meist beim Essen.

Gleich würde Alain hinaufgehen müssen. Plötzlich, beim Käse, kam ihm der Wunsch zu fliehen. Er würde abhauen, ohne auch nur auf sein Zimmer zu gehen, ohne ein Wort. Er würde zum Bahnhof rennen und den erstbesten Zug nehmen, nicht nach Paris, wo es auch Malous gab, sondern in eine beliebige Stadt in der Provinz.

»Geht's jetzt wieder, mein kleiner Monsieur?«

Mélanie legte ihm die Hand auf die Schulter, und er wurde rot wie ein ertappter Sünder.

»Lassen Sie sich vor allem nicht einwickeln!« schärfte sie ihm ein.

Jetzt war ihm der Rückzug abgeschnitten. Man beobachtete ihn. Man sah zu, wie er in den Flur ging, dann die Treppe hinauf. Er knipste das Licht an. Er wollte die Tür zu Zimmer 13 aufschließen, als eine Stimme aus dem Nachbarzimmer fragte:

»Bist du es, Alain?«

Er gönnte sich noch einen Augenblick Freiheit. Er blieb reglos stehen und antwortete nicht. Aber Corine mußte ihn an seinem Schritt erkannt haben. Ein Bettrost knarrte, dann kamen Schritte, die Tür ging auf.

Sie trug ein schwarzseidenes Kleid, völlig zerknittert, ihr Mieder war aufgehakt, ihr Gesicht verquollen, die Augen rotgerändert, der Mund verschmiert, die Frisur wirr.

»Worauf wartest du? . . . Komm rein . . .«

Er war ganz sicher, daß Mélanie unten auf der Treppe horchte.

8

Sie hätten sicher die ganze Nacht geredet, wenn man sie nicht unterbrochen hätte. Dieses lange Gespräch, meist ein Monolog seiner Schwester, aber manchmal auch eine fast so üble Szene wie auf der Straße gegenüber Fabiens Haus, diese Stunden, die ihm immer wieder das Blut in den Kopf trieben, sollten ihm zusammenhanglos und präzise zugleich in Erinnerung bleiben.

Schon am nächsten Morgen konnte er sich nur noch an einzelne Bruchstücke entsinnen, wie an Themen oder Kadenzen eines Musikstücks, und für sein Gedächtnis sollte das fortan immer kompliziert bleiben: Manche dieser Themen stiegen aus seinem Unterbewußtsein wie abgedroschene Redensarten immer wieder hoch, und er konnte sie dann nur mit größter Mühe wieder unterdrücken.

Als erstes erblickte er beim Eintreten auf dem Boden ein vernickeltes Tablett mit einer Flasche und einem Glas. Sofort fiel ihm auf, daß die Kognakflasche noch halbvoll war; und er dachte sich gleich, daß sie das Glas nicht benutzt und direkt aus der Flasche getrunken hatte. Auf dem Tablett lagen auch ausgedrückte Zigarettenkippen mit Lippenstiftspuren, und Rauch waberte um die nackte Glühbirne, die an ihrem Kabel von der Decke hing. Warum kam ihm dieses Zimmer dürftiger und weniger anheimelnd vor als seins? Es hatte die gleichen kleinen dunkelroten Fliesen, die gleichen geweißten Wände, ein genau gleiches Fenster in einer Nische mit einem zu kurzen Vorhang aus geblümter Kretonne.

Ein schwarzes eisernes Bettgestell, eine weiße Steppdecke, in der Ecke noch verschlossen die beiden Koffer Corines. Ihren nassen Hut hatte sie in eine andere Ecke geschmissen; war sie in ihrer Wut womöglich darauf herumgetrampelt?

Das alles nahm er mit einem Blick in sich auf, auch das kleine Kruzifix über dem Bett, an der gegenüberliegenden Wand eine Lithographie mit dem *Angelus* von Millet. Hier war es wärmer als in seinem Zimmer, und das war keine Täuschung, wie er später begriff; ein Schornstein aus dem Erdgeschoß in der einen Zimmerwand heizte ganz ordentlich.

»Hat's dir die Sprache verschlagen?« warf Corine bissig hin, als er die Tür wieder zugemacht hatte und mitten im Zimmer stehenblieb.

Sie ging zu einem ihrer Koffer und wollte ihn aufmachen, doch mußte sie zuerst den Schlüssel aus ihrer Handtasche kramen.

»Man hat dir wohl alles erzählt?«

Aus dem Koffer, dem ein Durcheinander von Wäsche und Kleidern entquoll, zerrte sie ein Nachthemd, einen Morgenrock, ein Paar blaue Hausschuhe, zog sich im Weiterreden ihr schwarzes Kleid über den Kopf und stand dann in rosa Unterwäsche da.

»Was hat man dir erzählt? Haben sie dich unten darauf angesprochen?«

Er wußte, daß sie sich nackt ausziehen würde, bevor sie ihr Nachthemd überstreifte, und wandte sich ab.

»Ich kann dir sagen, der habe ich's ganz schön gegeben, dieser Madeleine! So heißt sie nämlich. Und weißt du, welchen Kosenamen diese fette Made in ihrer Familie hatte, den sie dann auch von ihrem Mann hören wollte? ... Du kommst nicht drauf... Schnuckelchen, ausgerechnet Schnuckelchen. Ich habe ihr Schnuckelchen gegeben, das kannst du mir glauben, und ihr gesteckt, daß sie dermaßen stinkt, daß Fabien nie in einem Bett mit ihr hat schlafen können und sich das Hausmädchen jeden Morgen die Nase zuhalten muß, wenn es hereinkommt und ihr das Frühstück serviert...«

Er drehte sich zu früh wieder um. Sie war noch dabei, ihr Nachthemd überzuziehen und reagierte gereizt, als es an ihren breiten Hüften hängenblieb.

»Setz dich doch hin... Es macht mich ganz krank, wenn du so mitten im Zimmer herumstehst...«

Es gab nur einen mit rotem Rips bezogenen Sessel, und er ließ sich darin nieder, gegenüber dem Bett, in das sich seine Schwester endlich kuschelte, wobei sie sich ein Kissen ins Kreuz stopfte und sich eine neue Zigarette ansteckte.

Stille. Er wußte noch von einer Pause, die ihm sehr lang vorgekommen war, während beide einander musterten, nicht verstohlen, sondern fast schonungslos direkt. Erst da fiel ihm auf, daß die Brauen seiner Schwester, wenn sie sie nicht gezupft hätte, sehr buschig gewesen wären und an der Nasenwurzel fast zusammengewachsen. Dort war die Haut etwas aufgewölbt und glatter als sonst.

Weil ihm die Stille unerträglich wurde, murmelte er:

»Und was willst du jetzt machen?«

»Du glaubst doch nicht etwa, daß ich diese Kuh an meine Stelle lasse?«

»A propos Stelle, ich hab' meine verloren.«

»Wegen mir?«

Er nickte, und sie knurrte:

»Dieses Miststück!«

»Hör zu, Corine...«

»Hör du zu, Alain, wenn du mir hier eine Moralpredigt halten willst, sag' ich dir gleich, du verschwendest deine Zeit. Ich weiß wohl, ein bißchen naiv warst du immer schon, aber spiel nicht ausgerechnet jetzt die gekränkte Unschuld... Dieses Luder, ich hasse sie, verstehst du? ... Und da eine von uns beiden der anderen Platz machen muß, wird sie das sein... Hast du vielleicht geglaubt, du bist mich los, ich fahre zu Mama nach Paris? ... Gib doch zu, so hast du dir das gedacht... Aber nichts da! Auch wenn ich Paul nicht lieben würde – und das tu ich –, würde ich dableiben, bloß um sie zu ärgern, um ihr zu zeigen, mit wem sie sich angelegt hat... Wenn du sie nur gesehen hättest, diese angeblich so gebildete Frau, wie sie sich auf mich gestürzt und allen Unflat herausgekotzt hat, der ihr nur in den Sinn kam!

Vielleicht bin ich ein Flittchen... Sei's drum!... Aber ich liebe Paul! Ich brauche ihn nicht mit Geld an mich zu fesseln... Ich liebe Paul, und er liebt mich, kapierst du das, du kleiner Blödmann, der du noch nie was kapiert hast?

Du hast noch nie was kapiert, und jetzt kapierst du noch weniger als sonst... Du solltest bloß mal dein Gesicht sehen, deinen Blick...

Da fällt mir ein – ich sage es dir lieber gleich, sonst vergesse ich's noch –, Mama hat mir wegen dir geschrieben ... Du hast ihr nicht geschrieben, oder?«

»Doch, am Sonntag ...«

»Dann hat sie deinen Brief noch nicht gehabt ... Sie hatte deine Adresse nicht ... Sie hat mich daran erinnert, daß du noch nicht volljährig bist ... Du brauchst einen Vormund und einen vom Gericht ernannten Gegenvormund ... Du sollst zu Maître Debois gehen, und der wird dir sagen, was du tun mußt ... Mama wird dein Vormund und dein Onkel Jules vermutlich dein Gegenvormund. Und jetzt verrat mir, was sie dir alles erzählt haben, was in der Stadt herumgetratscht wird ...«

»Ich weiß nicht ... Erst unten habe ich erfahren, daß es eine Szene gegeben hat zwischen dir und ...«

»Zwischen mir und Schnuckelchen ... Und weiter?«

»Nichts ... Man hat mir gesagt, daß du oben bist ...«

»Und du bist wohlweislich nicht gleich raufgekommen! ... Gib zu, du hast dich geschämt. Gib's zu, du Blödmann! Deine Chefs haben dir sicher auch was erzählt ...«

»Nichts Genaues ... Madame Jaminet ist die Freundin von Madame Fabien ... Ich glaube, sie haben miteinander telefoniert ...«

»Dieses Lumpenpack! Aber ich behalte das letzte Wort, du wirst schon sehen! Da kannst du ganz beruhigt sein ... Eher könnte ich dich fragen, was du jetzt machen willst ...«

»Ich weiß nicht ...«

»Du tätest besser daran, zu Mama zu fahren ...«

Leicht erstaunt hörte er, wie es ihm ohne Nachdenken klar und deutlich entfuhr:

»Nein.«

»Ich hab' ganz vergessen, du haßt auch Mama ...«

»Ich hasse sie nicht.«

»Du haßt sie, du haßt mich ... Bloß deinen Vater nicht, und der ...«

An die genaue Reihenfolge erinnerte er sich nicht mehr. Er wußte auch nicht mehr, was Corine am Anfang über ihren gemeinsamen Vater geäußert hatte. Übrigens hatte sie nicht ›unser Vater‹, sondern ›dein Vater‹ gesagt, als seien sie gar nicht Bruder und Schwester.

Ungefähr um diese Zeit hatte sie einen großen Schluck Kognak genommen. Sie zündete sich wieder eine Zigarette an. Sie hockte auf ihrem Bett, mit hartem Blick, und obwohl sie ihm ins Gesicht sah, schien sie ein Selbstgespräch zu führen.

»Dem hätte der Vorfall nichts ausgemacht, kein Gedanke daran, der war an dergleichen gewöhnt ...«

»An was gewöhnt?«

»Du fragst noch, an was? ... An diesen ganzen Dreck, mein armer Blödmann von Bruder ... Denkst du vielleicht, er hat nicht sein ganzes Leben in solchem Dreck gewühlt! ... Bildest du dir etwa ein, ich hätte Alternativen gehabt, ja? ... Ach so! Vergessen wir nicht, daß ich eine hervorragende Erziehung genossen habe ... In den besten Klosterschulen und den teuersten Internaten. Bloß mußte ich sie von Zeit zu Zeit wechseln, weil man mir dort das Leben zur Hölle machte ... Nicht wegen mir selber, absolut nicht! ... Wegen deinem Vater ... Und außerdem konnte es plötzlich passieren, daß wir blank waren ...

Ich frage mich heute noch, wie du es fertiggebracht

hast, so lange in diesem Haushalt zu leben, ohne was zu merken ... Zugegeben, du bist noch jung, aber das ist kein Grund ... In deinem Alter wußte ich besser Bescheid, das kann ich dir flüstern ... Und ich habe voll durchgeblickt! Allerdings habe ich mir auch nicht Augen und Ohren zugehalten ...

Gib's zu, du hast das gemacht, damit du deine Ruhe hattest! ... Weil du das gar nicht so genau wissen wolltest! ... Wenn du glaubst, ich hätte das nicht kapiert ... Erst der Tod von Papa und alles, was danach kam, hat dich gezwungen, der Wahrheit ins Auge zu sehen ... Und sogar jetzt kneifst du noch! Wie hat denn deine Lösung ausgesehen? Du hast bei einem Drucker um eine Stellung als Ladenschwengel gebettelt ... Und wohl noch Dankeschön gesagt, als sie dich rausgeschmissen haben ...

Mich, Brüderchen, schmeißt man nicht raus. Kapiert? Die bilden sich alle ein, ich haue in den Sack. Die glauben, sie wären mich los. Aber ich bleibe hier. Und morgen oder übermorgen kommt Fabien bei mir angekrochen ... Er wird mich anflehen ... Er wird mir die Füße küssen. Es lohnt nicht, daß ich dir erkläre, warum, denn du würdest noch rot wie ein Mädchen. Er braucht mich ... Der wird heute nacht nicht viel Schlaf finden! Vielleicht dauert es Wochen, vielleicht Monate, aber den kürzeren zieht Schnuckelchen ... Trotz der Kinder! ... Trotz der Klinik! ... Trotz alledem!

Wenn dein Vater noch da wäre, würde er mir recht geben ... Bildest du dir etwa ein, den hätten sie nicht in den Arsch getreten? Nicht über hundertmal rausgeschmissen?«

»Hör zu, Corine ...«

Aber sie hatte überhaupt nicht mehr zugehört. Nur sie hatte geredet, und immer lauter und erregter. Mehrmals im Laufe des Abends hatten die Nachbarn an Wand oder Decke geklopft, damit sie Ruhe gäbe, aber sie scherte sich nicht darum.

»Schön! Ich bin also ein Flittchen ... Und was hat dein Vater denn geheiratet? ... Ich rede von Mama, jawohl ... Du willst nichts davon wissen? Du wirst das trotzdem zur Kenntnis nehmen, weil es sein muß, weil du dich sonst weiter zum Affen machst ... Damals war er noch nicht so reich. Er fing gerade erst an, seine Krallen zu wetzen ... Er arbeitete bei einem kleinen Schmierblatt, wo die ungedruckten Artikel mehr einbrachten als die gedruckten ... Das kapierst du auch nicht? ... Ein Erpresserblättchen, wenn du so willst ... Und Dorchain, der Abgeordnete, war sein Chef ... Und dein Vater war stolzgeschwellt, daß er die Frau eines Abgeordneten bumste ...

Die beiden haben sich erwischen lassen ... Du fragst dich vielleicht, woher ich das alles weiß? Hast du ganz vergessen, daß es vor fünf oder sechs Jahren, als du noch ein kleiner Junge warst, Krach zwischen uns und den Dorimonts gegeben hat ... Da haben sich auch saubere Szenen abgespielt! ... Was Mama heute nicht hindert, bei Tante Jeanne unterzukriechen ...

Also gut, Tante Jeanne hat mich ins Bild gesetzt. Die hat deine Mutter damals gehaßt, der war alles egal ...

Weißt du, was dieser Dorchain, nachdem er die Scheidung durchgezogen hatte, zu deinem Vater gesagt hat? ›Jetzt, mein armer Freund, haben Sie sie am Hals! ...‹

Und Papa hat sie zweiundzwanzig Jahre lang am Hals gehabt... Zweiundzwanzig Jahre lang hat sie ihn nicht aus den Klauen gelassen. Denn trotz ihres Gejammers hat sie immer genau gewußt, was sie will... und sie hat die Empfänge gegeben, die sie sich erträumt hatte, hat einen eigenen Chauffeur gehabt, eine Zofe, einen Hausdiener.

Und wir haben das alles miterlebt, du armer kleiner Depp!...

Sie haben mich wie ein Modepüppchen herausgeputzt, ich hatte die schönsten Spielsachen der Welt, zu Weihnachten haben sie mir ohne weiteres ein Pferd gekauft und dazu einen Reitlehrer spendiert...

Aber als ich später ins Pensionat kam, sprach bald keine einzige meiner Kameradinnen mehr mit mir... Ihre Eltern hatten es ihnen verboten, weil ich Malous Tochter war!

Und jetzt hältst du mich wie Schnuckelchen für ein Flittchen...

Geschichten könnte ich dir erzählen, die ganze Nacht würde dafür nicht reichen... Der Gipfel ist, du bist der einzige, der nichts davon weiß... Die Leute tratschen darüber. Hier wie anderswo... In Schmierblättchen haben sie breitgetreten, wie dein Vater angefangen hat...

Flüssiges Geld, so hat er immer gesagt... Das fehlte allzu oft, und du hast keine Ahnung, wie das im letzten Moment immer wieder beschafft wurde.

Was ist übrigens aus dem Koffer mit den Papieren geworden?«

»Er ist in meinem Zimmer.«

»Gib ihn lieber mir... Du bist zu blöd, um was damit anzufangen, und ich finde da bestimmt etwas, womit ich den Brüdern ihre Scheiße wieder aufrühren kann...

Ach, du bist schockiert? Bildest du dir denn ein, zu Hause ist feiner parliert worden, wenn sie gestritten haben wie die Kesselflicker und Mama dann beleidigt aus dem Haus und auf ein paar Tage ins Hotel gezogen ist?

Hach! Auch das hast du Idiot nicht gewußt?

Und jetzt hockst du da wie ein Ölgötze und glotzt mich an? Viel fehlt nicht, und du schlägst dich auf die Seite der anderen...

Es sind ja auch so viele...«

Die anderen... das hatte Alain schon von Joseph Bourgues gehört. Doch hatte der frühere Bagnosträfling ohne Leidenschaft und Haß gesprochen.

Alain hätte sich jetzt gern damit getröstet, daß seine Schwester zuviel getrunken hatte. Doch nein, sie wirkte zwar angetrunken, war aber völlig bei Verstand.

Sie spuckte offenbar alles aus, was sie bedrückte, was sie bisher nur angesprochen hatte, wenn sie mit ihrer Mutter aneinandergeriet oder, vielleicht, wenn sie mit Fabien allein war.

Alain war völlig verstört. Erinnerungen stürmten auf ihn ein. Er sah seine Schwester gestiefelt und gespornt von einem ihrer Ausritte zurückkehren, die Reitpeitsche in der Hand. Ihr Gesicht war damals noch kindlich rund gewesen, und die Locken waren unter der Jockeymütze hervorgequollen.

Er entsann sich der großartigen Kinderfeste, die sie ihren Freundinnen geboten hatte, an die vielen kleinen

Mädchen, die von ernsten, weißbehandschuhten Hausdienern bedient wurden.

»Laß dir eines gesagt sein, Alain: Die andern hassen und verachten uns, weil wir nicht so sind wie sie, es nie gewesen sind.

Vor allem die, die ihre Füße unter unsern Tisch gestreckt haben! Auch die, die Papa alles verdanken.

Die Leute pflegten mit einem kleinen wissenden Lächeln zu sagen: ›Ich bin zum Mittagessen bei den Malous eingeladen!‹ oder auch: ›Ich verbringe das Wochenende auf dem Schloß der Malous‹, und dabei haben sie einander vielsagend zugeblinzelt. Man besuchte uns, wie man ins Theater geht. Man wollte den Mann, der sich für den Kaiser der Bauunternehmer hielt, und seine Frau, die sich als Dame von Welt gebärdete, einmal in ihren eigenen vier Wänden erleben ...

Glaub bloß nicht, ich übertreibe. Papa hat sich den Titel von einer Zeitung verpassen lassen: *Kaiser der Bauunternehmer!*

Er hat so getan, als lache er darüber, aber er hat es gern geglaubt ...

Ich erinnere mich noch an eine Art Prospekt für Malouville, den er auf Hochglanzpapier hat drucken lassen, um ihn an alle Meinungsführer, an alle Rathäuser zu verschicken ...

Mußt du bei dem Namen nicht auch lachen? Malouville sollte nur ein Versuch sein, ein Vorbild für das, was später noch kommen sollte ... Dein Vater wollte, daß alle Städte von mindestens fünfzigtausend Einwohnern gesetzlich verpflichtet würden, in unmittelbarer Nähe eine Siedlung wie Malouville zu bauen.

Du wirst den Prospekt in dem Koffer finden. Darin ist die Rede von Elendsvierteln und verkommenen Vorstädten, von der Notwendigkeit, in Frankreich das Saatkorn für die Städte von morgen zu legen.

Und Malou wollte ihr Baumeister sein... Sie haben ihm sogar genehmigt, eine große Anleihe, eine nationale Anleihe auszuschreiben. Und er hoffte auf alle diese Millionen, diese Hunderte von Millionen...

Lach doch! Warum lachst du nicht? Viele Leute kamen zu uns und taten so, als nähmen sie das alles ernst.

Und dann, nachdem er ihnen diese Abermillionen vorgerechnet hatte, wurden sie um ein paar Tausender geschröpft, um den Diener zu bezahlen, der ihnen gerade bei Tisch vorgelegt hatte und der manchmal monatelang keinen Lohn gesehen hatte.

Und wen ich alles heiraten sollte! Weißt du das nicht mehr?

Du bist da noch zur Schule gegangen, in die Mittelstufe... Du kamst heim und hast dich in deinem Zimmer eingeschlossen, deine Hausaufgaben gemacht oder gelesen, und ich wette, du hast dir die Finger in die Ohren gesteckt.

Und bei Tisch warst du immer so abwesend, als gehörtest du nicht zur Familie, und ich hab' oft gemerkt, wie Papa dich erstaunt beobachtete und dann den Kopf schüttelte und seufzte.

Vielleicht war ihm das sogar ganz recht, denn du warst immer sein Liebling. Vielleicht hat er sich gesagt, daß wenigstens du eines Tages zur besseren Gesellschaft gehören würdest.

Mindestens zehnmal haben sie mich verkuppeln wollen. Und sie haben nicht darauf gesehen, ob er alt war, das schwöre ich dir! ... Hauptsache, er war eine glänzende Partie ... Er mußte entweder Geld haben, einen Haufen Geld, oder einen Titel ... Oder eine Stellung in der Politik.

Eine Einladung zum Abendessen jagte die andere ... Der Herr wurde zum Übernachten genötigt ... Und es endete immer gleich ... Eines schönen Tages machte er sich dünne und kam nie wieder ...

Was hätte ich denen auch geboten, sag bloß?

Einen Schwiegervater namens Eugène Malou und eine Schwiegermutter, die sich für vornehm hielt, weil sie ein paar Klunker besaß und zwanzig oder dreißig Personen zum Diner einladen konnte!

Du hast das nicht erlebt, wenn sie sich wegen der Tischordnung in die Haare gerieten ... Welchen Rang hat der Sowieso in der Ehrenlegion? ... Hat ein Minister den Vorrang vor einem Mitglied der Académie Française? Nur die hohe Geistlichkeit kam nicht zu uns, weil Bischöfe und Erzbischöfe in solchen Sachen ein bißchen wählerischer sind.

Hast du dir gedacht, daß er aus einem solchen Dreck kommt? Ja, sieh mich nur an, als wär' ich ein Ungeheuer. Aber sei dir vor allem darüber klar, daß keiner von uns besser ist ...

Schön, ich habe Liebhaber gehabt, angefangen mit einem Freund von Papa ...«

»Sei still, sei bloß still.«

»Es kommt noch besser ... Ich habe auch mit dem Grafen d'Estier geschlafen, denk nur ...«

Rot vor Wut sprang er auf.

»Corine!«

»Was hast du? Setz dich hin! ... Hampel nicht so rum! ... Glaubst du, das war deinem Vater peinlich, ausgerechnet ihm? Mit den meisten seiner Stenotypistinnen hat er geschlafen, und manchmal hat sich das nicht ganz freiwillig ergeben ... Sogar eine von meinen Freundinnen wollte er flachlegen, die war so jung wie ich ...«

»Du lügst!«

»Wie du meinst ... Frag doch Mama oder Tante Jeanne. Frag, wen du willst ... Offenbar lernt man das nicht in der Schule, und du, du siehst das Leben und die Menschen noch durch deine Pennälerbrille ...«

Er war entsetzt. Er starrte sie an. Wenn er sie doch bloß zum Schweigen bringen könnte. Trotzdem hörte er gebannt zu. Irgend etwas hielt ihn in diesem Zimmer fest, vor diesem Mädchen, seiner Schwester, die sich immer wieder mit einem großen Schluck aus der Kognakflasche aufputschte.

»Wir sind nicht mal Parvenüs, denn der wahre Parvenü schwimmt im Geld, und wir haben immer nur Schulden gehabt und sozusagen von unseren Schulden gelebt ...

Und eben deswegen war es so nötig zu blenden ... Das jedenfalls war deines Vaters Ansicht, und dafür war ihm jedes Mittel recht.

Ist unser Haus jemals ein richtiges Zuhause gewesen? Hast du dich je irgendwo wohl gefühlt, außer in deinem Zimmer? Und auch da nicht! ... Als Bett haben sie dir eine Art Katafalk hineingestellt, bloß weil da Wappen dran waren.

Ich hab' mich immer gefragt, warum unser Vater Mamas Launen ertrug, warum er sich nicht einfach hat scheiden lassen, und ich glaube, ich weiß jetzt den Grund: Zunächst, weil sie die Frau eines Abgeordneten gewesen war, eines Mannes, der eine Weile Minister war und es eines Tages wieder werden konnte... Und – das ist wohl das wichtigste – weil er sie brauchte, denn er kannte sich nicht so richtig aus, wie man sich benimmt und was sich gehört, während sie bereits vorher ein großes Haus geführt hatte und mit allem Bescheid wußte, was dazu nötig war.

Aber deshalb sind wir doch nur die Enkel unseres Großvaters. Wir haben mit den Menschen um uns herum nichts gemein und von denen nichts zu erwarten, merk dir das. Sie hassen und verachten uns. Und darum laß ich mir von einer Frau wie Schnuckelchen nicht den Marsch blasen...

Ich habe ihr auch gesteckt, daß ich was habe, was ihr fehlt...«

Beinahe hätte sie eine obszöne Geste gemacht, deutete sie aber nur an.

»Das werd' ich ausspielen, und ich werde gewinnen. Eines Tages bin ich Fabiens Frau, du wirst schon sehen! Und werde überall empfangen, und was sie hinter meinem Rücken tuscheln, ist mir dann schnuppe.

Weißt du, was die Gräfin d'Estier war, bevor sie Gräfin wurde? Sie hat im ›Casino de Paris‹ Arsch und Titten geschwenkt. Übrigens hat d'Estier sicher deswegen Geld in Papas Geschäfte gesteckt, damit Papa nicht in den Zeitungen anfängt, in Erinnerungen zu schwelgen...

Aber heute ist sie Gräfin ...

Kapierst du allmählich?«

Er antwortete nicht. Ihm schwirrte der Kopf. Im Zimmer roch es nach Zigarettenrauch und Kognak. Ein paarmal kam es ihm vor, als habe er selber getrunken. Von Zeit zu Zeit blieb sein Blick an Millets *Angelus* hängen, und die Menschen, die da auf einem Anger standen und die Hände zum Gebet gefaltet hatten, schienen ihm wie von einer anderen Welt.

Er fühlte sich von Finsternis umgeben, als gäbe es außerhalb dieses weißgekalkten Zimmers nur Dunkelheit, Kälte und Schneematsch.

Er war sich selbst zuwider, weil er nicht aufsprang und seinen Vater gegen dieses Mädchen verteidigte, das da auf dem Bett lag und nach den ordinärsten und boshaftesten Worten, nach den abstoßendsten Bildern suchte.

»Sei doch endlich still, Corine«, bettelte er.

»Red erst wieder mit mir, wenn du die Papiere aus dem Koffer gelesen hast.«

»Wieso hast du sie lesen können?«

»Weil ich ihn einmal aufgemacht hab', als Papa nicht da war.«

»Du hast also in seinen Sachen herumgeschnüffelt?«

»Warum nicht?«

Er starrte sie entsetzt an. Er konnte es nicht fassen, daß er neben ihr hergelebt hatte, ohne auch nur zu ahnen, was für ein Mensch sie war.

»Mama hat natürlich auch gelogen, und wenn sie so unbeschwert nach Paris gefahren ist, dann, weil sie den größten Teil der Juwelen dabei hatte. Sie hätte nie eingewilligt, daß der Schmuck verkauft wird! Dazu kenne ich sie viel zu gut. Den hat sie mit Klauen und Zähnen verteidigt. Ich hab' gehört, wie dein Vater sie manchmal angefleht hat, ihn wenigstens einen Teil davon versetzen zu lassen, um sich aus einer Klemme zu ziehen ...

›Und was wird dann aus mir, wenn dir was zustößt?‹ erwiderte sie dann. ›Und aus den Kindern?‹

Und dabei hat sie uns doch ganz schön sitzenlassen ...

Sie haben einander beide beschissen, das ist auch noch was, was du nicht weißt. Jeder versuchte für sich, sein Schäfchen ins trockene zu bringen ...

Brauchst doch deshalb nicht heulen!«

»Ich heule nicht.«

Ein aufkommender Schnupfen rötete ihm die Augen und kitzelte ihn in der Nase.

Die Flasche war leer, und Corine wollte ihren Bruder schon bitten, von unten eine neue zu holen. Doch im Haus war kein Laut mehr zu hören. Es war schon spät. Nur dann und wann hörte man Schritte auf der Straße.

»Tu, was du willst, werd' Federfuchser wie dein Bruder, wenn es dir Spaß macht ... Ich jedenfalls mache, was ich will, laß dir das bloß gesagt sein!

Vielleicht habe ich das meiste von unserem Vater geerbt.

Sein ganzes Leben lang hat er sich gegen dieses Pack gewehrt ... Und wäre er gesund geblieben, hätte er nicht erfahren, daß er todkrank war, er hätte weitergemacht ...

Weißt du, was er meiner Meinung nach bei d'Estier

wollte? Genug Geld, um in einer Klinik ruhig sterben zu können ...«

»Das ist nicht wahr ...«

»Wie du meinst ... Ich bin davon überzeugt ... Und wie er dann gemerkt hat, daß auch das nicht mehr geht ...«

»Sei still, Corine! ...«

Am liebsten hätte er sie geschlagen. Alles, woran er glaubte, hatte sie in den Schmutz getreten.

Joseph Bourgues kam ihm in den Sinn, der so ganz anders gesprochen hatte.

Von ihrem nächtlichen Spaziergang auf der Landstraße hinter La Genette war er gestärkt zurückgekommen mit dem Gefühl, jetzt ein Mann zu sein.

Aber hatten Bourgues und Corine nicht fast dasselbe gesagt, nur mit anderen Worten?

Corine war voller Haß. Sie hatte ihren Haß ausgespien und Alain so damit beschmutzt, daß ihm übel war.

Weder er noch sie achteten auf die Uhrzeit.

»Sogar seine Krankheit ...« fuhr sie fort. Am liebsten hätte er sie mit Gewalt zum Schweigen gebracht, so sehr fürchtete er, was jetzt noch kommen konnte.

»Du wirst mir sicher nicht glauben, aber ich weiß, was ich sage, ich habe lange mit Paul darüber gesprochen. Sein Krebs ...«

Er riß den Mund zu einem Nein auf, denn er ahnte es schon.

»Den hatte er von einer verschleppten Syphilis ...«

Er schloß die Augen und wurde starr. Für ihn war dieses Wort der Gipfel des Grauens.

»Du brauchst wegen dir selber keine Angst zu

haben... Ich habe mich erkundigt... Ich hab' noch mehr getan... Ich hab' mir Blut abzapfen lassen, und mein Wassermann war negativ... Das lag schon lange zurück. Wahrscheinlich hatte er das von seiner ersten Frau. Und, wo du nach mir geboren bist...«

Diesmal weinte er. Ein Wort hatte genügt, ein Wort, das ihn fortan sein ganzes Leben lang verfolgen würde. Er hing über der Sessellehne und schluchzte mit dem Kopf in der Armbeuge.

»Du bist genauso blöd wie die andern!... Alles andere hast du geschluckt, und das war doch genauso schlimm... Und jetzt, nach diesem nichtssagenden Wort...«

»Sei still!«

Er hatte das mit aller Kraft hinausgeschrien. Mit verheultem Gesicht und verzerrtem Mund stand er vor ihr und ballte die Fäuste. Hätte er etwas in der Hand gehabt, er hätte damit auf das Mädchen eingeschlagen, sie vielleicht sogar umgebracht!

»Sei still, hörst du? Sonst weiß ich nicht mehr, was ich tue.«

Und mit seinem Gesicht dicht an ihrem, die Fäuste immer noch geballt, röchelte er, ohne richtig Luft holen zu können:

»Du bist *eine... eine... eine...*«

Sie blies ihm ihren alkohol- und nikotingeschwängerten Atem ins Gesicht. Sie war schön, und sie wußte es. Aber für ihn nicht. Er haßte dieses Gesicht mit den fleischigen Lippen, den bebenden Nüstern, den blitzenden Augen.

»*Eine Hure!...*« vollendete sie lachend seinen Satz.

»Und genau das hat mich Schnuckelchen vorhin auch geschimpft... Und jetzt auch noch du, der junge Malou, sein Sohn.«

Sie lachte schallend, aus vollem Hals, konnte nicht mehr aufhören.

Er drohte:

»Sei still!«

Aber sie lachte weiter dieses Lachen, das ihn fast zum Wahnsinn trieb. Sie war nicht mehr seine Schwester, auch keine Frau mehr, die lachte, sondern ein Weibchen, ein gemeines Weibchen, das soeben spielerisch, aus Haß, aus Ekel alles in den Dreck gezogen hatte, was Alain auf der Welt noch heilig war.

»Sei still!«

Er mußte sie einfach beruhigen. Und ein drittes Mal, fast bettelnd angesichts dieses Lachens, das nicht mehr enden wollte, hysterisch wurde, dieses schwellenden Halses, dieser milchweißen Haut der Brüste, die ihr aus dem Hemd quollen:

»Sei endlich still...«

Da pochte es an die Tür, und er erstarrte. Das Gelächter brach ab, so abrupt, daß im Zimmer eine große Leere entstand. Er schluckte, fand aber seine natürliche Stimme nicht gleich wieder. Erneut wurde geklopft, diskret, aber zugleich gebieterisch.

»Wer ist da?« brachte er schließlich heraus und fuhr sich dabei mit der Hand durchs Haar.

»Machen Sie auf! Ich bin es, Mélanie...«

Er zögerte kurz. Es schien ihm, als bedeute ihm seine Schwester, nicht aufzumachen, doch die Stimme der Wirtin war so zwingend, daß er unwillkürlich gehorchte. Er schob den schmalen Riegel zurück, der wie die Tür grün gestrichen war. Mélanie marschierte energisch zur Tür herein und bemerkte:

»Das ist vielleicht ein Mief hier...«

Sie warf nur einen kurzen Blick zum Bett hin.

»Wissen Sie nicht, daß es nach zwei Uhr nachts ist und Sie das ganze Haus vom Schlafen abhalten?«

»Entschuldigen Sie bitte«, stotterte er.

»Los! Kommen Sie mit!«

Hinterher staunte er, wie sanftmütig er sich gefügt hatte. Er sah seine Schwester nicht an. Er vergaß, seinen Mantel und Hut mitzunehmen. Er folgte der dicken Frau in den Flur und fand es ganz natürlich, daß sie noch angezogen war.

Hatte sie sich extra angezogen, weil sie nicht zu den Frauen gehörte, die sich vor Fremden im Nachthemd zeigen? Oder war sie bis jetzt aufgeblieben? Hatte sie draußen gehorcht?

Sie klinkte die Tür zu Zimmer 13 auf, nachdem sie die Tür zu Corines Zimmer geschlossen hatte, und knipste auch das Licht für ihn an.

»Sie legen sich jetzt sofort schlafen...«

Ihre Stimme klang streng, aber nicht böse. Sie sprach zu ihm wie zu einem Kind.

»Und Sie tun mir jetzt die Liebe und schlafen, mein kleiner Monsieur! Die nebenan aber zieht morgen hier aus, ob es Ihnen paßt oder nicht.«

Sie blickte sich um, um sich zu vergewissern, daß es ihm an nichts fehlte.

»Soll ich Ihnen etwas zu trinken heraufbringen?«

»Nein danke.«

Er war mit seinen Nerven am Ende. Seine Glieder, sein Kopf waren wie taub. Er blieb mitten im Zimmer stehen, wußte weder, wo er war, noch, was er jetzt tun sollte.

Doch weinte er auch nicht mehr. Aber er hatte noch einen salzigen Geschmack auf den Lippen, und die Stirn war ihm heiß, seine Hände glühten.

»Sie schließen jetzt ab, sobald ich draußen bin, und wenn sie zu Ihnen ins Zimmer will, machen Sie bloß nicht auf...«

Er versprach es kopfnickend.

»Schlafen Sie gut. Schlafen Sie, so lange Sie wollen. Leider habe ich keine Schlaftablette für Sie...«

Sie wollte noch immer nicht gehen. Vielleicht wollte sie ihm in einer ermutigenden Geste die Hände auf die Schulter legen oder sogar – wo sie doch nie Kinder gehabt hatte – diesen großen mageren und linkischen Jüngling an ihre weiche Brust drücken? Beim Hinausgehen sagte sie noch einmal:

»Schlafen Sie gut.«

Hinter der Zimmerwand hörte er, wie seine Schwester aufstand und sich dann wieder hinlegte. Er hörte das Klicken des Lichtschalters.

Als er im Bett lag, fiel sein Blick auf den grünen Koffer. Am liebsten wäre er aufgestanden und hätte ihn geöffnet. Doch war er zu müde. In seinem Kopf drehte sich alles. Ihm schien, als brüte er eine schwere Krankheit aus, und war darob fast erleichtert. Denn dann würde er sich mit nichts mehr befassen müssen. Andere würden für ihn Verantwortung übernehmen. Er wäre gern lange krank gewesen, in einem hellen Zimmer mit einer Krankenschwester, die ihm das Sprechen verbot und ihm von Zeit zu Zeit Brühe oder Arznei einflößte.

Seine Lippen schwollen an. Er kam sich in dieser Nacht vor wie ein kleines Kind und unbewußt drückte er sein Kopfkissen an sich, wie ein lebendiges Wesen, wie einen erwachsenen Menschen, der ihm die Last des Daseins von den Schultern nahm.

Als sie nur noch seine regelmäßigen Atemzüge hörte, schlich sich Mélanie, die im Flur stehengeblieben war, auf Zehenspitzen davon. Sie konnte es sich nicht verkneifen, beim Vorbeigehen an der Tür nebenan die Zunge herauszustrecken.

9

Alain hatte nicht daran gedacht, daß Samstag war. Er fand die Haustür weit offen und Madame Foucret in Holzschuhen und einer großen blauen Leinenschürze über einem rosa Unterrock beim Großreinemachen. Verlegen richtete sie sich auf, und ihre Hände fuhren unwillkürlich zu den Lockenwicklern in ihrem Haar.

»Sie müssen schon entschuldigen, Monsieur Alain …«

Das Wetter war wieder umgeschlagen. Heute morgen schien die Sonne, aber nachts hatte es Frost gegeben, und der Boden war hart, die Erde überfroren. Warum sah ihn die Frau so an? Weil seine lange Gestalt im Gegenlicht übergroß erschien? Sie öffnete den Mund, als wollte sie etwas sagen. Hatte er sich so sehr verändert? Er wußte ganz gut, daß sich in ihm ein Wandel vollzogen hatte, er spürte ihn selbst bis in den Rhythmus seiner Schritte hinein, doch hatte er nicht gewußt, daß diese Veränderung auch anderen auffiel.

»Kommen Sie rein, ich wische Ihnen ein Plätzchen trocken.«

Sie wrang ihren Feudel über dem Eimer aus.

»Foucret ist mit dem Fahrrad nach Jamilly gefahren, drei Kilometer von hier. Er will seine Gummistiefel reparieren lassen … Morgen früh wollen sie im Bois des Ormeaux auf Kaninchen jagen.«

Konnte sie sich nicht denken, daß er diesmal nicht zu ihrem Mann gekommen war?

»Kommen Sie erst mal rein und trinken sie einen Schluck ... Monsieur Joseph angelt unten am Abhang, nicht weit von den drei Eichen. Dort sitzt er immer.«

»Dann finde ich ihn schon«, sagte er.

»Wollen Sie nicht ein Gläschen Wein oder was Warmes trinken? Soll ich Ihnen einen Kaffee machen?«

Am Sonntag zuvor hätte er nachgegeben, um ihr eine Freude zu machen oder weil er sich nicht getraut hätte, nein zu sagen. Heute aber sagte er ruhig, aber bestimmt:

»Haben Sie vielen Dank. Auf dem Rückweg werde ich Ihren Mann noch begrüßen.«

In den zwei Tagen, die er im Bett gelegen hatte, war er sicher nicht magerer geworden. Mager war er schon immer gewesen. Er war nicht mal krank gewesen. Bloß ein Schnupfen, der ihm eine laufende Nase bescherte, und tränende Augen. Fast wie verabredet hatten Mélanie und er Krankenschwester und Patient gespielt. Als er gegen Mittag aufgewacht war, mußte sie unten darauf gehorcht haben, denn sie war sofort heraufgekommen.

»Keine Aufregung, mein kleiner Monsieur«, hatte sie verkündet. »Sie ist fort. Strecken Sie mal die Zunge raus ... Du lieber Gott, sie glühen ja förmlich!«

Das Bettzeug war durchgeschwitzt, auch das Kissen und sein Schlafanzug.

»Wußte ich doch, daß da was im Anzug ist. Aber wir pflegen Sie schon, und dann ist bald alles überstanden. Olga, bring frische Leintücher und einen Kopfkissenbezug ...«

Als wollte sie ihn auf andere Gedanken bringen, hatte

sie ihn gepflegt, verhätschelt. Sie brachte ihm mal ein Täßchen Brühe, dann einen Eierpudding, dann heißen Zitronentee. Doch wußte sie so gut wie er, daß er nicht krank war, daß ihn das alles einfach nur ablenken sollte.

Trotzdem hatte er sich heute morgen ein bißchen schwach gefühlt. In der Straßenbahn nach La Genette hatte er ein paarmal fliegende Hitze verspürt und hatte sich dann etwas taprig die Landstraße entlang geschleppt, die ihm noch länger vorgekommen war als vorigen Sonntag.

Er ging jetzt durch die Alleen der Siedlung. In der Ferne sah er mitten im Wasserbecken den Sockel, der da aufragte und noch immer der Büste seines Vaters harrte.

Mühelos fand er die drei Eichen; am Fuß des Hügels schlug er einen Pfad ein, der im Zickzack zum Fluß hinunterführte. Doch zu seiner Überraschung, ja Bestürzung war Joseph Bourgues nirgends zu sehen. Er trat ein paar Schritte nach links, konnte von da die Uferböschung ziemlich weit einsehen, aber da war kein Angler. Er drehte sich um, und da sah er den Gesuchten auf einem flachen Stein unter einer Trauerweide sitzen, die Angelschnur in der Hand und den Blick starr auf einen winzigen roten Schwimmer geheftet, der in der spiegelglatten Wasserfläche zu stecken schien.

Bourgues hatte ihn nicht kommen hören. Reglos und stumm saß er da, und ringsum herrschte eine Totenstille, die Alain als bedrückend empfand.

Von der Zigarette, die dem ehemaligen Bagnosträfling zwischen den Lippen klebte und fast sein Kinn berührte, kräuselte ein dünner Rauchfaden in die windstille Luft. Bisweilen legte er den Kopf schief, gewiß um den Schwimmer besser zu beobachten, bereit, beim Anbiß sofort den Haken hochzureißen.

Joseph rührte sich erst, als Alain bis auf ein paar Meter an ihn herangekommen war. Aber er stand nicht auf, sondern nickte nur und murmelte:

»Sie sind's?«

»Duzen Sie mich nicht mehr?«

»Richtig. Entschuldige bitte, Alain. Setz dich. Ein bißchen weiter oben ist noch ein Stein.«

Auch zwischen ihnen hatte sich etwas verändert. Noch vor sechs Tagen war ein reifer, fast schon alter Mann mit einem Kind die Landstraße entlanggegangen.

Heute konnte von Kind nicht die Rede sein. Alain hatte es nicht eilig. Er sprach nicht, stellte nicht die Fragen, die er sich vorgenommen hatte. Auch er hockte unbeweglich auf seinem Stein, die Arme um seine angezogenen Beine geschlungen, starrte auf das Wasser und sah ab und zu kurz zu seinem Gefährten hinüber.

»Ich hab' die Papiere von meinem Vater gelesen«, sagte er schließlich.

»So!«

Joseph Bourgues wartete ab, vermied jeden Blick zu ihm hin. Vorsichtig holte er die Angelschnur ein und spießte mit bedächtiger Sorgfalt einen neuen Köder auf den Haken.

»Ich habe dabei ein Foto von meinem Großvater gefunden.«

In einer alten Brieftasche, die nur Fotos, vergilbte Papiere mit brüchigen Knicken enthielt. Ein Foto von einer Plattenkamera, vermutlich auf einem Jahrmarkt aufgenommen. Die Gesichtszüge waren halb verwischt.

Man sah einen Mann mit dichtem, struppigem weißem Haar, buschigen Augenbrauen über schmalen Augenschlitzen, einer Knollennase und einem Schnauzbart, der den Mund halb verdeckte.

Das verblüffendste war der wilde und zugleich abwartend mißtrauische Blick, mit dem der Großvater ins Objektiv sah. Wie hatte man ihn überredet, sich dem Apparat zu stellen und stillzuhalten? Es behagte ihm sichtlich nicht. Er saß da, um jemandem zu Gefallen zu sein, blickte aber mürrisch auf das dunkle Tuch, unter dem sich der Fotograf verkrochen hatte.

Die Brieftasche enthielt noch andere Fotografien, unter anderem ein Bild des sechzehn- oder siebzehnjährigen Eugène Malou, das ihn mit einer Göre zeigte, mit seitlich glattgescheiteltem Haar, das durch ein Stirnband gehalten wurde.

»Auf dem Hintergrund ist ein Flugzeug aufgemalt, nicht wahr?« ließ sich Joseph Bourgues vernehmen. »Dann kenne ich es. Wir waren zusammen auf der Kirmes in Aubagne. Ich hatte auch ein Mädchen dabei, aber ich weiß nicht mehr, wie die beiden geheißen haben.«

Ferner ein Foto von Eugène Malou als Rekrut, zusammen mit Kameraden.

»Auf dem Bild bin ich nicht, weil ich einen Jahrgang älter bin als dein Vater.«

Dann ein forscher junger Mann, besser gekleidet, mit stolzem Blick: Malou in Paris.

Die beiden Männer hatten es mit dem Reden beide nicht eilig. Ein Rotauge zappelte am Ende der Angelschnur. Als Bourgues es in den grünen Blecheimer warf, spritzte ein wenig Wasser heraus.

»War mein Vater ein unredlicher Mann?«

Endlich war die Frage gestellt, ruhig, in sachlichem Ton. Um sie herum herrschte noch immer winterliche Morgenstille. Dann und wann fiel eine faule Eichel von einem Baum, oder ein Kaninchen raschelte im trockenen Laub.

»Hör gut zu, was ich dir sage, Alain ...«

Er machte eine Pause, um dem folgenden mehr Nachdruck zu verleihen.

»Dein Vater war ein Mensch. Und glaub mir, das findet man seltener als einen redlichen Mann. Eines Tages wirst du mir recht geben.«

Das war sehr allgemein gesprochen, und trotzdem meinte Alain, verstanden zu haben.

»Ein Mensch, siehst du ... Erklären kann man das leider nicht, man muß es fühlen ...«

»Ja ...« sagte der Junge überzeugt.

»Redlich kann jeder sein, sogar, ohne es zu wollen. Sehr viele sind es bloß deshalb, weil sie Schiß haben oder zu schlapp sind, oder nicht gesund. Andere wiederum sind es, weil sie von vornherein als Kinder redlicher Leute zur Welt kamen und ihnen nie etwas anderes eingefallen ist. Bin ich vielleicht ein redlicher Mensch?«

»Ich glaube schon.«

»Da siehst du's! Und dein Vater war hundertmal mehr wert als ich! Du hast die Fotografie seines Vaters gesehen, aber keine von seiner Mutter. Aber seine Mutter hat ihn aufgezogen. Im Dorf hieß sie immer nur die Irre. Du weißt doch, jedes Dorf hat seinen Idioten oder seine Irre. Dort spielte deine Großmutter diese Rolle. Ein Bett hat sie ihr Lebtag nicht gekannt; sie schlief zu ebener Erde auf einem Lumpenhaufen. Was die Männer nicht davon abgehalten hat, zu ihr zu kommen, wenn sie einen zuviel hinter die Binde gegossen hatten. Manchmal gruppenweise! Das war dann besonders lustig!

Und weißt du, weshalb dein Großvater in der ganzen Gegend so berüchtigt war? Weil er Krähen aß, Ringelnattern und lauter so stinkendes Kroppzeug.

Daß das Kind der Irren von ihm war, wollte er erst nicht glauben.

Den Beweis bekam er erst viel später, als er den Jungen einmal genauer angesehen hatte. Da war Eugène schon zwölf. Der Alte entdeckte bei ihm einen stecknadelkopfgroßen Fleck in der linken Pupille. Er hatte genau den gleichen Fleck an derselben Stelle.

Da hat er den Jungen zu sich genommen.

Und dieser Junge ist ganz aus eigener Kraft dein Vater geworden, hatte sein Haus, Diener, Autos, beschäftigte viele Arbeiter, und viele hochgestellte Persönlichkeiten waren bei ihm zu Gast.«

Bourgues beobachtete den jungen Mann verstohlen, doch war unmöglich zu erraten, was Alain dachte. Tatsächlich überlagerten sich bei ihm die Aussagen des früheren Bagnosträflings mit denen seiner Schwester. Es war wie ein zweistimmiges Musikstück, dessen melodischem Doppelklang er ohne Erregung andächtig lauschte.

Er war froh, daß er Joseph am Wasser aufgesucht hatte, denn in einem Haus wäre dieses Gespräch viel schwieriger gewesen. Auch war er seinem Gefährten dankbar, daß er weiterangelte. Bourgues trug eine Lederweste und eine Mütze mit Lackschirm, wie sie die

Eisenbahner haben, und um den Hals einen dicken Schal. Von Zeit zu Zeit beugte er sich vor und warf dicht bei seinem Schwimmer ein Lehmkügelchen ins Wasser, in das er Hanfsamen geknetet hatte.

In Alains Kopf waren die Fragen nach ihrer Wichtigkeit geordnet.

»Stimmt es, daß er mit Erpressungen angefangen hat?«

Bis auf ein leichtes Zittern blieb sein Gefährte reglos sitzen und vermied es, ihn anzusehen.

»Sieh mal, Alain, ich bin jetzt achtundfünfzig. Ein Jahr meines Lebens hab' ich im Zuchthaus und zwei Jahre im Bagno zugebracht. Ich hab' in Havanna im Exil gelebt und alle möglichen Leute kennengelernt. Da fällt es einem schwer, Menschen und Dinge über einen Kamm zu scheren.«

»Ich glaube, ich verstehe schon ...«

»Es gibt unredliche Leute und redliche Leute. Vor allem aber trifft man, wenn man auf der sogenannten sozialen Leiter ein bißchen klettert, immer auch auf scheinredliche Leute oder, wenn du so willst, redliche Leute, die heimlich Lumpereien machen. Als dein Vater seinen Lebensunterhalt noch mit Artikeln für diese Schmierblättchen verdiente, hat er solche Leute kennengelernt. Sein Herausgeber und seine Mitredakteure wußten, wie man die Leute bluten läßt. Anstatt Enthüllungen zu drucken oder auch mal fünfe gerade sein zu lassen, haben sie sich ihr Schweigen teuer bezahlen lassen.«

Ein Schatten glitt über Alains Gesicht, der mit geschlossenen Augen dasaß.

»Vergiß nicht, wo Eugène herkommt. Hast du schon mal gehungert? Hast du dich schon mal mitten in der Nacht in einer Stadt herumgetrieben, ohne einen Centime in der Tasche, ohne Schlafplatz, außer dem Trottoir? Es gibt viele rührselige Geschichten über das Thema. Aber sie sind nicht von Leuten geschrieben worden, die sie erlebt haben. Denn die haben nur noch einen Gedanken, einen einzigen, hörst du«, seine Stimme wurde heiser, »nie wieder so tief zu sinken.

Denn wer so weit unten ist, dem reicht keiner mehr die Hand. Die Leute gehen vorbei, wohlgenährt, gut gekleidet, die Taschen voller Geld, und keiner denkt auch nur daran, sich zu dir zu bücken.«

Er schwieg. Auch Alain schwieg. Dann schneuzte er sich. Ein paar Minuten später nahm Joseph mit normaler Stimme den Faden wieder auf.

»Zu der Zeit gab es in Paris Leute, die so viel Geld verdienten, Geld wie Heu, daß sie nicht mehr wußten, was sie damit anfangen sollten, und ihren ganzen Stolz darein setzten, im Kasino von Deauville an einem einzigen Abend Millionen zu verspielen.«

»Die Gesellschaft für Humanen Städtebau?« fragte Alain, der die Papiere aus dem grünen Koffer gelesen hatte.

»Durch Bestechung der Stadträte und hochgestellter Persönlichkeiten und durch manipulierte Ausschreibungen hatten die es geschafft, Bauaufträge von der Pariser Stadtverwaltung nicht bloß für ein paar Häuser, sondern für ganze Stadtviertel zu ergattern.

Ich war damals in Guyana. Keine Ahnung, wie dein Vater die Dokumente in die Finger bekommen hat.

Eine Pressekampagne hätte zu nichts geführt, im übrigen hätte sich keine Zeitung darauf eingelassen. Kein Abgeordneter hätte gewagt, den Skandal vors Parlament zu bringen. Weil nämlich Dutzende geschmiert worden waren ...

Seelenruhig ist dein Vater mit seinem Papier in der Tasche hingegangen und hat von der Gesellschaft verlangt, ihn als Werbeleiter einzustellen.

Ohne die Dokumente hätten sie ihn hinausgelacht. Aber er hatte sie. Beiläufig hat er eine Kopie auf den Schreibtisch gelegt. Die haben sofort kapiert, und er bekam den Posten.

So hat er sein erstes Geld verdient, mit dem er dann die Geschichte in Bordeaux aufziehen konnte.«

»Ich verstehe.«

»Andere, die genauso angefangen haben wie er, haben es viel weiter gebracht. Der erste Mann deiner Mutter ist Minister geworden und wird es wahrscheinlich bald wieder.«

»Wart ihr nicht Freidenker?«

»So merkwürdig dir das klingen mag, aber was ich dir sage, ist die reine Wahrheit. Ich bin immer noch Freidenker. Auch dein Vater ist immer einer geblieben. Bloß, das kann ich dir nicht erklären.

So etwas hat man in sich und wird es sein Lebtag nicht mehr los.

Klar lacht man über uns und behauptet:

›Sobald sie den Bauch voll und ein Bankkonto haben, sind sie schlimmer als Kleinbürger!‹

Aber das stimmt nicht, Alain ...

Das beweist allein schon die Tatsache, daß dein Vater

tot ist und sein Haus und seine Möbel am Montag versteigert werden, während der Graf d'Estier sich weiter bereichert...«

Immer noch diese zweistimmige Melodie. Die Stimme Corines, schrill, abgehackt, leidenschaftlich und voller Haß; Bourgues' eintönig und ruhig, dahinströmend wie der Fluß...

Alain hatte auch die Briefe gesehen, vor allem einen von der Gesellschaft für Humanen Städtebau, den er jetzt auswendig kannte und der ihn immer noch erröten ließ.

›*Werter Freund,*
ich habe Ihre letzten Mitteilungen und Telegramme erhalten. Ich konnte nicht früher antworten, weil ich in Urlaub war. Ich habe volles Verständnis für Ihre derzeitigen Schwierigkeiten, kann Ihnen aber zu meinem großen Bedauern nicht nochmals ermöglichen, sie zu beheben.

Zu der Sache, an die Sie mich erinnern, darf ich Ihnen mitteilen, daß inzwischen ein paar Jahre ins Land gegangen sind und sich jeder nur lächerlich machen würde, der sie jetzt wieder aufs Tapet bringen wollte. Unser Aufsichtsratsvorsitzender, General B..., ist im übrigen entschlossen, in Zukunft alles, was mit Machenschaften des früheren Aufsichtsrats zu tun hat, vor Gericht anhängig zu machen.

In der Hoffnung, daß Sie anderweitig die Mittel finden werden, sich aus dieser Verlegenheit zu ziehen, verbleibe ich mit freundlichen Grüßen...‹

Hatte der ihm den Tritt in den Hintern gegeben, von dem Corine gesprochen hatte?

»Manche Leute lieben das Geld um des Geldes willen, und andere nicht«, sprach Bourgues bedächtig weiter. »Eugène hatte so wenig dafür übrig, daß er es mit vollen Händen zum Fenster hinauswarf, es manchmal auf lächerliche Weise an den Erstbesten verteilte. Frag François Foucret, frag die Tochter der Posthalterin, die vier Jahre auf seine Kosten in die Schweiz durfte.«

Alain, der an Corines Tiraden dachte, hätte gern gefragt: »Weil sie seine Geliebte war?«

Aber diese Frage war wohl bei diesem Gesprächspartner kaum angebracht. Hier am Fluß, auf dem der kleine rote Korken hüpfte, hatten Worte, die in Corines Mund so schmutzig und demütigend gewesen waren, gleichsam rein und sauber geklungen.

»Hundert andere verdanken ihm, was sie heute sind, weil er gegen seine Gutmütigkeit einfach nicht ankonnte. Wenn es nach ihm gegangen wäre, wäre jeder glücklich gewesen, nur natürlich die Lumpen nicht, die Feiglinge, die ...«

Kurz, die anderen! Ja, Alain verstand allmählich. ›Die anderen‹ gewannen Kontur.

»Er wollte einfach nicht mehr arm sein. Im Mittelmaß wollte er auch nicht vegetieren, dafür hatte er zu weit unten angefangen. Genau hier liegt vielleicht die Wahrheit. Je tiefer unten man anfängt, desto höher muß man hinauf, koste es, was es wolle! Und doch hätte er lieber wie sein eigener Vater in einer Hütte am Rand eines Steinbruchs gelebt, von gebratenen Krähen, als so zu enden wie dein Bruder Edgar.

Er wollte alles oder nichts, eben weil er Eugène Malou war.

Er wollte Malouville und sein eigenes Denkmal. An seinem Tisch sollten Leute sitzen, die ums Verrecken nicht drauf gekommen wären, daß sie da mit dem Sohn einer Irren wie mit ihresgleichen verkehrten.

Er wollte immer höher hinauf, immer höher hinaus.

Dabei ging es ihm letztendlich nicht darum, sondern um die Anstrengung, die damit verbunden war.

Das habe ich gemeint, als ich sagte, daß Eugène ein Mensch war. Und wenn man ihm prophezeit hätte, daß er so elend krepieren würde, er hätte auch nicht anders gehandelt, weil er nicht anders konnte. Keine Anstrengung war ihm zu groß, und er scheute vor nichts zurück.

Er glaubte an sich, und er war damit ganz auf sich allein gestellt. Nie hatte er jemanden, auf den er sich stützen konnte, außer vielleicht kleine Leute, außer manche von denen – keineswegs alle –, die von seiner Großmut lebten. Er hatte keinen Menschen, der ihn bewunderte und an ihn glaubte.

Er mußte euren ganzen Haushalt huckepack tragen. Er mußte jeden neuen Tag soundsoviel Geld für deine Mutter, deine Schwester, für die Dienerschaft auftreiben.

Dieses Geld hat er stets aufgetrieben, jahrelang, er, der kleine Malou, der nicht mal eine einwandfreie Geburtsurkunde hatte ...

Und umsonst hat er's nie gekriegt, wie du dir denken kannst. Es ist schon schwer, Leuten Geld aus der Tasche zu locken, und noch schwerer bei denen, deren Taschen und Tresore voll davon sind.

Denen muß man immer noch mehr Geld versprechen. Und in Versprechungen war Eugène unschlagbar. Von uns beiden hat er den meisten Indischen Heilkräutertee verkauft; ich habe erlebt, wie er einem alten Priester mit Hämorrhoiden allein zehn Packungen andrehte und gleich anschließend auch seiner Köchin noch welche, die Heuschnupfen hatte ...«

Hatte Alain da gelächelt? Sein Gesicht hatte sich entspannt. Er hatte kurz mal die Beine von sich gestreckt. Fast hätte er wie ein Kind, dem man eine schöne Geschichte erzählt, gebettelt: ›Und dann?‹

Sie waren weit von allem entfernt, aber nicht mehr wie bei Corine zwischen vier Zimmerwänden mit schwarzer Nacht ringsum. Hier hatten sie den Fluß und das Schilf, die vom Winde kahlen und schwermütigen Bäume und ein paar Vögel, die auf den gefrorenen Blättern herumhüpften, die braunrot die Erde bedeckten.

»Ich hab' die Prospekte gelesen ...«

Bourgues blickte zur Böschung hinter ihnen, die Malouville und seine hellen Häuser verdeckte.

»Viele haben früher gelacht und tun es heute noch. Man hat Eugène einen Scharlatan genannt. Trotzdem wette ich, daß Malouville in ein paar Jahren aufblühen wird. Gewiß wird dann ein Sohn des Grafen d'Estier Bürgermeister oder ein anderer von denen, die heute die Zwangsversteigerung betreiben.

Weil Männer wie dein Vater einfach unentbehrlich sind. Nur sie haben den nötigen Weitblick und können die anderen auf Trab bringen. Dieses Gesindel hat derart Angst um sein Geld, daß es nie damit herausrückt, es sei denn, man verspricht ihm zehnfachen Gewinn.

Auch ich habe Zeit gebraucht, um das zu verstehen, und Eugène hat mir dabei geholfen.

Es braucht einfach Leute wie ihn, verstehst du, mit Wut im Bauch, damit etwas Neues entstehen kann.

Eine Zeitlang läßt man sie gewähren, geht ihnen notfalls sogar zur Hand. Bis zu dem Moment, wo man den Eindruck hat, daß man auch ohne sie auskommen kann und den Kuchen nicht mehr zu teilen braucht.

Und da fragst du mich, ob dein Vater ein redlicher Mann war?«

Er warf ein neues Lehmkügelchen mit Hanfsamen neben seine Angel, an der sofort ein Döbel anbiß.

Manche Worte blieben Alain im Kopf haften, als wären sie rot unterstrichen: ›Dein Vater war immer allein auf sich gestellt...‹

Und allein hatte er sie alle auf Händen getragen. Das stimmte wirklich. Alain konnte es bezeugen. Er erinnerte sich, wie sein Vater an manchen Abenden müde und erschöpft heimgekommen war. Seine Stimme hatte noch rauher geklungen, weil er den ganzen Tag geredet hatte. Er sah ihn vor sich, wie er sich in einen Sessel fallen ließ.

Und Alain verstand plötzlich, daß sich Eugène Malou in diesen Augenblicken nach ihrer liebevollen Fürsorge gesehnt hatte: Danach, daß Corine sich hinkniete und ihm die Schuhe aus- und die Pantoffel anzog. Daß seine Frau den Arm um ihn legte und fragte: ›Bist du sehr müde?‹

Alain schämte sich, grämte sich für sich selbst und die andern Mitglieder seiner Familie. Er selber hatte sich meist ohne Grund, vielleicht aus Schüchternheit, vielleicht aus Befangenheit oder Gedankenlosigkeit oder aus Rücksicht auf seine Schularbeiten, mit einem Buch oder Heft auf sein Zimmer verzogen.

Wie viele Male war ihm sein Vater mit dem Blick gefolgt, wenn er so vor ihm flüchtete!

›Du gehst schon?‹

›Ich muß Schulaufgaben machen.‹

Ein gleichgültiger Kuß auf die Stirn, weil man sich nicht traute, gegenüber einem Mann wie ihm Gefühle zu zeigen.

›Geh nur, Sohnemann ...‹

Und Corine brauchte Geld zum Ausgehen. Und ihre Mutter brauchte auch welches, für den Haushalt, für den Schneider, für ihre Schwester Jeanne, für Gottweißwen.

Geld! Immer nur Geld!

Und Eugène zog seine dicke Brieftasche, teilte Scheine aus und versprach: ›Den Rest kriegst du morgen ...‹

Denn morgen war noch ein Tag, noch ein Kampf, und mitunter konnte es vorkommen, daß er völlig ausgepumpt mit offenem Mund in seinem Sessel einschlief.

Und wenn er dann hochfuhr und sich aufraffte, ins Bett zu gehen, war er allein.

›Geld.‹

Sie sollten es haben; sie mußten es haben. Er war der Geldscheißer. Er mußte wittern, wo welches zu holen war. Er mußte was Neues aushecken, damit es in seine Tasche, in ihre Taschen floß.

Kapierst du, Alain?

Und fürsorglich hatte sich Joseph Bourgues erkundigt:

»Wird dir auch nicht kalt?«

Nicht ein einziges Mal hatte er ihn gefragt, was er jetzt tun wollte. Obwohl er doch Bescheid wissen mußte. In Malouville wußte man alles, und die Geschichte mit Corine hatte sich bestimmt schon herumgesprochen.

»Jemand hat mich deinetwegen aufgesucht...«

Das war ganz am Ende ihres Gesprächs gewesen, kurz bevor der ehemalige Bagnosträfling seine Angelschnur aufwickelte, als die Sonne schon hoch am Himmel stand.

»Du kennst ihn vielleicht nicht, aber gesehen hast du ihn bestimmt schon. Es ist Rendon, der Buchhalter.«

»Mein Vater hat seinen Namen öfter erwähnt.«

»Rendon war fünfzehn Jahre bei ihm beschäftigt. Er hat ein schiefes Gesicht, einen scheelen Blick und einen schütteren Hängeschnurrbart. Man könnte glauben, er schielt, aber das kommt daher, daß er sich immer im Profil zeigen will. Rendon, der mich kennt und über alles Bescheid weiß, wollte von mir wissen, ob man sich mit dir wohl einigen kann.

Er hat Geld beiseite gebracht. Er besitzt hier ein paar Häuser und sicher noch andere in der Stadt. Er ist ein gerissener Kerl. Dein Vater brauchte ihn, weil er sich im Handelsgesetzbuch auskennt wie kein zweiter, besonders im Gesellschaftsrecht.

Rendon möchte gern einige der Papiere, die dein Vater hinterlassen hat. Er will dann sozusagen in seine Fußstapfen treten.

Bei ihm geht das wahrscheinlich in die Hose. Er ist extra zu deiner Mutter nach Paris gefahren, und deine Mutter hat ihm gesagt, daß du den grünen Koffer hast.

Er weiß, daß man bei jungen Leuten aufs Ganze gehen

muß, und weil er dich kaum kennt, hat er zuerst hier bei mir vorgefühlt, bevor er sich an dich heranmacht.

Ich habe ihn reden lassen, bis die Katze aus dem Sack war. Du kannst dich mit ihm treffen, wenn dir daran liegt. Er schlägt zwei Alternativen vor. Entweder kauft er dir alle Papiere pauschal ab, und ich glaube, daß er dir einen guten Preis machen wird, oder ihr schließt eine Art Gesellschaftsvertrag und du wirst sein stiller Teilhaber. Er macht dann die Arbeit, und den Gewinn teilt ihr euch ...«

»Was hat mein Vater von ihm gehalten?« fragte Alain nicht ohne eine gewisse Angst.

»Er hielt ihn für das widerlichste aller Kriechtiere.«

»Ich auch.«

Bourgues wiederholte:

»Ich auch.«

Sie sahen einander an und waren auf einmal fast fröhlich.

»Bevor wir zu den Foucrets zurückgehen, muß ich dir noch was Wichtiges sagen. Ich glaube, daß das jetzt der Zeitpunkt ist, obwohl mir dein Vater nicht genau gesagt hat, unter welchen Umständen ich dich ins Bild setzen sollte ...«

Das war ein Vertrauensbeweis von Bourgues, ein bißchen so, als habe Alain seine letzte Prüfung mit Erfolg bestanden.

»Am Abend vor dem Tag, wo im Haus die Pfandsiegel angebracht werden sollten, hat dein Vater drei kleine Gemälde abgehängt.

Mit Gemälden kannte er sich wahrscheinlich nicht aus. Er hat sie gekauft, um den Künstlern Freude zu machen, und auch, damit die Wände nicht kahl waren. Selber hätte er wahrscheinlich lieber Lithographien gehabt. Eines Tages, als er seine Gemälde schätzen ließ, weil er sie beleihen wollte, hat er erfahren, daß nur drei davon wirklich wertvoll sind.

Er hat sie letzte Woche abgehängt. Er hat sie zusammengerollt und zu mir gebracht. Sie liegen unter meinem Bett.

›Ich weiß nicht, was alles passieren kann‹, hat er zu mir gesagt. ›Die andern werden schon zurechtkommen. Die haben bereits vorgesorgt . . .‹

›Meine Mutter‹, dachte Alain.

›. . . Alain ist noch jung. Ich glaube, er ist klüger, als er nach außen zeigt. Vielleicht kriegt er mit so einem Sümmchen den Fuß in den Steigbügel! Du weißt schon, was ich damit sagen will. Er soll nicht wie ich ganz unten anfangen müssen! Wenn er die Bilder in Paris verkauft, kriegt er dafür ein paar hunderttausend Francs.‹ «

Alain hatte nicht geantwortet. Bourgues hatte keine klaren Fragen gestellt und gleichmütig geschlossen:

»Jedenfalls stehen sie zu deiner Verfügung. Jetzt aber gehen wir besser wieder rauf, denn bei Mutter Foucret hat alles seine Ordnung, sie hat es nicht gern, wenn man zu spät zum Essen kommt.«

Alain hatte vieles dazugelernt. Er wußte jetzt, warum er sich letzten Sonntag so leicht gefühlt hatte, als Bourgues mit ihm auf der Landstraße geredet hatte!

Der ehemalige Sträfling redete nicht bloß von sich aus mit ihm. Er war gleichsam ein Bote, den sein Vater vorsorglich für seinen Sohn zurückgelassen hatte, wenn er nicht mehr da wäre.

Hatte Bourgues nicht heute morgen im Gespräch gesagt: ›Er war scheu wie ein Kind‹?

Sein Vater, Eugène Malou, den Corine wie so viele andere einen Abenteurer und ausgekochten Erpresser schimpfte. War das nicht Scheu gewesen, daß sein Vater ihn nie um die Schultern gefaßt und unter vier Augen offen mit ihm gesprochen hatte?

Immer wieder war er doch um seinen Sohn herumgeschlichen, wohl in der Hoffnung, endlich zu erfahren, was sein großer Junge dachte, von dem er so gut wie nichts wußte.

Und dann hatte er einen anderen damit beauftragt, seinen Jungen nach seinem Tod zu beobachten und ihm nötigenfalls zu helfen.

Der Großvater mit dem wilden Schopf hatte Ähnlichkeit mit einem Höhlenmenschen gehabt und am Dorfrand in seiner Steinbruchhütte gehaust. Eugène Malou, gedrungen und vierschrötig, mit seinen unregelmäßigen Gesichtszügen, seinen Basedowaugen, seiner heiseren Stimme, war ein Mensch geblieben, der sich nicht einordnen ließ, nach dem man sich auch dann umdrehte, wenn er im Maßanzug aus seiner Limousine stieg.

Alain, der dritte seines Geschlechts, hatte bereits, ohne Aufsehen zu erregen, die teuerste Oberschule der Stadt besuchen können. Und neben dem Sohn des Grafen d'Estier wirkte er mit seinem schmalen Gesicht und dem ruhigen Blick geradezu wie ein Aristokrat.

Und sein Vater hatte nicht gewagt, mit ihm zu reden!

Sicher aus Angst vor einer Frage, einer ganzen Reihe von Fragen, aus Angst vor jenem Lächeln, das eine

Corine so gut beherrschte und das Malou wieder in die Hütte des Alten zurückverwies, aus Angst vor einem zu harten Urteil und einem schiefen Blick.

Über den anderen, seinen älteren Bruder Edgar, hatte er sich offen lustig gemacht, manchmal war er fast bissig geworden, als sei Edgar nicht sein Fleisch und Blut, habe ihn verraten. Für ihn war er nichts als ein dummer, blökender Hammel, der zufällig unter Wölfen zur Welt gekommen war.

Alain, das war das Mysterium. Alain, das war das dritte Kettenglied, die Zukunft, die der Vater überhaupt nicht kennen konnte, die verhangene Zukunft, der Unbekannte, auf den er bisweilen verstohlen einen angstvollen Blick geworfen hatte.

Alain war die Fortsetzung der Geschichte, deren erste Kapitel Eugène geschrieben hatte und deren Ende noch offen war.

Sie gingen Seite an Seite, der Bote und der junge Mann. Alain hatte angeboten, den Eimer mit den Fischen zu tragen, und sein Gefährte hatte ihn gewähren lassen. Der junge Mann war ihm dankbar dafür.

Es war sehr hell. Die Sonne schien. Kleine Tropfen bildeten sich auf der Reifkruste, die den Boden und die vergilbten Gräser bedeckte.

»Vergiß nie, daß er ein Mensch war ...«

Bourgues hätte beinahe noch etwas hinzugefügt, aber auch er war einer von den Scheuen. Und Alain neben ihm ergänzte stumm für sich: ›Er war ein Mensch, und er hat dich sehr geliebt ...‹

Nur ihn hatte er letztendlich geliebt, weil er der einzige war, der ihn noch nicht verraten hatte.

War es das, was er unbedingt verstehen sollte?

Jahrelang hatte Alain nichts gemerkt, hatte einsam für sich in einem Haushalt gewohnt, von dessen Geheimnissen er lieber nichts wissen wollte. Wie ein Fremder hatte er neben diesem Mann hergelebt, der ihn ängstlich beobachtete.

»Ich möchte die Foucrets nicht stören ...«

»Sie wären verletzt, wenn du nicht zum Mittagessen kämst. Dein Vater hatte auch sie sehr gern ...«

Trotzdem hatte Corine nicht gelogen: Alles, was sie gesagt hatte, war wahr, war gesicherte Wahrheit. Beide Versionen der Lebensgeschichte waren immer noch ineinander verwoben, aber Alain machte das jetzt fast nichts mehr aus.

Draußen vor dem Haus probierte François Foucret gerade seine Gummistiefel aus, auf die am Morgen Flikken gesetzt worden waren und die ihm bis übers Knie gingen.

»Das ist aber eine Überraschung, Monsieur Alain ... Ich hab's doch gleich gewußt, daß Sie zu uns zum Mittagessen kommen. Da wird sich meine Madam aber freuen.«

Die Küchendünste, die Wärme eines Hauses, das gerade bis in die letzten Ecken geputzt worden war, ein paar lodernde Scheite, die Leben und Gemütlichkeit verbreiteten.

Die beiden Männer, Bourgues und Foucret, wechselten fragende Blicke.

Bourgues schien durch seine Gelassenheit zu sagen:

»Ja doch. Alles in Ordnung ...«

Und als Südfranzose hätte er unter vier Augen mit

dem früheren Polier sicher hinzugefügt: »Er hält sich wacker...«

Sich wacker halten war in seiner Sprache nämlich gleichbedeutend damit, ein Mann zu sein...

10

Während der letzten zwei Tage war er sich vorgekommen wie ein Genesender. Er bewegte sich langsam und vorsichtig und hatte auch dieses verhaltene Lächeln, sogar für Gegenstände, wie um sie günstig zu stimmen oder sich bei ihnen zu bedanken, daß sie ihm nicht feind waren.

Er achtete auf alles: auf den Duft, der aus der Küche nach oben stieg, auf das Kommen und Gehen Olgas, die die Zimmer herrichtete, auf einen Sonnenstrahl, dessen Licht sich in der Fensterscheibe brach. Er genoß alles und dankte für alles mit diesem entrückten Lächeln, das Mélanie so beunruhigte.

Zum Beispiel für die Glocken. Noch nie hatte er so viele Glocken gehört wie an diesem Sonntagmorgen, als er allein im Keller hockte, den grünen Koffer neben sich, in Reichweite das offene Schürloch des Heizkessels mit seinen züngelnden Flammen und über sich die dicken Heizungsröhren mit Gipsverbänden wie gebrochene Gliedmaßen.

Er verbrannte die Papiere, eine Handvoll nach der anderen, und da hatten plötzlich alle Glocken der Stadt gleichzeitig zu läuten begonnen. Über die Dächer der Stadt hinweg grüßten die Gemeindekirchen einander. Hatte die Luft an diesem Tag eine besondere Resonanz, weil der Frost sie so klar machte? Man hörte sogar Glokkengeläut aus weiter Ferne, in weiten, konzentrischen Kreisen; das kam aus den Vororten, vielleicht sogar vom flachen Land.

Er starrte auf die von der Sonne vergoldeten Lüftungsgitter. Von den Passanten sah er nur die untere Körperpartie, doch spürte er, daß sie sonntäglich gestimmt waren und beschwingter ausschritten als unter der Woche. Er stellte sich vor, wie sie aus der Messe kamen, Frauen im engen Korsett, die Mädchen in einer Parfümwolke, wie sie anschließend die Konditorei betraten und mit einem kleinen weißen Päckchen mit roter Schleife nach Hause gingen.

Das war auch so eine Welt für sich, die er nicht kannte, die Welt der Sonntage, an denen die Menschen nach dem Mittagessen zur Radrennbahn oder zum Fußballstadion strömten oder in die sich allmählich füllenden Kinos, sich in den nach Aperitif duftenden Cafés drängten.

Das Gasthaus zu den ›Drei Tauben‹ war fast leer. Er war heute der einzige Pensionsgast im Hause. Zum ersten Mal sah er Mélanie mit der Brille auf der Nase im Saal am Tresen die Zeitung lesen. Der alte Poignard war gewiß unglücklich, weil er niemanden hatte, der mit ihm seinen Roséwein pichelte.

»Trinken Sie ein Glas Wein mit, Monsieur Alain?«

Er hatte mitgetrunken, um Poignard gefällig zu sein. Er hätte am liebsten allen Menschen eine Freude gemacht. Er sog alle Gerüche des Hauses ein und empfand vielleicht jetzt schon ein gewisses Bedauern. Warum blieb er nicht hier? Warum nicht das allerbescheidenste Leben wählen? Das des Stallburschen zum Beispiel, der im Keller außerdem den Wein zapfte. Mit den Wirtsleuten und den Zimmermädchen hatte er sogar eine Art Familienanschluß. Er hatte sein warmes Plätzchen gefunden. Konnte Alain vielleicht auch Stallbursche werden, oder etwas Ähnliches, unter den Fittichen der tüchtigen Mélanie?

Er hatte mit ihnen zu Mittag gegessen und war dabei heiterster Stimmung gewesen. Dann hatte er zum letzten Mal die Straßenbahn nach La Genette genommen und war von dort nach Malouville zu seinen Freunden gelaufen. Um vier hatte es Zuckerkuchen gegeben und lange Pausen geruhsamen Schweigens am Tisch, auf dem der Wein in den Gläsern leise zitterte.

Mit Bourgues und Foucret hatte er zu dritt einen Rundgang durch die Siedlung gemacht und war vor dem Sockel stehengeblieben, auf dem vielleicht niemals eine Büste prangen würde, er hatte auch den Platz am Wasser nochmals aufgesucht, wo Joseph am Vortag geangelt hatte.

Doch alles lief nicht mehr auf der gleichen Ebene ab wie an früheren Tagen. Zwischen den letzten zwei Tagen und dem Alltag war ein Unterschied wie zwischen einer schlichten Frühmesse um sechs und einem Tedeum. Das Dröhnen unsichtbarer Orgelpfeifen machte seine Umgebung gleichsam groß und erhaben, Schritte und Gebärden getragen bis zur Feierlichkeit.

Jede Einzelheit prägte sich für immer ein. Der Rückweg nach La Genette zwischen den beiden Männern, die überfüllte Plattform der Straßenbahn, das ›Café de Paris‹, in dem er ein Glas Bier trank, nicht weil er Durst hatte, sondern weil er dort noch einmal sitzen wollte. Da er noch ein bißchen erkältet war, brachte ihm Mélanie abends noch einen Grog ans Bett, und die Nacht duftete nach Rum, sogar seine Träume, und als er am Morgen aufwachte, hatte er den gleichen Duft in Zimmer und Bettzeug gefunden.

Selbst die Begegnung mit Corine verlief in dieser sanften Stimmung. Er hatte nicht geglaubt, daß er sie noch einmal sehen würde, doch als er um elf Uhr aus dem Haus trat, in dem Hochbetrieb herrschte, wartete sie draußen an der Straßenecke. Sie mußte schon lange auf ihn gelauert haben, denn ihr Gesicht war ganz blau vor Kälte. Hinein hatte sie sich nicht getraut, aus Angst vor Mélanie.

»Ich möchte noch ein paar Worte mit dir reden, Alain.«

Er war bereit. Er ging weiter, und sie paßte ihren Schritt dem seinen an.

»Ich habe gehört, du gehst fort.«

Er zeigte keinerlei Überraschung und hörte ihr weiter mit distanzierter Freundlichkeit zu. Er stand jetzt den Dingen schon sehr fern und auch weit über ihnen. So fern und so weit darüber, daß er vermeinte, sich mit seinem Vater unterhalten zu können. Spürte er denn nicht dessen Gegenwart? Galt nicht ihm sein entrücktes Lächeln?

»Ich weiß, daß Papa ein paar Bilder hinterlassen hat.«

Das hatte sie sicher von Rendon erfahren, der sie vermutlich aufgesucht hatte und keine Ruhe geben würde, solange er nicht einen letzten Profit aus Malous Erben gezogen hatte.

»Brauchst du dieses Geld denn?«

»Nein.«

»Meine Lage hier ist dir bekannt. Sie ist nicht einfach. Fabien wird schon noch kommen, aber das kann noch Wochen dauern. Was soll's! Ich weiß, du magst es nicht, wenn ich davon rede.«

»Es ist mir egal.«

Die Haltung ihres Bruders machte ihr zu schaffen, verstörte sie; sie beeilte sich, zum Schluß zu kommen.

»Ich habe gedacht, du könntest mir einen Teil davon überlassen. Ich muß Haltung bewahren und darauf achten, daß ich nicht wie eine Bittstellerin wirke.«

Er sagte schlicht: »Du kannst sie haben.«

Sie wagte es kaum zu glauben. Sie hatte Angst, er könnte es sich anders überlegen.

»Wo sind sie?«

»Gib mir deine Adresse, und ich laß sie dir bringen.«

Sie kritzelte sie ihm auf einen Fetzen Papier, die Hälfte eines Umschlags, den sie aus ihrer Handtasche zog. Es war die Adresse einer Pension am Rande des Parks, eines Hauses von zweifelhaftem Ruf, aber das luxuriöseste der Stadt.

»Besuchst du Mama?«

»Ich weiß nicht.«

Sie hatten nicht auf den Weg geachtet und standen auf einmal auf dem kleinen Platz, an dem sie gewohnt hatten, mit dem Springbrunnen in der Mitte und den Patrizierhäusern ringsum. Vor ihrem Haus, oder besser ihrem ehemaligen Haus, drängte sich eine Menschenmenge, und alle reckten den Kopf nach einem Mann, der sich auf ein behelfsmäßiges Podest geschwungen hatte.

Die Versteigerung hatte begonnen.

»Furchtbar...« sagte Corine. »Ich kann das nicht mit ansehen. Kommst du weiter?«

Er schüttelte den Kopf.

»Werde ich dich wiedersehen?«

»Ich weiß nicht.«

»Vergiß die Bilder nicht.«

Nochmal ein verneinendes Kopfschütteln. Er umarmte sie nicht. Er gab ihr nicht einmal die Hand. Aber er war nicht mehr böse auf sie. Sie konnte ja nichts dafür.

»Auf Wiedersehen, Alain.«

»Auf Wiedersehen.«

Er blieb hinter den andern stehen und sah zu, wie die weniger wertvollen Gegenstände an ihm vorbeizogen, mit denen die Versteigerung begann, Küchengeräte, Einmachgläser, allerlei Kram, der partieweise versteigert wurde und dessen Anblick die Menge zum Lachen brachte.

Sollte er etwa traurig sein?

Vor dem Mittagessen blieb noch etwas zu tun. Schlag zwölf wartete er in der Ecke zum Hof der Gebrüder Jaminet, denn montags, nur montags ging Mademoiselle Germaine mit einer Freundin in der Stadt mittagessen. Er sah sie herauskommen. Sie trug ein rotes Hütchen und einen marineblauen Mantel. Er sah auch die Bürotür und gedachte der anderen Tür, die so gehässig zugeschlagen worden war.

»Ich wollte Ihnen unbedingt auf Wiedersehen sagen...«

»Sie gehen weg? Fahren Sie zu Ihrer Mutter?«

Er verneinte, und da er keine weiteren Erklärungen gab, wagte sie nicht, weiter in ihn zu dringen.

»Ich wollte Sie nur wissen lassen, daß ich mich an Sie immer gern erinnern werde.«

Gern hätte er auch Monsieur Albert die Hand gedrückt. Auch hier hätte er leben mögen. Auch hier war eine Nische, in die er sich gern unauffällig verkrochen hätte. Er aß hastig zu Mittag und begab sich noch vor zwei zu seinem Bruder. Dort standen sie gerade vom Mittagstisch auf. Die Kinder machten sich für die Schule fertig.

»Ach, du bist es?«

»Ich bin gekommen, euch auf Wiedersehen zu sagen.«

»Fährst du zu deiner Mutter?«

Warum stellten sie alle dieselbe Frage? Und warum dachte niemand an seinen Vater, der vor kurzem noch gelebt hatte?

»Trinkst du ein Schnäpschen mit? Hab dich doch nicht so ...«

Edgar holte das Tablett aus dem Buffet, mit den winzigen goldgeränderten Gläschen und der kleinen Karaffe, in der ein Rest Tresterschnaps war.

»Ich wünsch' dir viel Glück. Du hast recht, daß du weggehst, denn hier hättest du zu viele Leute gegen dich. Auch meine Stellung ist gefährdet, und ohne meinen Schwiegervater wüßte ich nicht aus noch ein, müßte vielleicht gar um Versetzung einkommen ...«

Diesmal war es an Edgar, befangen zu sein. Immer wieder sah er auf die Uhr mit dem Westminsterschlag. Alain dagegen hatte immer noch sein unmerkliches Lächeln auf den Lippen, und sein Blick war ruhig und sanft.

»Auf Wiedersehen, Edgar.«

Er umarmte seine Schwägerin. Noch nie hatte er die Stadt so sauber, so hell, so freundlich gesehen; das machten sicher der Frost und die Wintersonne. Hinter einer Schulmauer hörte er Lärm und verhielt im Gedenken an die vielen Pausen, die er erlebt hatte.

Er war nicht traurig. Nie wieder würde er traurig sein. Er hatte begriffen, was Joseph Bourgues hatte sagen wollen, als er verkündet hatte: ›Dein Vater war ein Mensch.‹

Ein Mensch, das war das richtige Wort. Ein Mensch, der von einem Menschen abstammte, und dieser wiederum von einem Menschen.

Er hätte gerne noch bei der Versteigerung zugesehen, doch paßte er lieber Peters auf dem Heimweg ab, den Rotschopf, der in der Oberschule sein bester Freund gewesen und immerhin zur Beerdigung gekommen war.

»Stimmt das, daß du eine Stelle gefunden hast?«

»Und verloren. Aber ich werde eine andere finden.«

»Du wechselst die Stellung?«

»Ich gehe weg.«

»Fährst du zu deiner Mutter?«

Es war ausgeschlossen, ihnen die Sache zu erklären, obschon sie so einfach war. Nein, er fuhr nicht zu seiner Mutter. Er fuhr zu niemandem.

»Ich wollte mich von dir verabschieden und dir nochmals sagen, du bist schwer in Ordnung ...«

So! Sein Pilgergang war beendet, er mußte nur noch zu den ›Drei Tauben‹ zurück, um seinen Koffer zu pakken. Man richtete ihm aus, ein gewisser Rendon, mit Schnauzbart, habe ihn sprechen wollen, und man habe ihm gesagt, er solle morgen wiederkommen.

Die gute Mélanie lachte:

»So haben Sie wenigstens Ihre Ruhe, mein kleiner Monsieur!«

Langsam vergingen die Stunden. Er aß, trank ein letztes Glas mit den anderen, umarmte Mélanie, die ihn an ihren großen Busen drückte, daß er fast erstickte. Nachdem er lange in den Spiegel geblickt hatte, bat er sie, sein linkes Auge zu untersuchen.

»Hab' ich da nicht einen kleinen Fleck in der Pupille?«

»Was sind das schon wieder für Flausen? Aber nein. Sie haben da nichts.«

»Sehen Sie genau hin ...«

Sie ging ihre Brille holen.

»Tut Ihnen das weh?«

»Sehen Sie was?«

»Ein bißchen! Aber machen Sie sich deswegen bloß keine Sorgen! Das muß ein Geburtsmal sein!«

Genau! Der Fleck der Malous! Er hatte ihn, wie sein Vater, wie sein Großvater, und es erfüllte ihn mit tiefer Freude.

Um elf Uhr abends hielt ein Taxi vor der Tür. François Foucret stieg aus, zusammen mit Bourgues. Das Gepäck wurde ins Auto geladen. Sie fuhren durch die Straßen, in denen die Gaslaternen Lichtgirlanden bildeten, und alsbald sahen sie die große Bahnhofsuhr.

Er war müde, aber nicht traurig. Er hatte nur Lust, einen Augenblick zu verweilen, vorübergehend die Zeit anzuhalten. Er spürte ein unbestimmtes Angstgefühl in der Magengrube, wie vor einem Sprung ins kalte Wasser.

Doch waren so viele Kleinigkeiten zu erledigen, er mußte die Fahrkarte kaufen, den Koffer aufgeben, ein

Abteil suchen, und am Buffet Mineralwasser und belegte Brote holen. Die zwei Männer gingen mit, und er plauderte ganz unbefangen mit ihnen.

Er sagte: »Der Zug kommt um halb sieben an, nicht wahr? Dann ist es noch nicht ganz Tag. Ich mag den ›Gare de Lyon‹. Für mich ist das der schönste Bahnhof in Paris.«

Er beauftragte Joseph, die drei Bilder seiner Schwester zukommen zu lassen, und gab ihm ihre Adresse, ohne sie für sich selber abzuschreiben. Wozu auch?

Er brach alle Brücken ab. Alle. Auch Mélanie war jetzt auf der andern Seite der Mauer, und Mademoiselle Germaine und Monsieur Albert.

Noch ein paar Minuten, und dann versanken auch der alte Bagnosträfling und der gute Foucret in der Vergangenheit. Wie er sie so auf dem Bahnsteig stehen sah, hatten sie schon nicht mehr dieselbe Statur wie in Malouville. Hier fühlten sie sich deplaziert, gebärdeten sich linkisch, und Joseph hatte ein wenig Angst.

Die Zeiger der Bahnhofsuhr ruckten vor, und der Zug ließ Dampf ab. Bahnarbeiter schlugen mit langstieligen Hämmern gegen die Bremsbacken.

»Alles einsteigen bitte ...«

Nur noch ein Händedruck. Die Handflächen Foucrets waren so schwielig, daß sie sich wie Reibeisen anfühlten. Bourgues blickte Alain tief in die Augen.

Als er sie mit den Ellenbogen im Abteilfenster von oben betrachtete, wären ihm fast doch die Tränen gekommen. Er suchte nach Worten, die er ihnen noch sagen konnte, doch er fand keine. Als der Zug gerade anfuhr, stotterte er nur:

»Es wäre ihm recht!«

Das Abteil war leer. Er hatte nicht wie früher erster Klasse reisen wollen, aber auch nicht in der dritten. Aber zweite Klasse hatte er genommen, und ihm dünkte, es war besser so.

Sein Vater war nach Paris damals dritter Klasse gefahren. Aber der war schließlich der Sohn des alten Malow oder Malowski und der Irren.

Später war er dann erster Klasse gefahren, und sein einziger Fehler war vielleicht gewesen, daß er die zweite übersprungen hatte.

Alain hatte den blauen Schirm über die Lampe geklappt. Er hatte sich lang auf der Sitzbank ausgestreckt, den Kopf auf seinem Reisesack. Er schloß die Augen nicht. Hinter den Vorhängen zogen Lichter vorbei, durch den Gang drängten die Reisenden.

»Recht so, Papa?«

Er wußte genau, was er damit sagen wollte. Niemand sonst, nicht einmal Joseph Bourgues hätte ihn verstehen können.

Zwischen ihm und seinem Vater war noch etwas zu regeln. Sie hatten sich zu seinen Lebzeiten nicht gekannt, aber es war noch nicht zu spät.

Vor allem mußte man ein Mensch sein, und er war fest entschlossen, einer zu werden. Hatte er damit nicht schon begonnen? Aus diesem Grund war er weggegangen, um der Versuchung zu entfliehen, in den ›Drei Tauben‹ oder in der warmen Freundschaft von Foucret und Bourgues zu versacken.

Auch durfte er nicht der Versuchung erliegen zu hassen, und er haßte seine Schwester schon nicht mehr; er war gestern abend freundlich zu Corine gewesen, wenn er sie auch nicht umarmt hatte.

Eines Tages würde er seine Mutter besuchen, wie er Edgar und seine Frau besucht hatte; aber erst später, wenn er sein Leben in Ordnung gebracht hatte. Er würde auf Besuch in die Wohnung seiner Tante Jeanne am Boulevard Beaumarchais kommen. Nein, er haßte niemanden mehr. Das war zu einfach.

Er hatte sich ganz allein seinen Weg vorgegeben. Vielleicht nicht ganz allein, denn er dachte an seinen Großvater, an die Irre, an seinen Vater.

Er mußte jetzt seinen Platz im Leben finden: hatte er ihn nicht schon gefunden? Jedenfalls würde er sich ehrlich und mit ganzer Kraft bemühen.

Das Stuckern der Räder wiegte ihn ein, und allmählich versank er darin, ohne ganz einzuschlafen; noch war ihm bewußt, daß hier Alain Malou in einem Abteil zweiter Klasse ausgestreckt auf der Bank lag und daß Alain Malou nach Paris seinem Schicksal entgegenfuhr.

Er würde irgendeine Arbeit machen, Platzanweiser in einem Kino, Cafékellner, alles, was man verlangte. Er würde eine Prüfung nach der andern bestehen, nicht so sehr, weil er unbedingt gebildet sein wollte, sondern weil dies das schwierigste war. Studierten in Paris nicht Tausende junger Leute und verdienten nebenbei ihren Unterhalt?

Warum sollte er nicht Arzt werden?

Damit stand man weder ganz unten noch ganz oben.

Und die Malous waren immer entweder zu weit unten oder zu weit oben gelandet, weil es immer so schnell gehen mußte.

Er aber hatte jetzt Zeit. Er hatte sogar Zeit genug zu schlafen. Der Zug pfiff, während er durch das reifbedeckte Land eilte, unbekannte kleine Bahnhöfe versanken nacheinander in Vergessenheit, auch das Haus an dem Platz mit dem Springbrunnen war so versunken, und so viele Dinge, so viele Menschen mit ihm!

Es blieb ein schlafender Malou, der bald zu einem neuen Leben erwachen würde und im Schlafe bisweilen die Lippen bewegte.

Ein Malou, der alle seine Möglichkeiten ausschöpfen würde, alle seine Möglichkeiten als Mensch und als Mann.

»Recht so, Papa?«

22. Februar 1947

Georges Simenon im Diogenes Verlag

● Romane

Drei große Romane. Der Mörder / Der große Bob / Drei Zimmer in Manhattan. Deutsch von Linde Birk und Lothar Baier. detebe 21596
Brief an meinen Richter. Roman. Deutsch von Hansjürgen Wille und Barbara Klau detebe 20371
Der Schnee war schmutzig. Roman. Deutsch von Willi A. Koch. detebe 20372
Die grünen Fensterläden. Roman. Deutsch von Alfred Günther. detebe 20373
Im Falle eines Unfalls. Roman. Deutsch von Hansjürgen Wille und Barbara Klau. detebe 20374
Sonntag. Roman. Deutsch von Hansjürgen Wille und Barbara Klau. detebe 20375
Bellas Tod. Roman. Deutsch von Elisabeth Serelmann-Küchler. detebe 20376
Der Mann mit dem kleinen Hund. Roman. Deutsch von Stefanie Weiss. detebe 20377
Drei Zimmer in Manhattan. Roman. Deutsch von Linde Birk. detebe 20378
Die Großmutter. Roman. Deutsch von Linde Birk. detebe 20379
Der kleine Mann von Archangelsk. Roman. Deutsch von Alfred Kuoni. detebe 20584
Der große Bob. Roman. Deutsch von Linde Birk. detebe 20585
Die Wahrheit über Bébé Donge. Roman. Deutsch von Renate Nickel. detebe 20586
Tropenkoller. Roman. Deutsch von Annerose Melter. detebe 20673
Ankunft Allerheiligen. Roman. Deutsch von Eugen Helmlé. detebe 20674
Der Präsident. Roman. Deutsch von Renate Nickel. detebe 20675
Der kleine Heilige. Roman. Deutsch von Trude Fein. detebe 20676
Der Outlaw. Roman. Deutsch von Liselotte Julius. detebe 20677
Die Glocken von Bicêtre. Roman. Neu übersetzt von Angela von Hagen. detebe 20678
Der Verdächtige. Roman. Deutsch von Eugen Helmlé. detebe 20679
Die Verlobung des Monsieur Hire. Roman. Deutsch von Linde Birk. detebe 20681
Der Mörder. Roman. Deutsch von Lothar Baier. detebe 20682
Die Zeugen. Roman. Deutsch von Anneliese Botond. detebe 20683
Die Komplizen. Roman. Deutsch von Stefanie Weiss. detebe 20684
Die Unbekannten im eigenen Haus. Roman. Deutsch von Gerda Scheffel. detebe 20685
Der Ausbrecher. Roman. Deutsch von Erika Tophoven-Schöningh. detebe 20686
Wellenschlag. Roman. Deutsch von Eugen Helmlé. detebe 20687
Der Mann aus London. Roman. Deutsch von Stefanie Weiss. detebe 20813
Die Überlebenden der Télémaque. Roman. Deutsch von Hainer Kober. detebe 20814
Der Mann, der den Zügen nachsah. Roman. Deutsch von Walter Schürenberg. detebe 20815
Zum Weißen Roß. Roman. Deutsch von Trude Fein. detebe 20986
Der Tod des Auguste Mature. Roman. Deutsch von Anneliese Botond detebe 20987
Die Fantome des Hutmachers. Roman Deutsch von Eugen Helmlé. detebe 21001
Die Witwe Couderc. Roman. Deutsch von Hanns Grössel. detebe 21002
Schlußlichter. Roman. Deutsch von Stefanie Weiss. detebe 21010
Die schwarze Kugel. Roman. Deutsch von Renate Nickel. detebe 21011
Die Brüder Rico. Roman. Deutsch von Angela von Hagen. detebe 21020
Antoine und Julie. Roman. Deutsch von Eugen Helmlé. detebe 21047
Betty. Roman. Deutsch von Raymond Regh. detebe 21057
Die Tür. Roman. Deutsch von Linde Birk detebe 21114
Der Neger. Roman. Deutsch von Linde Birk. detebe 21118
Das blaue Zimmer. Roman. Deutsch von Angela von Hagen. detebe 21121
Es gibt noch Haselnußsträucher. Roman Deutsch von Angela von Hagen. detebe 21192
Der Bürgermeister von Furnes. Roman Deutsch von Hanns Grössel. detebe 21209
Der Untermieter. Roman. Deutsch von Ralph Eue. detebe 21255
Das Testament Donadieu. Roman. Deutsch von Eugen Helmlé. detebe 21256
Die Leute gegenüber. Roman. Deutsch von Hans-Joachim Hartstein. detebe 21273
Die Katze. Roman. Deutsch von Angela von Hagen. detebe 21378
Weder ein noch aus. Roman. Deutsch von Elfriede Riegler. detebe 21304
Auf großer Fahrt. Roman. Deutsch von Angela von Hagen. detebe 21327
Der Bericht des Polizisten. Deutsch von Markus Jakob. detebe 21328

Die Zeit mit Anaïs. Roman. Deutsch von Ursula Vogel. detebe 21329
Der Passagier der Polarlys. Roman. Deutsch von Stefanie Weiss. detebe 21377
Die Schwarze von Panama. Roman. Deutsch von Ursula Vogel. detebe 21424
Das Gasthaus im Elsaß. Roman. Deutsch von Angela von Hagen. detebe 21425
Das Haus am Kanal. Roman. Deutsch von Ursula Vogel. detebe 21426
Der Zug. Roman. Deutsch von Trude Fein detebe 21480
Striptease. Roman. Deutsch von Angela von Hagen. detebe 21481
45° im Schatten. Roman. Deutsch von Angela von Hagen. detebe 21482
Die Eisentreppe. Roman. Deutsch von Angela von Hagen. detebe 21557
Das Fenster der Rouets. Roman. Deutsch von Stefanie Weiss. detebe 21558
Die bösen Schwestern von Concarneau Roman. Deutsch von Ingrid Altrichter detebe 21559
Der Sohn Cardinaud. Roman. Deutsch von Linde Birk. detebe 21598
Der Zug aus Venedig. Roman. Deutsch von Liselotte Julius. detebe 21617
Weißer Mann mit Brille. Roman. Deutsch von Ursula Vogel. detebe 21635
Der Bananentourist. Roman. Deutsch von Barbara Heller. detebe 21679
Monsieur La Souris. Roman. Deutsch von Renate Heimbucher-Bengs. detebe 21681
Der Teddybär. Roman. Deutsch von Ingrid Altrichter. detebe 21682
Die Marie vom Hafen. Roman. Deutsch von Ursula Vogel. detebe 21683
Der reiche Mann. Roman. Deutsch von Stefanie Weiss. detebe 21753
»... die da dürstet.« Roman. Deutsch von Irène Kuhn. detebe 21773
Vor Gericht. Roman. Deutsch von Linde Birk detebe 21786
Der Umzug. Roman. Deutsch von Barbara Heller. detebe 21797
Der fremde Vetter. Roman. Deutsch von Stefanie Weiss. detebe 21798
Das Begräbnis des Monsieur Bouvet. Roman. Deutsch von H.J. Solbrig. detebe 21799
Die schielende Marie. Roman. Deutsch von Eugen Helmlé. detebe 21800
Die Pitards. Roman. Deutsch von Ingrid Altrichter. detebe 21857
Das Gefängnis. Roman. Deutsch von Michael Mosblech. detebe 21858
Malétras zieht Bilanz. Roman. Deutsch von Irmgard Perfahl. detebe 21893
Das Haus am Quai Notre-Dame. Roman Deutsch von Eugen Helmlé. detebe 21894
Der Neue. Roman. Deutsch von Ingrid Altrichter. detebe 21895
Die Erbschleicher. Roman. Deutsch von Renate Heimbucher-Bengs. detebe 21938
Die Selbstmörder. Roman. Deutsch von Linde Birk. detebe 21939
Tante Jeanne. Roman. Deutsch von Inge Giese. detebe 21940
Der Rückfall. Roman. Deutsch von Ursula Vogel. detebe 21941
Am Maultierpaß. Roman. Deutsch von Michael Mosblech. detebe 21942
Der Glaskäfig. Deutsch von Stefanie Weiss detebe 22403
Das Schicksal der Malous. Roman. Deutsch von Günter Seib. detebe 22404
Der Uhrmacher von Everton. Roman Deutsch von Ursula Vogel. detebe 22405
Das zweite Leben. Roman. Deutsch von Ingrid Altrichter. detebe 22406
Der Erpresser. Roman. Deutsch von Linde Birk. detebe 22407
Die Flucht des Monsieur Monde. Roman Deutsch von Barbara Heller. detebe 22408

● Maigret-Romane und -Erzählungen

Weihnachten mit Maigret. Zwei Romane und eine Erzählung. Leinen
Der Goldene Gelbe 88. Einmalige Sonderausgabe. Enthält folgende Romane: Maigret amüsiert sich / Mein Freund Maigret / Maigret und die junge Tote. Deutsch von Renate Nickel, Annerose Melter und Raymond Regh detebe 21697
Maigrets erste Untersuchung. Roman Deutsch von Roswitha Plancherel detebe 20501
Maigret und Pietr der Lette. Roman. Deutsch von Wolfram Schäfer. detebe 20502
Maigret und die alte Dame. Roman. Deutsch von Renate Nickel. detebe 20503
Maigret und der Mann auf der Bank. Roman. Deutsch von Annerose Melter. detebe 20504
Maigret und der Minister. Roman. Deutsch von Annerose Melter. detebe 20505
Mein Freund Maigret. Roman. Deutsch von Annerose Melter. detebe 20506
Maigrets Memoiren. Roman. Deutsch von Roswitha Plancherel. detebe 20507
Maigret und die junge Tote. Roman. Deutsch von Raymond Regh. detebe 20508
Maigret amüsiert sich. Roman. Deutsch von Renate Nickel. detebe 20509
Hier irrt Maigret. Roman. Deutsch von Elfriede Riegler. detebe 20690
Maigret und der gelbe Hund. Roman Deutsch von Raymond Regh. detebe 20691

Maigret vor dem Schwurgericht. Roman. Deutsch von Wolfram Schäfer. detebe 20692
Maigret als möblierter Herr. Roman Deutsch von Wolfram Schäfer. detebe 20693
Madame Maigrets Freundin. Roman Deutsch von Roswitha Plancherel detebe 20713
Maigret kämpft um den Kopf eines Mannes Roman. Deutsch von Roswitha Plancherel. detebe 20714
Maigret und die kopflose Leiche. Roman. Deutsch von Wolfram Schäfer. detebe 20715
Maigret und die widerspenstigen Zeugen Roman. Deutsch von Wolfram Schäfer detebe 20716
Maigret am Treffen der Neufundlandfahrer Roman. Deutsch von Annerose Melter detebe 20717
Maigret bei den Flamen. Roman. Deutsch von Claus Sprick. detebe 20718
Maigret und das Schattenspiel. Roman Deutsch von Claus Sprick. detebe 20734
Maigret und die Keller des Majestic. Roman Deutsch von Linde Birk. detebe 20735
Maigret contra Picpus. Roman. Deutsch von Hainer Kober. detebe 20736
Maigret läßt sich Zeit. Roman. Deutsch von Sibylle Powell. detebe 20755
Maigrets Geständnis. Roman. Deutsch von Roswitha Plancherel. detebe 20756
Maigret zögert. Roman. Deutsch von Annerose Melter. detebe 20757
Maigret und die Bohnenstange. Roman Deutsch von Guy Montag. detebe 20808
Maigret und das Verbrechen in Holland Roman. Deutsch von Renate Nickel detebe 20809
Maigret und sein Toter. Roman. Deutsch von Elfriede Riegler. detebe 20810
Maigret beim Coroner. Roman. Deutsch von Wolfram Schäfer. detebe 20811
Maigret, Lognon und die Gangster. Roman. Deutsch von Wolfram Schäfer. detebe 20812
Maigret und der Gehängte von Saint-Pholien Roman. Deutsch von Sibylle Powell detebe 20816
Maigret und der verstorbene Monsieur Gallet Roman. Deutsch von Roswitha Plancherel detebe 20817
Maigret regt sich auf. Roman. Deutsch von Wolfram Schäfer. detebe 20820
Maigret und der Treidler der ›Providence‹ Roman. Deutsch von Claus Sprick detebe 21029
Maigrets Nacht an der Kreuzung. Roman Deutsch von Annerose Melter detebe 21050
Maigret hat Angst. Roman. Deutsch von Elfriede Riegler. detebe 21062
Maigret gerät in Wut. Roman. Deutsch von Wolfram Schäfer. detebe 21113
Maigret verteidigt sich. Roman. Deutsch von Wolfram Schäfer. detebe 21117
Maigret erlebt eine Niederlage. Roman Deutsch von Elfriede Riegler detebe 21120
Maigret und der geheimnisvolle Kapitän Roman. Deutsch von Annerose Melter detebe 21180
Maigret und die alten Leute. Roman Deutsch von Annerose Melter. detebe 21200
Maigret und das Dienstmädchen. Roman Deutsch von Hainer Kober. detebe 21220
Maigret im Haus des Richters. Roman Deutsch von Liselotte Julius. detebe 21238
Maigret und der Fall Nahour. Roman Deutsch von Sibylle Powell. detebe 21250
Maigret und der Samstagsklient. Roman Deutsch von Angelika Hildebrandt-Essig detebe 21295
Maigret in New York. Roman. Deutsch von Bernhard Jolles. detebe 21308
Maigret und die Affäre Saint-Fiacre Roman. Deutsch von Werner De Haas detebe 21373
Maigret stellt eine Falle. Roman. Deutsch von Angela von Hagen. detebe 21374
Sechs neue Fälle für Maigret. Erzählungen Deutsch von Elfriede Riegler. detebe 21375
Maigret in der Liberty Bar. Roman. Deutsch von Angela von Hagen. detebe 21376
Maigret und der Spion. Roman. Deutsch von Hainer Kober. detebe 21427
Maigret und die kleine Landkneipe. Roman Deutsch von Bernhard Jolles und Heide Bideau. detebe 21428
Maigret und der Verrückte von Bergerac Roman. Deutsch von Hainer Kober detebe 21429
Maigret, die Tänzerin und die Gräfin Roman. Deutsch von Hainer Kober detebe 21484
Maigret macht Ferien. Roman. Deutsch von Markus Jakob. detebe 21485
Maigret und der hartnäckigste Gast der Welt Sechs Fälle für Maigret. Deutsch von Linde Birk und Ingrid Altrichter. detebe 21486
Maigret verliert eine Verehrerin. Roman Deutsch von Ingrid Altrichter. detebe 21521
Maigret in Nöten. Roman. Deutsch von Markus Jakob. detebe 21522
Maigret und sein Rivale. Roman. Deutsch von Ingrid Altrichter. detebe 21523
Maigret und die schrecklichen Kinder Roman. Deutsch von Paul Celan detebe 21574

Maigret und sein Jugendfreund
Roman. Deutsch von Markus Jakob
detebe 21575
Maigret und sein Revolver. Roman. Deutsch von Ingrid Altrichter. detebe 21576
Maigret auf Reisen. Roman. Deutsch von Ingrid Altrichter. detebe 21593*Maigret und die braven Leute.* Roman
Deutsch von Ingrid Altrichter. detebe 21615
Maigret und der faule Dieb. Roman. Deutsch von Stefanie Weiss. detebe 21629
Maigret und die verrückte Witwe. Roman
Deutsch von Michael Mosblech. detebe 21680
Maigret und sein Neffe. Roman. Deutsch von Ingrid Altrichter. detebe 21684
Maigret und Stan der Killer. Vier Fälle für Maigret. Deutsch von Inge Giese und Eva Schönfeld. detebe 21741
Maigret und das Gespenst. Roman. Deutsch von Barbara Heller. detebe 21760
Maigret in Kur. Roman. Deutsch von Irène Kuhn. detebe 21770
Madame Maigrets Liebhaber. Vier Fälle für Maigret. Deutsch von Ingrid Altrichter, Inge Giese und Josef Winiger. detebe 21791
Maigret und der Clochard. Roman. Deutsch von Josef Winiger. detebe 21801
Maigret und Monsieur Charles. Roman
Deutsch von Renate Heimbucher-Bengs
detebe 21802
Maigret und der Spitzel. Roman. Deutsch von Inge Giese. detebe 21803
Maigret und der einsamste Mann der Welt
Roman. Deutsch von Ursula Vogel
detebe 21804
Maigret und der Messerstecher. Roman
Deutsch von Josef Winiger. detebe 21805
Maigret hat Skrupel. Roman. Deutsch von Ingrid Altrichter. detebe 21806
Maigret in Künstlerkreisen. Roman. Deutsch von Ursula Vogel. detebe 21871
Maigret und der Weinhändler. Roman
Deutsch von Hainer Kober. detebe 21872

● Erzählungen

Der kleine Doktor. Erzählungen. Deutsch von Hansjürgen Wille und Barbara Klau
detebe 21025
Emil und sein Schiff. Erzählungen
Deutsch von Angela von Hagen. detebe 21318
Die schwanzlosen Schweinchen. Erzählungen
Deutsch von Linde Birk. detebe 21284
Exotische Novellen. Deutsch von Annerose Melter. detebe 21285
Meistererzählungen. Deutsch von Wolfram Schäfer u.a. detebe 21620
Die beiden Alten in Cherbourg. Erzählungen. Deutsch von Inge Giese und Reinhard Tiffert. detebe 21943

● Reportagen

Die Pfeife Kleopatras. Reportagen aus aller Welt. Deutsch von Guy Montag
detebe 21223
Zahltag in einer Bank. Reportagen aus Frankreich. Deutsch von Guy Montag
detebe 21224

● Biographisches

Intime Memoiren und Das Buch von Marie-Jo. Deutsch von Hans-Joachim Hartstein, Claus Sprick, Guy Montag und Linde Birk
detebe 21216
Stammbaum. Pedigree. Autobiographischer Roman. Deutsch von Hans-Joachim Hartstein. detebe 21217
Simenon auf der Couch. Fünf Ärzte verhören den Autor sieben Stunden lang. Deutsch von Irène Kuhn. detebe 21658

Außerdem liegen vor:

Stanley G. Eskin
Simenon. Eine Biographie. Mit zahlreichen bisher unveröffentlichten Fotos, Lebenschronik, Bibliographie, ausführlicher Filmographie, Anmerkungen, Namen- und Werkregister. Aus dem Amerikanischen von Michael Mosblech. Leinen
Über Simenon. Zeugnisse und Essays von Patricia Highsmith bis Alfred Andersch. Mit einem Interview, mit Chronik und Bibliographie. Herausgegeben von Claudia Schmölders und Christian Strich. detebe 20499
Das Simenon Lesebuch. Erzählungen, Reportagen, Erinnerungen. Herausgegeben von Daniel Keel. detebe 20500